三国谍影

暗战定军山

何慕 著

江苏人民出版社

图书在版编目（CIP）数据

三国谍影：暗战定军山 / 何慕著 . -- 南京：江苏
人民出版社 , 2016.9
ISBN 978-7-214-19578-4

Ⅰ . ①三… Ⅱ . ①何… Ⅲ . ①长篇历史小说−中国−
当代 Ⅳ . ① I247.5

中国版本图书馆 CIP 数据核字 (2016) 第 219825 号

书　　　名	三国谍影：暗战定军山
著　　　者	何　慕
出 版 统 筹	陈　欣
责 任 编 辑	张一申
选 题 策 划	紫焰传媒
特 约 编 辑	王菁菁　杨新雨
封 面 设 计	郭　子
封 面 插 画	车锦华
出 版 发 行	凤凰出版传媒股份有限公司
	江苏人民出版社
出版社地址	南京市湖南路 1 号 A 楼，邮编：210009
出版社网址	http://www.jspph.com
	http://jspph.taobao.com
经　　　销	凤凰出版传媒股份有限公司
印　　　刷	北京嘉业印刷厂
开　　　本	700mm × 1000mm 1/16
印　　　张	18
字　　　数	235 千
版　　　次	2016 年 11 月第 1 版　2016 年 11 月第 1 次印刷
标 准 书 号	ISBN 978-7-214-19578-4
定　　　价	36.00 元

（江苏人民出版社图书凡印装错误可向承印厂调换）

三国情报机构

进奏曹

（魏）

主官：曹丕

东曹掾：司马懿

西曹掾：蒋济

鹰扬校尉：贾逸

昭信校尉：田川

军议司

（蜀）

主官：诸葛亮、法正

左都护：李恢

右都护：费祎

解烦营

（吴）

主官：孙尚香

左部督：胡综

右部督：徐详

目 录

楔 子
定军山迷雾

夏侯渊脸色凝重，沉默不语。

仰起头，高处山脊上，密密麻麻的蜀军正变换着阵形，准备下一轮的攻击。想不到纵横天下数十载，却在定军山这里吃了大亏。

一阵鼓点响起，第三波箭雨遮天蔽日袭来，犹如滂沱大雨一般砸在亲卫们筑起的盾墙之上，发出了密集的笃笃声。仓促之间遇伏，蜀军占据高地，射程要远远超过己方。麾下的校尉们早已组织过弓手反击，奈何只能射到蜀军阵前三十步开外的地方。轻装突袭变成了坐以待毙。

究竟是怎么回事，不是说蜀军只有一万余人吗？不是说刘备带主力去攻打张郃了吗？不是说这里几乎只剩下一座空营了吗？为什么蜀军准备得这么充足，好像早就预料到会被攻击一样？

身旁的偏将苦笑："将军，这情报似乎不太对啊。"

夏侯渊认得他，是曹仁的族弟，他冷冷地哼了一声，道："你怕了？"

偏将肃容："不敢。"

夏侯渊沉声道："给你五百铁盾兵，突上，扰乱蜀军线阵！"

偏将愣了一下，咬牙道："末将遵命！"

他转身，大声招呼着队列后方的铁盾兵们，在箭雨中整合队形。虽然不断有人被弩箭射倒在地，但在都伯们的弹压之下，还是组成了方阵。随着一阵低沉的号角，铁盾方阵犹如一尊巨石，开始缓慢而又坚定地移动。箭雨射在巨大厚重的铁盾上，只发出"叮叮当当"的声音，尽数跌落在地上。

但夏侯渊脸上没有一丝喜色，只是静静地等待着。

许久，随着西蜀军营中红色信旗的舞动，几十张床弩在浓重的蜀地口音里，被推到了阵前。

夏侯渊转头，对着儿子夏侯荣道："准备铁骑冲阵！"

夏侯荣重重点头，前面的五百铁盾兵只是个诱饵，为的就是引蜀军出动床弩。床弩虽然威力巨大，但装填缓慢，至少需要一炷香的时间。而一炷香的时间，足可以让骑兵冲过三百步的距离了。

他悄声传令下去，骑兵们在迅速聚拢。

嘶哑的床弩机枢声响起，手臂粗的弩矢撕扯开空气，带着尖锐的叫声劈入铁盾阵。嘭，嘭，嘭！铁盾碎裂的声音此起彼伏。弩矢犹如一道道闪电刺进盾阵，将前排持盾的魏兵贯身而起，又接连穿透了后面的几个魏兵，飞出几丈远。随即，闪着乌光的弩箭找到了盾墙中的缺口，带着涩耳的啸声冲入人群，哀号之声再度暴起。

夏侯荣飞身上马，大喝："众儿郎，随我突阵！"

骑兵从散乱的阵形中冲出，在山坡之上快速汇拢，组成楔形阵，直奔山脊上的蜀军而去。只要骑兵突入蜀阵，扰乱蜀军的锋线，那么蜀军的地形优势就不再明显。夏侯渊再次抬头，傲然凝视着山脊线上的蜀军，坚信只要一鼓作气冲上山脊，胜利仍唾手可得。

"糟了，白眊精兵！"身边响起一片低呼。

夏侯渊凝神望去，只见山脊线上出现了数排长枪兵。这些长枪兵都身披铁甲，头盔两侧垂下两条白色绥带，手中长枪的尺寸也不同寻常，足足一丈八左右。枪头一尺有余，夺目刺眼，一看即知是上好的精钢打造。

"白眊精兵……"夏侯渊喃喃自语。他看着正奋力冲锋的骑兵，脸上第一次浮现出了悲戚的神色。白眊精兵是刘备麾下精锐，全部由身经百战的老兵们组成，是不逊于虎豹骑的天下精兵。对上他们，普通的骑兵没有半点便宜可占。

骑兵转瞬冲到，白眊精兵却已列成五层线阵。面对呼啸而来的骑兵，阵中没有一点退缩之意。在还有五步远的时候，长枪分层刺出，犹如怒放的烟花，将阵前的敌人连人带马纷纷刺下。

数百名骑兵，竟然无一突进阵中！

"荣儿……"夏侯渊喉头滚动，脸色阴沉，死死地盯着人仰马翻之处。

他明白了，伏击的蜀军不但占据了地利，还把自己军中的兵种配置、甚至一贯的突阵打法都摸得一清二楚。一定是有人将军情泄露了出去。所谓的蜀营空虚，也只是个诱饵，要诱杀的正是他夏侯渊。

是谁出卖了我？张郃、徐晃，还是曹植？

一声炮响，白眊精兵的血色长枪已经竖起，缓缓退回阵中。山脊线上出现了红色兵服的蜀军，犹如密密麻麻的火蚁。这是总兵力只有万余的蜀军吗？这里就至少有三万之众！鼓声雷动，铺天盖地的刀盾兵越过山脊线，直扑下来。

身旁的副将焦急地在大喊着什么，夏侯渊看了他一眼，又木然转过头去，看着如潮水般涌来的蜀军。

副将大吼一声，带领兵士们迎了上去。

夏侯渊勒紧缰绳，并未跟上。他冷冷地看着战况，好像事不关己一般。蜀军居高临下，直冲下来，像柄猛利的朴刀一般将面前的魏军硬生生劈开，然后迂回分割，将魏军围得水泄不通。眼下，红色军服的蜀军，正如一丛丛旺盛的烈火，疯狂地吞噬着蓝色军服的魏军。

夏侯渊仰天长啸，索性闭起了眼睛。

似乎过了很长时间，又似乎仅仅过了一瞬，战场上的厮杀声已经凋零，归于死寂。夏侯渊睁开了眼，身边只剩下了几个亲卫，前方的战场上堆满了尸体。蜀军正在有条不紊地前进。

他横枪立马，冷冷看着缓慢逼近的蜀军。

黄忠策马阵前，扬起马鞭，指着夏侯渊喊道："足下可是征西将军夏侯渊？死到临头，有何话说！"

夏侯渊沉声道："黄忠老匹夫，敢否与我一战？"

黄忠扬眉道："敢不从命？"

夏侯渊怒喝一声，纵马冲出，虽然兵败已成定局，但至少要拿下黄忠首级！他俯下身去，手中镔铁长枪藏于侧后，死死盯着快马而来的黄忠。眼看两骑只剩十几步远，他却觉得左肋突然一凉，整条胳膊酸楚异常，低头，看到左肋生生没入了一根投枪！

是名策马随行的亲卫。夏侯渊认得这名亲卫，数年前因为他果敢勇猛，被调到了自己身边。想不到在这山穷水尽之时，竟然痛下杀手。

"你？"夏侯渊大怒，右手镔铁长枪直刺而出，"我杀了你这个卖主求荣的畜生！"

那名亲卫看着刺来的长枪，不躲不闪，大喝道："奉寒蝉令，魏军主将夏侯渊授首！"

话音未落，镔铁长枪已然将这名亲卫穿胸而过。夏侯渊却为之一窒，心中大惊。寒蝉？怎么可能是寒蝉！

耳边马蹄声骤响，黄忠已杀至眼前。夏侯渊勉强抽枪刺出，却见黄忠挽了个刀花，三停刀猛然荡开枪尖，沿着左侧呼啸斩来。

夏侯渊颈间一凉，眼前天旋地转，然后迅速被黑暗吞没……

第一章
细作名单

夜色已深，大雨如注，世子府中依旧灯火通明。

曹丕负手站在门前，静静地看着遮蔽在天地之间的雨幕。雨已经下了整整一天，仍没有减弱的势头，园中花木在大雨的敲打下东倒西歪，一片狼狈景象。

他叹了口气："黄河决堤，两岸十多万饥民流离失所；冀州民乱，贼人已经占据了三个县城。除去这两件紧要事不说，后面的长案上，还摆着近百件大大小小的琐碎事。蒋济，不是我不想查寒蝉，一个奸细而已，就这么紧要吗？"

蒋济没有回答，跟曹丕相处久了，他知道这位世子不是每个问题都需要答案。这样的反问，在更多时候，近似于一种表态。看得出来，曹丕对于彻查寒蝉之事，并不是很上心。

今年正月，定军山一战，不但折了夏侯渊将军、益州刺史赵颙，还被西蜀黄忠攻占了箕谷等十余座县城。魏王震怒之下，命令世子曹丕监国，自己亲率四十万大军于长安启程，疾援汉中。

而定军山之败，主要是因为军情被寒蝉窃取，泄露给了西蜀，被占尽了先机所致。屈指数来，寒蝉这个神秘细作至少潜伏了一二十年，却从未有人见过他的真面目。就算是专司刺探情报、缉拿间谍的进奏曹，追查了十多年，换了几次主官，也没能把他挖出来。

"两军交战，军情瞬息万变，寒蝉若要及时传递消息，理应潜伏在军中才对。"曹丕似乎主意已定，"不过，父王既然要求在军中、许都同时彻查，那你们进奏曹就做做样子……"

门外忽然传来通报之声，打断了曹丕的话，是临淄侯曹植来访。

曹丕微微怔了一下，脸上随即浮现出笑容，快步走出了大殿。雨依旧下得很大，顷刻之间，已经打湿了他的衣服。雨水顺着衣襟，如断线般淅淅滴落，更显得人憔悴不堪。

一炷香之后，萧墙外才转过一把华丽的油纸大伞，曹植衣着光鲜，在护卫的簇拥下走了进来。看到立在雨中等待的兄长，曹植脸上没有一丝表情，擦肩而过。

曹丕有些尴尬地收起笑容，跟在后面向大殿走去。刚进大殿，就看到曹植径直坐到了首席上，他不禁皱了皱眉头。但随即，不快的表情一闪即过，曹丕微笑着道："子建，你怎么跑来了？"

"诶，兄长你怎么浑身湿透了？你看你这府上的长随，没一个有眼色的，下这么大雨也不知道给你撑把伞。"曹植故作惊讶道。

曹丕在偏席坐下："无妨，无妨，你有什么要紧的事尽管说。"

"我是临淄侯，又不是世子，能有什么要紧事？"曹植笑嘻嘻地回应，"听说因为细作寒蝉作梗，定军山之战我们才落得大败。你那个进奏曹不是专门调查细作的吗，平日里自夸国之利器，怎么眼下一旬都快过去了，这案子还一点儿动静都没有？"

曹丕道："你看，我这不是已经把进奏曹的主官蒋大人请来了吗？我们正在商议此事。"

"现在才开始商议？"曹植失声笑道，"兄长的动作，未免太慢了一些吧？如果换作是我，现在只怕已经查得七七八八了。"

曹丕赔笑道："实不相瞒，如今对于此事，我真是心里一点底都没有。不知道子建你有何妙计？"

"监国的是你，不是我。兄长既然坐到了世子的位置上，就该做世子该做的事，哪能说些擅长不擅长的话？"

曹丕连连点头："不错，不错。为兄承蒙父王错爱，被封为世子，整日都觉得政事繁忙，心力交瘁，有时候竟有推脱逃避的念头，这是要不得的，得改，得改。"

"嘿，兄长说是整日繁忙，忙的是克扣我侯府用度的事吗？我这个月的用度，少了两成，不知道是哪里得罪了世子你呢？"

曹丕怔了一下，解释道："子建你想多了。不光是你，所有曹氏子弟的用度都削减了。眼下黄河决堤，冀州民乱，父王的四十万大军也要供给……"

"你世子府的供给削减了几成？"曹植冷笑。

"三成。不但是我们曹家，汉帝的供给，足足削减了五成。"

"哈！兄长的意思，是拿我跟那个傀儡比吗？"

"这个……"曹丕一时间竟不知说什么好。

"我那侯府里，不但有三百多名奴仆，还有五六十名歌姬舞姬。难不成兄长想让我侯府内的那些美人，一个个都饿死不成？"

曹丕讪讪道："为兄一时间没想到，是我疏忽了。这样吧，我回头命宗正再斟酌斟酌，给你匀点儿如何？"

曹植打了个哈哈："我就不明白了，黄河决堤、冀州民乱、父王亲征，他们所需要的钱粮，是我府内这四百多人能省下来的？就算我不是世子，只是个侯爷，但府内如果饿死了个把人，传出去总是不好听。世子啊，您说是不是？"

他说完便起身离座，随从立即撑起大伞，紧随其后。曹丕送出殿外，冲他的背影拱了拱手，回到殿中，依旧是一副平常神色。看到一旁低头待立的蒋济，曹丕笑了笑道："我这兄弟，性子就是这样。父王将我立为世子后，他就一直阴阳怪气的，今晚让蒋大人你见笑了。"

蒋济低声道："不敢。殿下为国事操劳终日之余，还要应付宗室，也难为您了。"

曹丕摆了摆手，道："不说这些没用的。寒蝉一案，你觉得应该怎么入手？"

"殿下说得对，寒蝉应该是潜伏在前线军中，既然有程昱大人在军中彻查，进奏曹这边就例行公事好了。"

曹丕沉吟良久："彻查寒蝉，是父王的意思，我这个做世子的，当然要懂得为父分忧。就算寒蝉潜伏在许都的可能只有一成，我们也要下十成的力气去查。"他看着蒋济，问道，"你手下，有没有这几年远离许都，又精明能干的人？"

"有。进奏曹的石阳都尉贾逸，心思缜密，屡破奇案，是个人才。"

"贾逸，贾逸……"曹丕嘴角浮现出些许笑意，"我想起来了，他父亲因为贪腐被斩，办案的是司马懿吧。"

蒋济点了点头。

"好，就调他来许都，专属寒蝉一案。"曹丕顿了顿，回身从长案上拿起一卷木简，递给了蒋济，"魏讽参奏陈柘，我已经批复过了，这个，就交给贾逸去办。"

在许都，进奏曹并不怎么显眼，那扇只有六尺宽的大门总是不经意间被路人错过。进奏曹的院子也不大，东西各两排共十间厢房，每间厢房里都有三名书佐日夜轮值，将天下九州的情报进行梳理，挑选出其中较为重要的，呈送北边的两间大房。朝东的那间，坐着东曹掾司马懿；朝西的那间，坐着西曹掾蒋济。原先的进奏曹主官陈群因为定军山之败被免，现在进奏曹也就这两位大人各司其职，直接隶属世子曹丕。

此刻，西边的一栋厢房内，贾逸正读着长案上摊开的塘报，眉头紧锁。

时值初春，深夜仍有入骨凉意，而贾逸却浑然不觉。在昏暗的油灯下，他的脸色随着塘报上的字迹一道阴晴不定。吃力地读完最后一个字，才发觉油灯已经快要熄灭。站起身，换掉快要烧尽的灯芯，坐下，重读。

定军山之战已经过去了一个月。这一个月内，进奏曹进行了详尽的调查，形成了手上的这份塘报。

简单的一卷木简，却重如千钧。

塘报上详细地记载了整个定军山之战的过程。张郃驻守东围，夏侯渊驻守南围。刘备趁夜强攻东围，张郃部事态危急，向夏侯渊求救。夏侯渊分兵援助张郃，自己想要来个釜底抽薪，强攻蜀营，却在半山腰遇到了蜀军的顽强抵抗，当场被黄忠所杀。

根据逃回来的兵士所讲，夏侯渊中伏之后，与黄忠对阵。本来以两人的实力，谁胜谁负并不好说，但夏侯渊却被亲卫暗算所伤，在一合之内即被黄忠斩于刀下。而那名亲卫，则在暗算夏侯渊后，声称是寒蝉所命。

寒蝉。

"寒蝉"这个名字，进奏曹的人都非常熟悉。当初设立进奏曹，是为了刺探情报，稽查细作。自建安三年以来，进奏曹已立下不少功劳。远的不说，在去年正月，就发现了金祎与太医令吉邈、少府耿纪、司直韦晃等人密谋的叛乱。而那场叛乱，应该就是寒蝉谋划，进奏曹在吉邈身上发现了寒蝉令牌。本以为寒蝉已死，可现在看来，吉邈只不过是一个傀儡而已。

那个暗算夏侯渊的亲卫，是东郡人。父母早亡，于九年前应征入伍，一直老老实实地在军营里当兵，并没有什么异于常人之处。如果说他是寒蝉的人，那至少无声无息地潜伏了九年。寒蝉不会蠢到一个一个地去试探收买夏侯渊身边的亲卫。九年的时间啊，寒蝉的人，竟然可以如此隐忍？

军队中，还潜伏着多少个这样的人？

贾逸叹了口气,疲倦地揉了揉太阳穴。

究竟谁是寒蝉?西蜀对于魏军的军力配备、战略意图、据点虚实都清清楚楚,而这些情报,不是权力核心的人根本接触不到。已死的夏侯渊、赵颙自不用说,剩下的还有徐晃跟张郃。莫非这两个人中,有一个人就是寒蝉?徐晃、张郃,均为降将,背叛这种事,就像偷情一样,有了一次,难免不会让人怀疑还有第二次。只不过,这二人在夏侯渊大败之后,重整残部,据汉水布阵,挡住了刘备的攻势,给魏王的援军争取了宝贵的时间。若二人其中一人为寒蝉,为何不放刘备长驱直入呢?

贾逸摇了摇头,又拿起了塘报。

除寒蝉外,进奏曹难缠的对手,还有两个,西蜀的军议司和东吴的解烦营。军议司的主官起初是襄阳名士庞统,庞统死于落凤坡后,刘备将军议司交给了法正。仅仅六年时间,军议司在法正的主管下不但肃清了益州的魏吴细作,更是将眼线遍布天下。据说这次定军山黄忠大破夏侯渊,也是得益于法正的奇谋。法正现已名震天下,就连魏王也发出了"收奸雄略尽,独不得法正"的感叹。而东吴的解烦营,则是由孙尚香担任第一任都督,设立八年以来,在与魏、蜀交锋中互有胜败,实力亦不容小觑。

室内的光亮又渐渐暗淡,贾逸索性吹灭了油灯,起身推开房门。几位书吏在两侧厢房的灯火辉映下,来往忙碌着。贾逸有意无意地往东边瞥了一眼,司马懿的房间门窗紧锁,没有一丝光亮。对于这位上官,因为杀父之仇的缘故,贾逸并无好感,心中还藏着深深的恨意。

司马懿行事太过于小心谨慎,这样的人通常城府极深,毫无破绽。况且,司马懿有狼顾之相,许邵曾经说过,拥有此相之人,皆怀帝王之志。魏王对他也是且用且防,并不放心。

会是司马懿吗?贾逸心中突然冒出了这样一个念头。单从这次的定军山之战来看,他的嫌疑并不大。但结合前几次寒蝉出现的状况,最为可疑之人,就是司马懿。虽说定军山之战时他不在汉中,但凭他跟世子曹丕的关系，搞到那些情报，也是轻而易举的。

一股冰凉的夜风迎来，让贾逸忍不住打了个寒战。怎么可能？司马懿是世子曹丕跟前的红人，怎么会相助刘备？他摇了摇头，嘴角泛起苦涩的味道，大概是自己复仇念头太重的缘故。

"看完了？"耳边响起一个中气十足的声音。抬头，是蒋济大人。

"看完了。"贾逸道，"大人，现在我们要从何处入手呢？"

"你觉得呢？"蒋济反问道。

"从表面上看，我们的对手是西蜀军议司，但从根本上来讲，我们的心腹大患却是寒蝉。如果没有寒蝉的存在，西蜀军议司的威胁也不会这么大。"

"你的意思是，先查寒蝉？"

"对。"

"怎么查？"蒋济的表情并不轻松。

"列出去年正月的谋反案以及这次定军山之战中有嫌疑的人，然后找联系。如果有人在这两群人中，或者在这段时间内跟这两群人都有来往，就能初步圈定一部分人，下手调查。"贾逸沉声道。

"嗯，想法倒是中规中矩，只可惜……"蒋济摇了摇头。

"怎么，查不出来？"

"查出来了，但牵涉的人太多。这样说吧，现在进奏曹列出来的名单一共有二十九人，这二十九人全部都有能力有时间做这件事。"蒋济苦笑。

"二十九个人，这算多么，都抓进来一个个审问不就好了？"贾逸疑惑道。

"抓起来？说得轻巧，你自己看看。"蒋济指着长案上的木简。

贾逸掂起沉甸甸的木简，工整的隶书小字映入眼中，第一个名字是曹丕。他挠挠头，接着看下去，第二个，曹植；第三个，司马懿；第四个，夏侯惇……

贾逸尴尬地笑笑，放下了木简。这些人不要说抓起来，就连派人跟踪监视，都不是进奏曹能做主的事。

"不然的话，我们可以设一个局。"贾逸道。

"怎么讲？"

"向这二十九个人散布不同的假情报，西蜀如果有所反应，我们就可以……"

"不行，人太多了。如果只有四五个人，这倒是个好办法。但现在有二十九个人，而且个个身居高位，难保不会有人侧面去求证情报的真假。况且，若是让魏王知道进奏曹一下子向这么多人下套，未免会心生疑虑。"蒋济摇头。如果能查出来还好，查不出来的话，岂不是把朝野重臣全都得罪了。

"大人……该不会是想去汉中查吧？"贾逸犹豫道。

蒋济笑道："去汉中能查什么？程昱那个老匹夫正在军中忙乎，他会以各种借口排挤咱们的。"

贾逸心头浮上了一个大胆的念头，咬牙道："还有一个方向，属下早已想到了，但是不敢说。"

蒋济淡淡地笑着："你我二人之间，还有什么敢说不敢说的？"

贾逸眯起眼睛，道："汉帝。"

"放肆！"蒋济厉声喝道。

贾逸低头，沉声道："大人，刘备前几年还只是一个寄人篱下的流寇，空有皇叔之名，却没兵没钱没粮没地盘。在赤壁一战后，他才趁乱占了荆州，向西取了益州。而寒蝉，却已经活跃了十多年。所以，他不太可能是刘备的奸细。定军山之战，虽然有寒蝉相助刘备，但恐怕并不是刘备联系的寒蝉，而是寒蝉联系的刘备。大人，试问如今天下，希望魏王败，刘备胜的，还有谁呢？"

"你敢怀疑当今天子？"蒋济冷然道。

贾逸抬起头，迎着蒋济的目光，道："大人，在我心中，天子不姓刘，姓曹。"

蒋济冷冷地看着他，无话。贾逸握着双手，静静地站着。他知道，只要蒋济一个口令，这个院子里随时都会冲出虎贲卫，把自己拿下。

但自己的应对，贾逸觉得没什么大碍。所谓的汉帝，早已成了傀儡，这是天下皆知的事情。只是有胆量把这种意思表露出来的人，并不多。贾逸并不觉得自己是那种趋炎附势的小人，对于大汉王朝，他没有什么忠心可表。他不是儒生，皇权更替、王朝兴衰这些事跟自己没多大关系。当今之世，非独君择臣，臣亦择君。况且，若从食君之禄、担君之忧这方面来讲，贾逸拿的是魏王的俸禄，自然要给魏王做事。

既然背负着血海深仇，不这么做，还要如何？

良久，蒋济的嘴角突然浮现出一丝浅笑，将一卷木简丢给了他："看看。"

贾逸翻开木简，是魏讽奏报陈柘辱骂魏王、意图谋反的密报。

"嘿，这魏讽不是天下名士吗？他好像在许都的荆州系里，人望一直很高。怎么我才离开许都三年，这些名士清流，都变得这样猥琐不堪了，真叫人恶心。"

"乱世之中，人总要活下去的。孔融、崔琰这些名震天下的儒士都被魏王杀了，再故作清高，就是自寻死路。很多人，都已经变了。"蒋济道，"不过，还有些看不清大势的人，总以为可以重新翻身。对于这些人，咱们要帮帮他们。现在杀一个陈柘，以后能少杀上百个陈柘。"

"以杀止杀？大人，你还不够狠。"贾逸笑着道，"如果是司马懿，就会坐看他们谋划起事，然后一网打尽。挫败谋反可比杀个发牢骚的闲官功劳大得多。"

"算了。"蒋济摇头，"从黄巾之乱到现在，天下人口已经减了六成，能少杀些人就少杀些吧。"

贾逸收起木简："我要何时动身？"

"现在，"蒋济顿了顿，"世子的意思，斩杀陈柘之后，将他的首级呈给汉帝。汉室气数已尽，作为傀儡，他就应该有傀儡的自觉。"

许都的清晨异常寒冷。

口中呼出的热气转眼化作白雾，飘散在寂静的长街。贾逸沉稳地走在石板路上，右手扶着腰间三尺长剑，身上由几千铁片结成的黑色鱼鳞铠随着脚步哗哗作响，身后则是黑压压的一百持戟虎贲卫。这一百人虽然噤声不语，但从整齐的阵列之中，不可抑制地散发出一股杀戮之气。

到了，是一家看起来较为普通的宅院。

门口的家丁战战兢兢地迎上，问道："不知军爷有什么事？"

"这里可是陈柘府上？"贾逸客客气气地问道。

"是，是……大人是？"

"在下进奏曹鹰扬校尉贾逸，奉世子之命，前来拜见陈柘大人。"

鹰扬校尉贾逸……家丁暗地里摇头，没听说过。不过这些年，校尉、中郎将多如牛毛，自己没听说过也没什么可奇怪的。

"我家主人尚在歇息，能不能请将军迟些再来？"家丁底气稍稍足了些。比起自家大人，校尉还差了好几个官阶。

贾逸笑了笑："我两个时辰前刚到许都，就被蒋济大人派了这趟公差。临行前，蒋大人跟我交代，在许都，进奏曹不曾等过任何人。"

贾逸推开瞬间面如土色的家丁，大步踏入院中，高呼道："陈柘大人，进奏曹鹰扬校尉贾逸，奉蒋济蒋大人之命，特来借你一样东西。"

百名虎贲卫平举长戟，冲入院中，迅速控制了局势。院子里的家丁和使女，一点反抗的念头都没有，缩在墙角里瑟瑟发抖。这种景象，许都城里已经上演过太多次。所谓的豪门世家，全族覆灭也只不过一朝一夕之间，何况一个小小的侍郎？

呛啷一声，贾逸拔出长剑，气定神闲地持剑站在院中。他不急，对于名士清流，他一向很有耐心。

过了一盏茶的时间，陈柘穿着整洁的朝服走入院子。他已经年逾六十，须发皆白，一脸风霜。四十年前，他只不过是个书佐，历经黄巾之乱，群雄逐鹿，一直到现在的三方鼎立。他曾经跟着皇上一起在上林苑策马扬鞭，也曾经跟着司徒一起在城郊挖野菜充饥。事到如今，多少汉室旧臣要么归隐山林，要么旁附高枝，他却留了下来。在他心里，只有汉室才是正统，曹操虽然现在权倾天下，那又如何？董卓呢，李傕呢，吕布呢，袁绍呢……

贾逸看了陈柘半晌，道："恕末将甲胄在身，不能行礼。"

陈柘却作了个揖："不知将军要借老朽何物？"

贾逸道："陈大人，二月二十日你身在何处？"

二月二十日啊……陈柘皱起眉头努力回想，好像应邀去了魏讽的家宴，当时喝得酩酊大醉，被人送了回来。席间发生了什么事么？好像不太记得了。

贾逸又道："陈大人，魏王亲征西蜀叛贼，留下世子监国，许都一直不怎么太平。最近又因为夏侯渊将军在汉中阵亡，更是流言纷纷，人心惶惶。世子觉得，要借陈大人头颅一用，以稳人心。"

陈柘听罢，沉默了一会儿道："这次是什么借口？"

"魏讽上报进奏曹，陈柘酒后胡言，辱骂魏王，心系敌国，意图谋反。"

"魏讽？"陈柘皱眉道，"想不到这一时名士，竟是个卖友求荣之辈。"

贾逸道："陈大人，末将还有要务在身，不可耽搁，请容许末将送大人上路。"

陈柘撩起下摆，朝汉帝宫阙方向恭恭敬敬地跪下，喃喃道："陛下，来生再见。"

贾逸扬手，剑气凛冽，面前之人身首异处。

长剑归鞘，贾逸看着身旁一名小校将陈柘的头颅装进木匣。房内突然冲出一个披头散发、手持利剑的人，尖叫着向贾逸冲来。还未等这人近身，贾逸身边的虎贲卫们平举长戟，已将来人刺翻在地。贾逸皱着眉头上前查看，发现倒在血泊中的竟是个十三四岁的少女。应该是陈柘的女儿吧，他摇摇头，蹲下将手指搭在少女颈间，脉搏越来越弱，眼看活不成了。少女清秀的面庞上满是恨意，狠狠地瞪着贾逸，只是眼光却渐渐地涣散。

贾逸叹了口气，刚想说些什么，却看到一个三十多岁的少妇哀鸣一声，冲了过来。贾逸挥手止住了虎贲卫，剑鞘平举将少妇点倒在地。少妇嘶哑着喉咙，恶贼畜生之声不绝于口。

贾逸道："贾逸奉命诛杀陈柘，其余不问。各位好自为之，尽快离开许都！"

言罢，他转身向大门走去。

刚出大门，却意外地看到了一个人。此人身材修长，面容白净，长髯及胸，看起来一表人才。

贾逸奇道："魏讽大人，你怎么来了？"

魏讽面容悲戚，道："特来为陈大人收尸。陈大人一死，留下孤儿寡母没有人照顾，她们可怎么活下去啊。"

听蒋济大人说，陈柘是被魏讽告发后，世子曹丕下令杀一儆百的。但现在看魏讽的表情，似乎跟这件事完全无关一般。

贾逸道："魏大人，你现在进去，不怕被陈柘的遗孀辱骂么？"

魏讽仰头，一脸的浩然正气："在下跟陈柘虽是莫逆之交，但他对魏王屡有攻讦，在大义之前，只好舍弃小义了。虽然在下如此行事，肯定会被误解，但在下自己问心无愧，也就自然不在乎他人言论。"

贾逸哼了一声："那魏大人稍后可要好好安慰下陈柘的遗孀，她刚死了丈夫和女儿。"

魏讽点头："贾将军，覆巢之下，安有完卵。想必陈令君女儿之死，也是将军迫不得已才下的手，在下不会责怪你的。"

说完，他将衣帽弄得歪歪斜斜的，跌跌撞撞地扑进大门，嘶声号哭："何必如此啊，何必如此啊……"

魏王上位不到三年，皇宫更加破败了。

贾逸面带笑容，客客气气地站在宫门，手上拿着的是装着陈柘人头的木匣。血水已经凝固，将木匣底板贴上了一层暗红色。宫门口的禁卫们脸色紧张，平举长枪对着贾逸，却不敢上前。贾逸身后，是百名铠甲闪闪发亮的虎贲卫。与其相比，禁卫们的衣甲武器，倒跟叫花子差不多。

一个披甲的中年人从宫内狼狈地跑来，脑袋上的头盔并未系好，随着他的脚步一颤一颤，说不出来的滑稽。

来人是长乐卫尉陈祎，官秩二千石，掌握宫中禁卫，守卫宫中门户。若是在五十年前，这可算是举足轻重的官位。只不过现在，跛脚的卫尉大人早已成了一个笑话。陈祎转眼间已经到了跟前，对于贾逸近似于逼宫的行为，他并没有什么怒气，反而脸上堆满了微笑。

"贾老弟，回来了怎么也不说一声。几年不见，你可是越发精神咯。"他搓着手，眼睛却盯着贾逸手上的那个木匣。

"昨晚才回来，还没来得及跟陈大人打招呼。"陈祎也算是在许都的熟人，贾逸并不想把关系搞僵，"世子命兄弟把这个东西交给你，由你转交给皇上。"

"这个是……"

"陈柘的人头。"

陈祎眉毛颤了一下，试探着问："真是世子的命令？"

贾逸依旧微笑。

"这……这让兄弟很难办，贾大人……您能否把这个木匣交给其他人，由其他人转呈皇上？"

"陈大人，兄弟做不了这个主。"

陈祎咬了咬牙，脸色苍白地接过木匣。

贾逸轻声道："陈大人，事情办完后，兄弟在老地方等你。"

陈祎怔了一下，勉强点了点头。

街边食铺里炖羊肉的香味儿随着热气钻进了鼻孔，让人精神为之一振，食指大动。离开许都三年，街道变化不大，很容易就找到了这家食铺。贾逸吸吸鼻子，走了进去。

"这位将军，您要吃点什么？"跑堂低着腰问道。

"一碗热汤，二两羊肉，一张胡饼，腌菜来一小碟。"贾逸熟练地答道，挑了个角落里的食案坐下。从这里能看见这家食铺的全貌，却不太会被人注意。这是他的习惯。

羊肉汤端了上来，贾逸盘腿而坐，拿起一张胡饼，掰成小块儿，放到了汤里。等胡饼泡得稍软一点，用筷子搅了一下，把肉和饼都夹起来尝了一口。不错，虽然三年没吃过了，但这个鲜香味道却一点没变。

"听说么？刘玄德打到汉中了。魏王从长安起兵四十万，亲征！"

"这刘备真是个有福气的人，一个卖草鞋的，在这乱世里东一下西一下地，竟最后占了益州、荆州。我说，这莫不是汉室又要中兴了？"

"中兴？我呸！就凭他大耳贼？他有什么能耐啊！都说吕布是三姓家奴，他又投靠了多少主子，害了多少主子？要是他能打到许都，老子举家北迁，宁可去幽州受冻，也不看着他惺惺作态，恶心。"

"哎，你这人怎么说话的，刘玄德那可是当今皇上亲认的皇叔，中山靖王之后，堂堂正正的汉室贵胄。"

"收声！现在这世道，你还敢说刘备一个好字？小心给进奏曹的人听到了，拿你去问罪！"

"进奏曹算什么东西，一群偷鸡摸狗的鼠辈，防民之口甚于防川，这道理懂不懂？"

"你不想活了吧，陈栌大人昨夜刚被进奏曹给杀了，你也想死？你怎么不到进奏曹门口嚎去？"

"说起来陈栌大人死得真亏，那魏讽也太不是东西了。你请人家喝酒，人家喝多了发几句牢骚，你就跑进奏曹给人告了，让人身首异处，听说连陈栌大人的女儿都给杀了……"

"啧，他那女儿才十四岁，出落得蛮水灵的，听说已经许给了张泉，真是可惜了。"

"张泉？张泉是谁？"

"你不知道？你还是许都人么？张绣知道么？对，就是在宛城大败魏王，还杀了曹昂和典韦的那个张绣。张泉就是他儿子！"

"魏王还真是大人有大量，放着杀子仇人活得逍遥自在，要是换作我，早全家杀完了！"

"你懂个屁啊，张绣在官渡之战的时候，主动投降魏王，魏王不动他，是为了做个样子给天下人看。杀子仇人都能相容，还有谁容不下呢？这张泉现在活得风光，等天下一统的时候，谁晓得还能不能活得……"

"也不能那么说，魏王……"

听到房内的食客们议论纷纷，贾逸只是笑笑，安安静静地喝着面前的这碗汤，仿佛整个世界都在这碗汤里。小人物们总是对时局有着这样那样的猜测，虽然大多都挺肤浅，但也不乏有些一针见血。只不过，就算他们真的有人看透了时局，也只是汇入大河中的水滴，被奔流的河水裹挟而下，再心有不甘也无能为力。

如今汉室大势已去，就算当今汉帝比起桓灵二帝来说是个好皇帝，那又如何？他手中无权、无钱、无兵、无粮，只有一块汉室招牌而已。现在距黄巾之乱，已经过去了整整三十五年，从董卓到曹操，已经经历五次宫变了。主张扶汉的忠臣世家，几乎全被灭族了。就连孔融、荀彧、崔琰这些尊崇汉室的当世大儒，也都给杀得差不多了，还有多少人想要匡复汉室？

竟然还有人把刘备作为汉室中兴的希望。

贾逸冷笑，这位皇叔如果真的打败了曹操，还会容得下刘协这个傀儡皇帝么？同是汉家宗室，他对付刘表和刘璋的时候，可一点儿也没手软。如果给刘备打进许都，天知道汉帝会不会像刘表的儿子刘琦一样，突然不明不白地死了。

"贾校尉，这里的羊肉鲜汤味道是否还如三年前一样鲜美？"陈祎在贾逸面前的食案前坐下，笑吟吟地问道。

"走，我们去醉仙楼。"贾逸起身。

醉仙楼就在这家羊肉汤铺的对面，贾逸带着跛脚的陈祎上楼，挑了个雅间坐下。

陈祎整理了下身上破旧的官服，客气地问道："不知贾校尉约我来这里，有什么事情？"

"我看宫里的饭食太差了，约你出来打打牙祭。"贾逸道，"要吃什么，我请客。"

"这种地方……好久没来过了。你看着安排吧。"陈祎笑了笑。他知道贾逸约自己，不会仅仅是吃饭这么简单。比起刚才的羊肉汤铺，这里很静，很适合谈一些见不得人的事情。

沉吟了一下，陈祎道："对了，木匣给皇上看过了。"

"哦？陛下怎么反应？"

"这个……你也知道，兄弟只能把木匣交给祖弼，由祖弼再转呈皇上的。"

"宫里还这么多规矩？"

"嘿嘿，没办法。祖弼说皇上看了，也没有啥反应，就简单说了句知道了。你说这个结果，世子满意么？"陈祎挠了挠头。

"有什么不满意的。世子又不是等着看皇上失态的小孩子，这点我如实上报就好了。"

"那就好，那就好。"陈祎松了口气。

"陈大人，宫里的用度是不是很紧张？现如今的皇后不是曹家人么，怎么我看供应还是不怎么充足的样子。"

"皇后虽然是曹家人，可也终究只是个女人。"陈祎苦笑，"贾校尉，这宫里的事儿，想必你也多少知道一点。"

贾逸沉默。早先魏王迎回汉帝之后，将曹宪、曹节、曹华三个亲生女儿一并嫁给了汉帝，当时皇后还是伏寿。后来伏寿的父亲伏完策划宫变，结果事情败露，被满门抄斩。第二年，曹节就做了皇后。皇后虽然是曹家人，但对于魏王这种枭雄来讲，女儿不能延续家族血脉，一向不怎么重视。之所以把女儿嫁入宫中，也只是为了多一条掌控内廷的渠道。况且，曹节嫁入宫中之后，似乎对父亲的心思并不怎么在乎，而是像模像样地做起了自己的皇后。

于是，在魏王的授意下，宫中用度一向不怎么宽泛。据说有次上朝，当着魏王的面，一名汉室旧臣大着胆子提出来要增加宫中开支。而魏王却笑了下，一语双关地说了句生于忧患死于安乐，从此再没有人敢提这事儿。满朝大臣都明白，魏王待宫中虽然看起来刻薄，但还算没有超出做臣子的本分。汉帝到许都之后，已经或明或暗地发起了数次宫变，想要除去魏王。对于一个时刻处心积虑要杀掉自己的傀儡，魏王让他活着已经算不错了，当然不会再让他过得很舒服。甚至有人在私下还夸魏王，说是比起前朝的大将军梁冀、本朝的太师董卓，魏王对天子可算是仁至义尽。

菜肴端了上来，陈祎夹了一筷子蒸肉送进嘴里，却被烫得叫苦不迭。

"慢点，陈大人，又没人跟你抢。还有好几道菜，我请客肯定能让您吃好。"贾逸劝道。

"让贾校尉见笑了。"陈祎有些不好意思。

"陈大人，以你的俸禄……"

"唉，我那点俸禄，光接济手下的兄弟都不够。都是跟着我的老兄弟了，不能眼看着他们连日子都过不下去。"

"我说陈大人，既然日子这么难熬，为什么不换个官职？守着那几间破烂宫殿和一群叫花子似的皇亲国戚，有什么前途？"贾逸假装不经意地问道。

陈祎摇了摇头："你不懂，官场之上，一旦站错队一次，再想换个队站，那可真是困难之极。我能保住现在的官位就不错了，如果魏王想得再远点，搞不好说话间就把我也给撤了。"

两人都没有作声。

陈祎的话已经说得有些直白了。所谓的"魏王想得再远点"，无非指的就是魏王想要谋朝篡位。虽然现在魏王有这个人望，也有这个实力，但从来没有人去点破。至少到目前来说，魏王似乎并没有要逼汉帝退位的打算。所以，宫中这些毫无实权的官职，还是由得汉帝去任命。

"陈大人，你如果想要换队，我倒是能给你个机会。"贾逸笑着道，观察着陈祎脸上的表情。

"真的？"一丝喜悦在陈祎脸上闪现，却又迅速地消失，他摇了摇头，"实不相瞒，老哥可没什么钱财，就算老弟有举荐的打算……"

"谈什么钱财，我贾家还缺钱么？我要你做一件事。"贾逸道。

这个人，或可堪大用。

"做事啊……"陈祎犹豫了半晌道，"贾大人，我年纪已经大了，有些事一旦败露就要抄家灭族，我可做不来。"

贾逸哑然失笑："陈大人，你想的那些事情，我可不敢让你去做。"

陈祎长舒了口气，道："那就好，那就好。"

"你既然身为长乐卫尉，想必对每天进出宫内的人都很熟悉。我需要一份清单，每天记录，谁几时几刻进的宫，几时几刻出的宫，去了哪里，见了谁，待了多长时间，都要写得清清楚楚。"贾逸正色道。

"这个倒好说，只不过……这清单每天都要？"

"每天都要。"贾逸点头道，"如果哪天漏了谁没有记录，陈大人，这件事就算你给办砸了。"

"我有什么好处？"陈祎唐突地问道。

对于陈祎的这种反应，贾逸还是比较放心的。做事，邀赏，人之常情。如果陈祎什么都不说，立刻答应下来，贾逸肯定要怀疑陈祎是不是在敷衍自己。

"不瞒你说，是世子的意思。"贾逸面色平静地扯谎，"为期三年，三年期满，可以放你去做个郡守。"

"郡守啊……"陈祎有些犹豫。如今天下尚未平定，北有公孙，西有刘备，南有孙权，魏王的主要精力还是放在军备上，郡守的权力被大大削弱了，但职责却加重了不少，并不算是个好差事。

"你不做，大不了寻个事由把你换了。"贾逸淡淡道，"这许都城里，最不缺的就是人了。"

陈祎咬了咬牙："行，我做！当个郡守也比在这里发霉强。"

"好，就这么定了。"贾逸大笑，大声喊道，"店家，烫壶好酒，再来几道拿手好菜！"

"不用，不用，这让贾大人破费可怎么好意思。"陈祎笑道。

"陈大人，您这是说哪里话。三年之后，您若是做了郡守，贾某请你吃饭，你还不一定赴约呢。"贾逸哈哈笑道。

三年后……呵呵，三年后自己还在不在进奏曹都难说。事情，进展得出乎意料的顺利。

进奏曹。

蒋济道："能拉拢陈祎是件好事，但也不要做得太明显。不然被察觉了，就是一步废棋。汉帝那边，算是布下了陈祎这条线。对那些汉室旧臣和荆州系，我们也得有所动作。杀了陈柘，接下来去探一下他们的反应，看寒蝉会不会以这件事为契机，跟他们有所接触。"

"恐怕不会。"贾逸道，"寒蝉潜伏了数十年，必定有异于常人的定力。只杀一个陈柘，不可能逼得他行动。"

"话虽然这么说，但事总还是要做的。毕竟我们现在能做的，也只有这些了。"蒋济道，"曹植因为这件事，对世子冷嘲热讽了一番，恐怕还会向魏王散布些流言。我们总得闹出点动静，让魏王知道世子正在查寒蝉。对了，世子给你加派了个女搭档，估计这几天就会到了。"

"女人？"贾逸皱起了眉头，在他的印象中，进奏曹里没有女人任职。

"据说是有点来头。"蒋济道，"定军山一败，主要是败在情报上，进奏曹自然难辞其咎。世子选你和这个女人来查寒蝉，主要是考虑到你们两个远离许都，底细干净。"

"有这个必要吗？"贾逸忍不住道。他明白，蒋济的话没说完，让两个素不相识的人一起查案，隐隐还有互相监视的意思。

"待会儿，去见见你叔公吧。"蒋济避开了贾逸的问话。

"叔公？堂兄说他已经老糊涂了。"贾逸摇头。

"老是老了，却一点也不糊涂。"蒋济正色道，"你叔公奇谋百出，算无遗策，天下间无人能出其右。你还是去拜会下，听听他怎么说。前段时间定军山的事刚出来，我去拜访了一趟，却吃了个闭门羹。你的话，总不至于不见你。"

"知道了，"贾逸漫不经心地答应了下，笑道，"但我听说，现在天下第一聪明人，不是杨修么？"

"杨修……"蒋济摇头，"轻浮孟浪，恃才傲物，不知得罪了多少人。如果不是他父亲杨彪，杨修怕是早死上几十回了。这回魏王亲征汉中，把他也带在了身边，想必就是担心他在许都又跟曹植一起闹事。"

"还能闹腾什么？曹丕世子之位已定，魏王又对曹植日渐疏远……"

"聪明人嘛，总是过于高估自己，以为他是力挽狂澜的那个。"蒋济道，"不过风传魏王对曹植始终抱有期望，杨修大概觉得还有机会可以翻盘。"

"翻盘？"贾逸忍不住笑道，"翻船还差不多。天下第一聪明人，不过是天下第一大笑话。"

　　杨修端坐在马上，心事重重。大概再有三天，就能赶到陈仓山了。曹操是会在陈仓山驻扎休整，还是会挥军前往定军山呢？据说军情已经泄露了，这老家伙大概不会唐突地南下吧。自刘备定军山一胜之后，朝野震动，都害怕刘备会兵锋直逼长安。但在杨修看来，长安一线有重兵把守，城防坚固，刘备是不会贸然进攻的。

　　刘备的目标，很可能是凉州。

　　凉州处于大汉版图的西北部，土地贫瘠，人口凋零，却是块战略要地。那里盛产马匹，民风彪悍。如果给刘备拿下凉州，得到了大批战马和骑手，组织起来一支强大的骑兵的话，后果不堪设想。很显然，曹操也看到了这点，所以才从长安起兵四十万，沿渭水西进，于北方御敌。

　　也不知道这场仗会打多久，打成什么样子。

　　杨修打了个大大的喷嚏，不禁又裹了裹身上的锦袍。

　　"这三月的天气啊，还是比较凉的。杨主簿，你身子太单薄，得操练下才行。行军打仗可比不得坐在房中点灯看书，要是打熬不住，一转眼人就没了。"许褚横扛着朴刀，瓮声瓮气地说。

"这是谁在骂我呢。"杨修拉了下缰绳，挪动下被马鞍硌得有些发疼的臀部，"死胖子，你平时就是个闷葫芦，今天怎么这么有感触？"

"俺想起赤壁那档子事儿了。"许褚呵呵笑道，"本来主公带着俺们要一举平定江东，想不到竟遇上了瘟疫，让俺们折损了大半人马。还有前年那场瘟疫，也死了不少人，连建安七子里都病死了五个……"

"死胖子，你觉得瘟疫死人多，还是打仗死人多？"杨修问道。

"自然是瘟疫死人多咯，打仗能死多少人，一场大仗下来，也不过死个几万人。但一场瘟疫下来，嘿嘿，主公怎么说的来着，对了，十室九空。"

"死胖子，你知道为什么会有瘟疫么？"杨修看似漫不经心地问道。

"是天灾啊。"许褚答道。

"那你知道为什么会有天灾？"

"不知道。"许褚摇头。

杨修笑笑，仰头大声吟诵道："臣谨案春秋之中，视前世已行之事，以观天人相与之际，甚可畏也。国家将有失道之败，而天乃先出灾害以谴告之，不知自省，又出怪异以警惧之，尚不知变，而伤败乃至。"

话音刚落，四周山坡的密林中惊起了一群飞鸟，鸣叫着在灰暗的天空中盘旋。

"什么意思，俺不懂。"许褚道。

"不懂也好。这世道，蠢人往往比聪明人活得开心。"杨修叹道。

许褚并不生气，却摇头道："反正活一天是一天嘛，有什么开心不开心的。不过杨主簿，你喊这么大声，可是有违军纪的。"

"军纪，嘿，死胖子你说起军纪，倒让我想起那年主公马踏青苗，最后以发代首的事了。以后我要是也违反了军纪，不知道能不能用头发代替脑袋，要是不能的话，死胖子，记得到时候帮我收尸。"

说话间，几骑快马从后面赶了上来，为首之人身披重甲，刀刻一般的脸上眇了一目。他骑到杨修身旁，用剩下的一只眼睛冷冷地看了他好久，又领着几名骑手策马前行。

　　杨修哼了一声道："这盲夏侯好大的脾气。"

　　"他刚死了族弟，心情自然不好。"许褚道。

　　"被他瞪了那么一眼，浑身都不舒服，等下扎好营寨，得先洗个澡。对了，死胖子，今晚你不当值的话，来我营帐如何？我找几个偏将，到时候我们一起喝酒赌钱。"

　　"不了。再走几天，就要跟刘备打战了，俺不能跟你胡混了。"许褚呵呵笑道，"你自己玩吧，不过小心被主公知道，俺听说这段时间他很烦你。"

　　"我知道。"杨修不在意地应了一声。

　　刘备已经夺了定军山，沿汉水布阵，以逸待劳。曹操若是在陈仓山、斜谷关一线布防的话，还有点看头。但看这架势，他是想要西渡汉水。以新败的疲惫之军攻击士气高涨的蜀军，取胜的把握不大。一旦再败，他只有后退至斜谷，若刘备再从阳平关出奇兵从后包抄，只怕赤壁之战又要重演了。

　　败了好。

　　败了后，曹操为了稳定军心，肯定会在长安布防重兵，然后自己返回许都。到那时，跟曹植一起商讨下，看看还有没有再次夺嫡的可能。如果没有，就极力争取领兵出征，只要手握重兵，就算不能自立为王，也可自保。虽然都说世子曹丕为人敦厚，但王位之争，从来都是不死不休。

　　只不过，现在看来，曹植并不是个合适的人选。如果当初选的不是曹植，而是曹彰的话……杨修叹了口气，低头看着路边的野草，不知道远在许都的老父亲怎么样了，大概还在埋怨自己这个放荡不羁的儿子吧。

　　低沉的号角声从前方传来，今天终于要安寨了。

三日后。

杨修坐在山坡之上，漫不经心地看着谷中星罗密布的营盘，无聊地打了个哈欠。大军开到这里之后就地驻扎，徐晃和王平作为先锋前往汉水北岸，大战这几日或许就会爆发。由于刘备占据了先机，眼下的情形对魏王并不算有利。

据说进奏曹西曹掾蒋济连番给程昱写了几封信，要求派驻人手到军中彻查寒蝉，但都被程昱这老狐狸给回绝了。嘿嘿，定军山一战，因为被寒蝉设计，情报失误，以至于让战局发生了根本性的改变。进奏曹现在还有脸要求进入军中彻查寒蝉？是了，魏王免去了进奏曹主官陈群的职位，削了三年俸禄。现在进奏曹主事的是蒋济和司马懿，两人各行其事，互不干涉。而蒋济屡上密件，要求进入汉中彻查寒蝉，恐怕只是向魏王表示下态度。相比之下，司马懿倒是沉得住气，莫非他以为搭上了世子曹丕，就可以高枕无忧了吗？

杨修摇了摇头，比起这里，他更关心的是许都。没了自己在左右，临淄侯曹植会不会偏离预设好的方向？

他平躺下来，掐了一根身旁的狗尾巴草，百无聊赖地嚼着草茎。山坡上是大片稀疏的黍田，在山风的吹拂下犹如水面一样起伏不定，让人竟有种波诡云谲的感觉。

前几日收到了消息，许都的进奏曹杀了陈柘，并向汉室旧臣和荆州系大臣布控。让杨修意外的是，在此之后，就没了动静。按照以往的惯例，就算进奏曹没有查明什么，也会借着这个机会大开杀戒，清除掉一些不合时宜的蠢货。这次杀了陈柘之后，却戛然而止，是主官陈群被免之后，进奏曹有所收敛吗？还是进奏曹别有深意呢？

离开许都之前，虽然跟那个人搭上了线，但那个人可靠不可靠，谁也说不准。再说，以曹植那么高的心气，会甘心听那个人的安排么？许都还有没有棘手的角色呢？魏王手下五大谋士，郭嘉、荀彧、荀攸都已经先后辞世，贾诩深居简出，程昱随军，许都还有什么人，有能力干扰那个人的计划呢？

司马懿，这个名字突然跳入了脑中。杨修咧嘴笑了，这条老狗倒是个厉害角色。只不过魏王因为那个三马同槽的梦，对司马懿很不放心。虽然他现在辅佐世子曹丕，行事却很低调，不敢锋芒尽露。

或许，那个人的计划真能够成功？

身边传来窸窸窣窣的声音，杨修站起来，拍拍身上的尘土，拔出了腰间的剑。青翠的黍秆倒向两边，一个衣衫褴褛的老农出现在面前。看到杨修，他似乎吓了一跳，两腿瘫软地跪倒在地，哀求道："老爷饶命，老爷饶命。"

杨修剑尖指向老农："蜀军细作？"

"不是，不是。"老农手乱摆着否认，"小民只是种田的，不是当兵的。"

"双手伸出来，掌心朝上。"杨修冷冷道。

眼前的这双手布满老茧，手指甲缝里满是黄土，胳膊又干又细，青筋凸起，看起来像长期没有吃饱过的样子。应该不是士兵，如果是士兵的话，因为长期握刀，右手虎口处的老茧会非常明显。

"你是蜀人？"杨修的语气温和下来。

老农连连磕头道："回禀老爷，小民祖上是豫州人氏，黄巾之乱的时候随家迁到了荆州，赤壁战时又迁到了汉中。"

"附近的村民早已经逃得干干净净，你怎么还在这里？"杨修问道。

"小民……小民是觉得这些庄稼，太可惜了。"老农头也不敢抬地答道，"现在大军来了，全村的人都躲到了深山里，这好好的庄稼也没人打理，不晓得等打完仗会变成什么样子。"

"起来吧。"杨修道。离秋收还有好几个月，魏军是不会去浇水施肥的，这黍田的收成今年是别指望了。

"不是都说汉中富足么，往年的存粮不够吃？"杨修又问。

老农苦笑道："老爷，汉中前些年是还不错，每个月都能吃上几回肉。可最近这几年，仗打了好几回了，年年庄稼收不成，哪里还有什么余粮。

小民一家六口，现如今都躲在深山里挖野菜吃，可怜我那小孙子，饿得皮包骨头……"

"你还是回深山躲起来的好。"杨修打断了他的话，"要是被游哨发现，你也知道是什么后果。"

老农爬起来，怯怯道："多谢，多谢老爷不杀之恩。小民……小民回去了。"

不杀之恩？杨修看了看手中的长剑，一时无语。乱世之中，人贱如狗。在这些四战之地，升斗小民对军吏尤为恐惧。两军交战阵前，平民被杀，似乎根本不需要什么理由。董卓乱政之时，不就出兵剿杀了洛阳城周围万余名百姓，并把他们称为流寇，充没家资么？

他看着那老农渐行渐远的背影，忍不住低声吟道："兵者，不祥之器，非君子之器。不得已而用之，恬淡为上。胜而不美，而美之者，是乐杀人。夫乐杀人者，不可得志于天下。吉事尚左，凶事尚右。偏将军居左，上将军居右。言以丧礼处之，杀人众多，以悲哀泣之。战胜，以丧礼处之……"

吟诵着，他的声音却越来越低沉落寞。这种道理，要讲给谁听，谁又会听？自己在别人眼中，只不过是个满口大话、举止轻浮而又自负聪明的浪荡公子而已。

他负手向西看去，太阳即将坠落，给远处阴沉朦胧的山影镶上了一道耀眼的金边。与天地变换相比，人的生老病死，只不过是一瞬而已。尽人事，听天命，成败与否，身后评价如何，无所谓了。

他大笑，摸出腰间的酒壶，仰头灌下几口，顺着山坡缓缓走下去。

刚刚走了不久，却见一名校尉模样的军官领着几个士兵，沿着田埂急急而上。他收住脚，歪着头看着这一行人。那名军官又走了几步，才看到了杨修，沉声道："杨主簿，程尚书有急事找你。"

"程昱？"杨修奇道，"他找我干吗？"

"今天上午刘备那边叛逃过来一个军议司的人，魏王指派程尚书负责接纳并查明情况。程尚书跟他密谈了一个多时辰，现急令要找你回去。"

"急令？怎么个急法？"杨修笑嘻嘻地问。

校尉脸上一点儿笑意也没有，冷冰冰道："程尚书的原话是，活要见人，死要见尸。"

"哈，这老小子咒我么？"杨修揉了揉鼻子，道，"那你们又怎么知道我在这里？"

众人不语。

杨修嘴角歪了下，讥讽道："程昱这老小子手下有使不完的人么，是不是把军中所有他不放心的人，都给监视起来了？"

突然之间，他瞥到了队伍末端，一个士兵手中提着个血淋淋的东西。

是人头，是刚才那个老农的人头。

"现在两军对垒，是非常时期。程尚书交代，一切均要小心谨慎，宁可杀错，不可放过。"校尉高声道，像是解释，也像是警告。

杨修喉结滚动几下，却终究没有说话，他面无表情地挥了挥手，让这校尉前方带路。

大帐外站了六个姿势一模一样的虎豹骑，人人左手持一杆镔铁枪，右手搭在腰间的缳首刀上，身上明光铠在阳光的照耀下亮得刺眼，飞将盔上一根白翎笔直地刺向天空，整个人看起来勇猛威严，犹如一柄雪亮的关刀。

杨修站在帐外，歪着头看了他们一会儿，笑着对跟在身后的那名校尉道："你别说，这几个傻大个儿往这里一站，还真有点气势。程昱这老小子就算在大帐里喝酒赌钱，恐怕也没人敢进来捉他了。"

不等校尉答话，他走上前去拍了拍其中一名虎豹骑，道："好好站岗，大个子。等回到许都，我让你做我的随从，咱们去赌场玩玩儿。"

那名虎豹骑也不作声，伸手拦住了杨修，一把拽下他腰间的佩剑。

杨修做了个无可奈何的手势，道："嗬，程昱这老小子越来越怕死了不成，他还怕刺客假扮成我的样子么？"

掀开帐帘，看到须发皆白的程昱对着门口静静地坐着，旁边站着一个灰头土脸的蜀军兵卒。

杨修打了个哈哈，道："程老大人，这么急找我干吗？"

程昱语气平缓："世侄，你今年多大了？"

杨修愣了一下，随便找了个长案歪歪地坐下："老大人问这个干吗？莫非要招我做孙女婿？"

程昱叹了口气，道："世侄啊，就算老夫有此意，你也无此心。"

杨修重重地点头："说得不错，程老大人。我还记得当初天下大旱，曹孟德军粮快吃完了，大家都束手无策。那时候啊，是您搜刮了家乡，弄来不少军粮。不过据说里面掺杂了不少人肉来着，不知道是真是假？"

程昱淡淡笑了，没有回答。

杨修摸出腰间的酒壶，灌下一口道："那看来是真的了。程老大人啊，我听说您孙女着实漂亮。可惜呢，杨某人比较胆小，怕她跟你有一样的癖好。万一洞房花烛夜，杨某醒来，发现自己少了条胳臂腿儿之类的，岂不是大煞风景？"

程昱摇头道："我与你父亲杨彪私交甚好，可以说是看着你长大的。你的脾气，我清楚得很。你刚才说的那些话，我不怪你。我们这些人，都已经老了，还能在朝堂之上站几天？世侄，在杨家，你最受父亲器重，他对你的期望也很高……"

"整个杨家，聪明人也就我一个了。老头子不器重我，能器重谁呢？"杨修斜着眼看着程昱道，"程老大人，你有什么话就直说吧，温情满满攀着亲戚拐弯抹角的，一点都不像你平日阴冷狠毒的作风嘛。"

"这个人，你认识么？"程昱指着旁边那个灰头土脸的蜀军士卒道。

杨修斜眼看去，那蜀军士卒中等身材，相貌平常，属于见上几面也不会有什么印象的普通人。

"不认识。不过我听说蜀军那边过来个反水狗，大概就是这位吧？"他抿了口酒，刻薄地笑道，"怎么，要踩着昔日兄弟的尸骸飞黄腾达了么？"

蜀军士卒却并不答话，只是向程昱点了点头。

程昱道："你也知道，定军山之战，寒蝉又出现了。大军开拔汉中之前，魏王已经下令进奏曹彻查此事。"

"这事情我晓得，那伙人只杀了个陈柘之后，就没什么动静了。"

程昱自顾自地说了下去："我为人谨慎，口风甚严。你知不知道，为何前去请你来的人，会告诉你，西蜀叛逃来了一个细作？"

杨修懒懒地道："不知道。"

"我在给你考虑的时间。"

"考虑什么？"

"这个西蜀叛逃来的细作，自称刘宇，隶属西蜀军议司，官职是前军校尉。"程昱顿了顿，"他告诉我，定军山之战，泄露军情的人，就是你。你，就是寒蝉。"

杨修怔了一下，看了看程昱，又看了看刘宇，咧嘴笑道："他娘的，西蜀的兵法五间用得蛮纯熟的。喂，喂，程老大人，你该不会因为这家伙的一句话，就认定我是寒蝉吧？"

"世侄，你现在只不过是个小小的主簿，连核心的军议例会都参加不了，西蜀为什么要花这么大的力气去陷害你？"程昱缓缓道。

"那谁知道……"杨修像是突然想到了什么，"程老大人，你刚才也说了，我连军议例会都无法参加，那我又怎么能知道军情呢？"

"你跟临淄侯曹植相交甚密，定军山之战，夏侯渊的军情就是你从他那里打探出来的。"刘宇突然开口，声音虽轻，却很肯定。

沉默了一会儿，杨修点点头："这也说得过去。虽然不知道你们西蜀为什么要对付我，不过显然你们弄得比较缜密，比进奏曹的那些人稍微聪明了一点。"

"世侄，"程昱叹了口气，"告诉我真相。"

"真相？"杨修笑道，"我刚才说了，你信了么？"

死寂的味道在大帐之内蔓延开来，只有锐利的眼光在空中交错，碰撞，搏杀。

程昱忽然站起身，解下身上的佩剑，丢到杨修身旁。

"杀了他。杨家只有你这一个嫡子。"他背过身去。

杨修看着脚下的佩剑，却并没有动。

刘宇动了，却并不是去拾那把剑。

躬身，跃起，转眼之间，他已经蹿至帐门。

帐帘一闪，人已消失。

随即帐外传来一声闷哼，刘宇跌了进来。帐帘掀动，两个虎豹骑走进帐内。

"放心，这是我的人。"程昱道，"世侄，我已过了对真相感兴趣的年纪，你杀了他吧。以前你做过什么，我不管。我只希望你从此以后，注意点分寸，也好让我对你父亲有个交代。"

杨修拾起佩剑，放在手上掂了掂，却又将佩剑丢给了程昱。他淡淡道："程老大人，我这辈子还没杀过人，着实没这个勇气。这样吧，你先把我关起来，然后把这个西蜀细作交给魏王。是杀是放，就让他去决定好了，这样你也不用为难了，行不行？"

程昱看着杨修沉默半晌，脸突然变了，犹如潜伏在黑暗中的豺狼露出了獠牙："被你识破了？天下第一聪明人，果然名不虚传。"

杨修又举起酒壶，抿了口酒："过奖，过奖。整天陪着您老这么阴险的人，怎么能不多长个心眼儿？不管这家伙是不是西蜀军议司的人，您老大人的戏也演得太过火了。先来温情，再来感化，中间让这家伙插一杠子，最后来个惊天大逆转。嘿嘿，不过盏茶时间，您就绕了这么多圈子，差点把我给绕晕了。我要是一时糊涂，提剑宰了这家伙，那不管我是不是寒蝉，您都能把我给咔嚓了。杀了一个西蜀叛逃过来的细作，而且这细作还指证我是寒蝉，这事儿我怎么能说得清呢？我那老爹，恐怕还得对您竖竖大拇指，夸您不徇私情。"

程昱面色阴冷，并不答话。

杨修嘿嘿笑道："程老大人，下官倒有个问题，想问问。"

"你说。"

"为何程老大人要对我下此狠手？你确信我就是寒蝉？"

程昱声音冰冷："我不能肯定。此事错综复杂，调查起来太过困难。但寒蝉既然再度出现，又跟西蜀军议司的人搭在了一起，想必此后还会有所动作，此人务必尽快铲除。既然这时有西蜀细作指认你，那就是至少有一半的把握，就算冤杀了你，那又如何？"

杨修大笑："宁可杀错，不可放过。好，好，还真是您老的一贯作风。只可惜我脑袋转快了那么一点点，只好留你慢慢去查证我是不是寒蝉了。接着呢？按惯例，不是该把我押入大牢了？只不过嘛，这荒山野岭的，好像找间大牢有点困难。"

"已经清理出了个山洞，先委屈世侄你几天。"程昱挥手招虎豹骑上前，"这位西蜀军议司前军校尉还提供了几个情报，如果接下来能够一一证实，你不会在山洞里待太久的。"

都亭侯府。

"叔公，是我，贾逸。"

"啊，贾逸？"贾诩嘴角淌着口水，呆呆地看着眼前的贾逸，"你来了啊，吃了吗？"

贾逸叹了口气，离家三年，叔公竟然彻底变成老糊涂了。堂兄不在，陪着这个老头子聊了小半个时辰，他却还没认出自己是谁。

"叔公。我从石阳回来了，三年没见过您了，来跟您打个招呼。"怪不得叔公不见蒋济大人，老糊涂了，见了他又能说些什么？

"好，好，等下多吃点儿。"

贾逸只好端起了茶碗，里面浮着散发着清香的茶片，应该是东吴的上好货色吧。呷了一口，贾逸放下了茶碗，又看向了地面。堂兄还没回来，真无聊，是继续跟这个老头子耗下去，还是就此告辞呢？

奇谋百出，算无遗策，名动天下的毒士贾诩，已经老了。从进入都亭侯府，见到叔公之后，这个念头一直在心头萦绕。叔公再也不是那个目光锋利、面容威严的侯爷，只是一个病快快的老人。一句话重复几次，他还听不清，而且所答非所问，根本无法交流。想当初，宛城败魏王、官渡战袁绍、潼关破马超，这些足以流传百世的大战，都有叔公活跃的影子。现如今，英雄迟暮，整个贾家却没有人能延续叔公的威名。自己也快三十了，还没立过什么显赫的大功，再这样下去，复仇谈何容易。

他又干咳一声："叔公，这次进奏曹调我回来，是为了彻查寒蝉。若是能侥幸查出寒蝉，侄孙必可飞黄腾达，到那时，想必有机会可报父仇……"

"嗯，是个好机会，你得好好珍惜。不过这女人啊，有时候也很可怕。"

贾逸低着头，自顾自道："叔公，我父亲当年被司马懿排挤构陷，被判枭首弃市。若不是您鼎力相持，恐怕我们孤儿寡母是活不到今日的。母亲大人四年前亡故之后，您又举荐我进了进奏曹。虽然我被派驻到了石阳，远离许都，但身为贾氏子孙，贾逸也没让您丢脸。我在石阳，跟军议司、解烦营的人斗来斗去，睡觉都不踏实。但是整整三年，我占了不少便宜，没有吃过一次亏。这次定军山之战，寒蝉再现，世子显然是信不过进奏曹在许都的人，又因为我屡有功勋，才千里迢迢把我调了回来。叔公，这次对我来说，是个莫大的机会。司马懿已经爬得太高，是世子曹丕的股肱之臣，如果我不能跟他平起平坐，那……"

突然觉得面前有轻微的呼吸声，贾逸警觉地抬头，却见叔公不知何时走到了自己面前。他愣了一下，正要起身答话，却见叔公混浊的双眼突然变得凌厉，双手紧紧地按着自己双肩，厉声喝道："寒蝉，勿近！"

贾逸大惊，伸出双手扶住贾诩，疑惑地问道："叔公？"

贾诩的神色又迅速黯淡下去，佝偻着身子，看着他问道："你……你是谁？我饿了。"

从叔公家里出来，就被人盯上了，贾逸很清楚。他有些好奇，身上穿着进奏曹的官服，在许都大街上，竟然还有人敢盯他的梢。而且这个盯梢的人，很明显是个新手。

是汉室旧臣的人，还是荆州系的人？抑或是寒蝉的人？现在的许都，敢招惹进奏曹的势力，也就这三个了。不过，不管是哪方面的人，都显得太过于随意了。知道盯的是进奏曹的人，居然还派了个这样的新手。贾逸决定给身后的人一个惊喜。

他在长街上走走停停，东逛逛西看看，不时地停下跟小商贩们讨价还价，甚至还买了一个泥人儿。后面盯梢的人，看贾逸如此懒散的样子，也慢慢放松了警觉。不知不觉间，两人已经走到了一条背街小巷。

贾逸转过弯，靠在墙上，屏住了呼吸。手里的泥人儿已经被他捏得粉碎，变成了一捧细细的泥沙。身后的那个人已经靠近，毫无警觉地转过了弯。贾逸挥手，一捧细沙飞向来人。那人下意识地用手去挡，然而贾逸的拳头已经到了。

"嘭"的一声，沉闷的声音响起。那人竟然遇乱不惊，用手掌抵住了迎面袭来的拳头，脚尖抬起，飞快地踢向贾逸的腹部。

倒是小看你了。

贾逸冷哼一声，抬腿格挡，顺势欺进来人怀中，同时右臂弯曲变为肘击，狠狠向来人下巴砸去。

然后，贾逸停了。

他抱着双臂站着，看着眼前的人，眼中充满了促狭的笑意。

是个女人。很狼狈的女人。

贾逸的肘击，这个女人躲了。但不幸的是，并没有躲过去，而是被砸到了嘴唇上。本来很好看的樱桃小嘴，现在已经肿了起来，像是两根猪肉肠，再配上这张精致的小脸，说不出来的滑稽，就像是一副精致秀丽的蜀锦图上被小孩子抹上了鼻涕。

"笑什么笑！"那个女人，或者应该说是少女，恼羞成怒，作势就要挥拳打来。

贾逸往后退了两步，笑道："既然都是同僚，为何无缘无故跟踪我？"

少女愣了一下，道："你怎么知道我也是进奏曹的人？"

贾逸叹了口气："你都把进奏曹的腰牌挂脖子上了，我不想知道也太难了点儿。"

少女装模作样地干咳一声，纤细的手指夹起脖子里那块进奏曹的腰牌，得意地冲贾逸晃了晃："魏王给我封了个昭信校尉的官儿，听说你是鹰扬校尉，喂，我们俩的官儿谁大？"

贾逸哭笑不得地道："这个先不说，我很好奇，你为什么要跟踪我。"

少女骄傲地道："自然是想看看你的能耐。以后我们就是搭档了，我可不想被一个傻瓜拖了后腿。"

说完，少女还舔了舔发肿的嘴唇。

贾逸在心里叹了口气，眼前的这个少女最多只有十八九岁，模样倒是很漂亮，但是能力……却是不敢恭维，而且还欠缺了点儿自知之明。世子为什么会派这么个雏儿跟自己搭档查寒蝉？这么严肃的事情，让看上去这么白痴的女人掺和，合适吗？虽然这几十年来，也有不少女人掺和到数不清的阴谋阳谋之中，但这么蠢的女人，应该是第一个吧？

"小姐……嗯，还没请教阁下名讳。"贾逸道。

"田川。"少女咧开犹如猪肉肠一般的嘴唇，很是高兴地回答。

"田校尉，作为前辈，我给你一个忠告。"贾逸很不客气地说，"你以后最好别女装打扮，要么穿官服，要么穿轻甲，总之，不能让人一眼看出来你是女人。"

"为什么？"田川瞪大了眼睛。

"还有，你脖子上挂的那块东西，叫作腰牌。腰牌，当然是要挂在腰里，这个请你以后也要记住。"

田川愣了一下："这都是曹里的规矩吗？怎么我在幽州当差了两个多

月，从来没人跟我说过这些？"

"幽州，两个多月……"贾逸眼皮跳了一下，恐怕在幽州，进奏曹的脸已经被这白痴丢完了。

他放缓语气，道："你在幽州，是进奏曹分支的主官，自然没人敢说你的不是。但是到了许都，你我都是进奏曹最基层的官员，一切都要按规矩来，明白吗？"

田川犹豫了一会儿，不情不愿地哦了一声。

"还有，你在进奏曹里做了多久，怎么年纪轻轻，就被晋升为校尉了？"自己有叔公举荐，在石阳一线又屡立大功，才被破格提拔为校尉。但是眼前这个少女，年轻得惊人，白痴得惊人，怎么会也是校尉？

"我直接就是校尉啊。"田川伸出舌头，舔了舔嘴唇，"魏王说是我父亲对朝廷有功，又死得早，还没什么子嗣。为了补偿田家，魏王就让我来了进奏曹，一进来就给了个校尉的官职。怎么，校尉算很大的官吗？"

胡闹，贾逸在心里暗道，怎么一向以严谨著称的进奏曹，现在也这么乱来了？魏王也是，安排人去哪里不好，怎么安排到了进奏曹？

"喂，问你话呢，怎么不回答。"田川道。

"你父亲是……"

"田畴。"

"田畴？就是那个协助魏王平定乌丸的田畴？"贾逸动容道。

"嗯，就是这个，怎么了？"

"那倒是失敬了。原来是田畴的后人，怪不得……"

"怪不得什么？"

"没什么，没什么。"贾逸的眼睛又眯起来了。

田畴是当朝名士，常年隐居在幽州。曾经助魏王收复乌丸，征伐荆州，立下累功。魏王多次要给他封侯，田畴却坚辞不受。后来据说田畴早死，儿子也死得早，想不到还剩下这么一个女儿。也难怪田川这么白痴，在幽州边界那种混乱的地方长大，又没人管教，还能指望她长点脑子？

贾逸正在沉吟，不妨田川却大大咧咧地把手搭在了他的肩膀上。他无可奈何地叹了口气，男女授受不亲，这个最基本的道理，这个白痴似乎也不懂。

"干吗？"

"借……我点钱。"田川一点尴尬的表情都没有，"刚才故意让你打在了我脸上，是为了试试你拳头的力道。对，虽然你的拳劲很弱，但我也受了点擦伤，你得出点汤药费给我！"

贾逸拨下搭在肩膀的手，面无表情地抓了一把铜钱放在了那只白嫩的小手里。

"你顺便下午帮我跟蒋济大人请个假，就说我有要事要办，今天就不去找他报到了。"

"嗯。"贾逸只觉得满嘴都是苦涩的味道，似乎自己的那一拳，结结实实地打在了自己脸上。

许都，城郊。

叔公那句话到底是什么意思？是胡话，还是片刻清醒之时的告诫？寒蝉……勿近？他打了个冷战，叔公那凌厉的眼神又浮现在了眼前。算了，不想了。都已经糊涂成那个样子了，还那么在意他的话干吗？

贾逸拉住缰绳，俯视着前方一望无际又起伏不定的荒草地。小的时候，他曾经一个人在齐顶高的蒿草地里迷了路，任凭怎么呼喊求救，奋力奔跑，却始终迷失在那片广袤得犹如大海的蒿草里。直到夜色降临，他精疲力竭地倒在草丛里，抬头看着黯淡的月亮和繁星，喉头泛起苦涩的绝望。那一晚，他真真切切地以为自己会像一条野狗一样死在那里。直到后来，太阳升起，他才发现他所倒下的地方，离荒草地的边缘仅仅十几步。

行百里者半九十。

人生往往就是这么残酷。

远处的蒋济一身劲装，张弓驰骋在荒草地中，正追逐着一头野鹿。蛰伏了一整个冬天的野鹿，自以为盼来了春天，却不知道迎接它的是血淋淋的未来。一支羽箭呼啸而来，擦着犄角没入前方的泥土里，它骤然一惊，想往左侧逃去。两只猎狗迅速扑上来，堵住了它的生路。此刻的这只野鹿，是否也像那晚的自己一般绝望？贾逸突然暗笑起来，只不过是只畜生罢了，自己什么时候变得这般伤春悲秋了。

他从弓壶里抽出雕弓，搭上一支白羽箭，弦如满月。

放手，远处的野鹿应声而倒。

贾逸将雕弓插回弓壶，策马上前。野鹿倒在草丛里，口吐着血沫仍在抽搐，那支白羽箭贯穿了它柔软的腹部，流出来的血将地面染成了一片褐色。

"这只鹿……原来是只怀了崽的母鹿。"贾逸道。

"怎么，"蒋济翻身下马，俯视着猎物道，"你想说什么？"

贾逸看着母鹿胀鼓鼓的腹部，干笑道："原来大人迟迟不出手，是因为……"

"错了，我没有那么悲天悯人。许久不曾游猎，我的身手早已生疏了。"蒋济摇头道，"你连人都杀过，又何必在意一个畜生，仅仅是因为这只畜生怀了崽么？"

"这个……属下是觉得……"

"妇人之仁。"蒋济淡淡道，"你现在需要的不是怜悯，也不是狠毒，而是麻木。现如今许都之内派系林立，明争暗斗，就犹如一锅快要烧开的水一般沸腾。若是一步不慎，就会粉身碎骨。"

"属下明白。"贾逸点头。

"跟田川见过了？"蒋济问道，"觉得怎么样？"

"蠢货一个。"贾逸摇头道。

蒋济笑道："那你怎么安排她的？"

"我让她带队去了汉帝宫门那里，观察记录进出的人，好跟陈祎的名单作下对照。"贾逸犹豫了一下道，"大人，那个没脑子的丫头必须跟着我吗？我看她人情世故什么都不懂，更别说查案什么的了。"

"名士之后，又是世子亲令。"蒋济打断了他的话，"明白吗？"

"明白。"贾逸答应得有些不太情愿。

毫无预兆地，耳边响起了细微而又杂乱的嗒嗒声，蒋济和贾逸一起猛然抬头，凝视着远方。未几，犹如战鼓一般的马蹄声由远及近，伴着飞扬的尘土，在两人数十步远的地方戛然而止。马队足足有一百余骑，前面的近百骑都身披铁甲手持长戟，剩下的十余骑躲在后面，恍惚间看不太清楚。只能隐约看出大多都是些劲装打扮，还有几个还穿着华丽的丝绸长袍。

"你们是什么人？"马队前列都尉模样的骑士大声喝问。

"阁下是什么人？"蒋济沉声反问。

"放肆，这是临淄侯的猎队！你们还不速速避让？"几名骑士策马欺了过来。

"哟，原来是侯爷来打猎了啊。"贾逸嬉笑道，"我看这么大排场，还以为是魏王回来了。"

"混账东西，出言不逊，不想活了么？"那都尉怒喝道。

"在下进奏曹蒋济，约束属下不力，还请侯爷见谅。"蒋济策马前行几步，冲马队作了个揖。

马队后面那十几骑里传出窸窸窣窣的说话声，随即爆发出一阵哄笑，想必是在说蒋济他们的坏话。

"在下告退！"蒋济冲那都尉拱了拱手，招呼贾逸拔马便走。贾逸不服气地哼了一声，随后跟上。

身后传来那都尉洪亮的声音："蒋大人，侯爷有话要你传给世子。侯爷说，请世子看好自家的走狗，莫要放出来乱跑，免得坏了诸位公子春猎的雅兴！"

蒋济头也不回地应道："回禀侯爷，在下定将侯爷的话，一字不落地回禀给世子。"

身后又是一阵哄笑声，蒋济全然不理，只是催马前行。

贾逸在身后策马赶上，忍不住问道："大人，你真要把话传给世子？"

"我有那么无聊？"蒋济瞥了眼贾逸，"就算我回去跟世子说了，他也只会笑笑作罢。"

"如今这情形，想必是曹植误会了。"贾逸道，"曹植和杨修一样，自视聪明，总觉得自己高人一等。听说他在世子之争中落败之后，愈加变得愤愤不平，时常发些魏王和世子的牢骚。今天咱们打猎，碰巧跟他撞到了一块儿，以他的度量，大概以为是世子派咱们来监视他的。"

"无所谓，管他怎么想，咱们只需要做好分内的事。"蒋济道，"有时候你越是想要骑墙，越是两边都落不下好处。咱们不惹事，但也不怕事。"

"大人，曹植今天这仪仗，算不算僭越？"贾逸问道，"百人猎队，是诸侯王的仪仗，而侯爷至多五十骑。"

"你少动歪脑筋，咱们进奏曹的人，不蹚这浑水。"蒋济道。

"咱们不蹚，也有别人蹚的。"贾逸不以为然地道。

"陈祎这个人，怎么样？"蒋济换了个话题。

"身世调查过了，没什么问题。我在七个宫门外都安排了人手，把前几日记录的名单跟陈祎提供的名单对比下，就知道能不能信他。"贾逸答道，"可惜咱们无法直接在禁卫中安插人手，不然的话就可以直接监视宫内，用不上陈祎了。真不明白魏王是怎么想的，为何不把长乐校尉换成自己人？"

"天下的汉室旧臣还没死完呢。"蒋济道，"现如今，军、政、财全部牢牢掌握在魏王手里，宫里的那位，实在是翻不起什么风浪了，杀了倒不如留着。魏王似乎想做霍光，还不想做王莽。"

"那世子呢，世子想做什么？"贾逸嘿嘿笑道。

"不知道，不过以世子的性格来说，应该跟魏王差不多吧。"

"那若是当初曹植做了世子，汉帝的日子就到头了。"贾逸故作悲悯地感慨道。

"怎么说？"蒋济奇道。

"你想啊，身为侯爷用王爷的仪仗，要是身为王爷，会不用皇帝的仪仗吗？"

蒋济摇头道："你话太多了。在许都，话多的人通常活不长。"

贾逸道："放心吧，大人。这些话我只会在你这里说。"

毫无预兆地，一道尖利的呼啸声刺破广袤的宁静，引得两人齐齐回过头去。

"是曹植的方向。"贾逸有些幸灾乐祸。

话音未落，呼啸声接连响起。是响箭。蒋济面色凝重起来，一般只有遇到危急之时，才会射出响箭报急。这眨眼之间，已经射出了三支响箭，表示的是遇到了伏击。

"去看看？"贾逸道，明摆着一副要去看热闹的样子。

蒋济沉吟了一阵，摇了摇头："这里离许都很近，不会有大群的盗贼出现。况且他们是百人猎队，就算是遇到了伏击，也能够保护曹植的安全。我们去了没什么用。反而搞不好会被那些紧张的骑兵们射成刺猬。"

"那我们装作什么都不知道的样子，直接回去？要是我们稍微放快了点儿速度，想必现在也听不到响箭了。"贾逸笑道。

"曹植遇袭这件事不简单，"蒋济点头道，"进奏曹的首要任务，是查清定军山之败，追捕寒蝉，这种事还是不要牵涉进去的好。"

"不过，这光天化日之下，究竟是谁这么大胆敢伏击曹植？"贾逸道，"该不会是……"

"不关我们的事，按职责划分，应该是由许都尉处理。"蒋济淡淡道。

贾逸却自顾自地说下去："若曹植一死，世子无疑是最大的受益者。也就是说，曹植遇袭，世子有最大的嫌疑。这件事太过于敏感，许都尉只怕是没能力处理的，应该还是会推给进奏曹。世子是会交给司马懿，还是交给蒋大人你呢？司马懿是世子系的人，许都内人尽皆知。世子为了表明自己的清白，只能将这案子交给大人了。嘿嘿，大人，你刚才那句话怎么说来着？咱们不惹事，但也不怕事。"

蒋济勒紧了手中的缰绳，道："走，咱们要尽快赶回进奏曹！"

进奏曹门口，贾逸看到一个驿卒已经等在了门口。怎么许都尉这么快就把这烫手山芋扔过来了？他看了蒋济一眼，翻身下马，径直走到驿卒面前。

驿卒看了眼他的腰牌，恭敬地呈上一枚竹简。贾逸接过，粗粗看了一眼，是从汉中发来的密信，落款是程昱。还是给蒋济大人的回信吗？他有些失望，回身将密信转送给蒋济。

"奇怪，程昱先前已经明确表示，拒绝进奏曹协查汉中，现在写来密信，又是何意？"

蒋济沉吟不语，径直走进院中。

用匕首挑开火漆，从中抽出一卷白帛，蒋济嘴角浮现出了一丝笑意。他将白帛递给贾逸："看看。"

寒蝉被擒？杨修？

贾逸哈哈干笑两声，将白帛又递还给蒋济。

"笑什么？"

贾逸瞟了眼蒋济的神色，斟字酌句地道："我觉得杨修……不太可能是寒蝉。寒蝉行事诡异，心机颇重，潜伏了数十年未曾露出一次马脚。而杨修呢，处事张扬，口无遮拦，得罪了不少人。可以说不管是文臣武将，还是各种派系，都有不少人盯着他，等着他犯错，欲除之而后快。这样的人，会是寒蝉？似乎不太可能。"

"那西蜀军议司的细作，怎么会一口咬死他呢？有什么理由去陷害一个小小的主簿？"

贾逸低头思索了半晌，老实回答："不知道。不过既然程昱那边，把杨修当成寒蝉关了起来，那我们还要不要继续查下去？"

蒋济笑道："程昱？是我们进奏曹的人吗？"

"自然不是。"贾逸也笑了起来。

"程昱查程昱的，我们查我们的。"蒋济淡淡道，"汉中啊……那不是我们需要担心的地方。"

"但是……程昱寄过来这封密信，是什么意思？"贾逸道，"是他确信杨修就是寒蝉？不对，那只老狐狸心思缜密，我们都能想到的事情，他不会想不到。"

"你能想到这点违和之处，比离开许都时，已经老成了不少。"蒋济笑道，"既然程昱知道杨修不会是寒蝉，那为何还要拘捕他，并且将消息传递给我们呢？我们接到这个消息，不管信与不信，下一步肯定要怎么做呢？"

"这种重要的消息，我们必须要上报……世子……"贾逸的眼神闪烁，已经想到了什么，"是了。世子跟临淄侯曹植因为夺嫡之争，一直有很深的矛盾。程昱的孙儿在世子曹丕手下当差，虽然他一直声称自己不党不争，但许都城内风传程昱早已倒向曹丕一派。而杨修是临淄侯曹植的左膀右臂，程昱将杨修当作寒蝉关起来，又向我们送来密信，表面上是在互通情报，实际上却在暗示曹丕，杨修已经在他控制之下，早晚会借口诛杀。而且，这老狐狸将密信送给了我们，而不是早已被世子收在麾下的司马懿。这又是在向魏王表示，他仍是忠于魏王，并未倒向曹丕。"

贾逸突然停了下来，压低声音道："杨修被抓，曹植遇刺。这两件事几乎同时发生，会不会有些太巧了，大人，该不会世子开始动手了吧。"

蒋济沉默一会儿，又摇了摇头："不会，魏王还在，现在不是世子动手的最好时机。"

贾逸正要说话，却忽然听到前庭传来虎贲卫的通报声。他眉毛一跳，有些诧异地看着蒋济，却发现蒋济也是微微变色。

在这个时节，世子来访进奏曹，到底是什么意思？还没等细想，曹丕已经走进了房中。两人想要上前见礼，却被他挥手阻止。

"这位就是贾逸？"曹丕笑吟吟地道，"时常听蒋济说起你，真是一表人才。这几年，我翻阅塘报，你在石阳办的不少案子，着实精彩，不愧是年轻有为。"

贾逸不亢不卑地低头作揖："承蒙世子厚爱，贾逸只是尽责而已。"

"对于临淄侯遇刺一事，你怎么看？"

贾逸瞄了蒋济一眼，道："事发突然，下官还没来得及仔细思索。"

"听说他遇刺之前，见过你们，还托你们带话给我。"曹丕笑道，"蒋济既然没向我回报，想必不是什么好话。我这弟弟因为世子之争，一直对我有些偏见，难免会发些牢骚。让你们夹在中间受气，倒也是难为你们了。"

"不知临淄侯伤势如何？"贾逸轻声问道。

"伤势？他如果受了伤，你觉得我还会来进奏曹吗？"曹丕叹了口气，"刺客射中了猎队中的一名百人将，他现在正坐在我世子府里要个说法。这案子，许都尉不敢接，只好交给你们了。"

"为世子效力，是进奏曹职责所在。"蒋济接过话，"不知道世子亲自来访，有什么要紧的事要交代？"

"喔，我是进宫面见汉帝，路过你们这儿而已，哪会有什么交代。"停了一会儿，曹丕又摇摇头，"这次行刺，倒是有些蹊跷。我这弟弟，出城游猎，带的是百人猎队，其中不乏骑射好手。为什么刺客会选在这个时候、这种场合下，从外围行刺？"

贾逸神色一震，猛然回忆起当时猎队发现他们的情景，拱卫核心，进退有序，根本无法找到曹植在哪里。

"如果真想杀他，在许都城内大街上恐怕都要比今天容易得多。可惜我这弟弟，根本不往这方面想，还在我府内大闹，说已经六百里加急送信前往汉中，要父王主持公道。眼下汉中战况紧急，许都又出了这么一档子事情，不能为父王分忧，我真是愧为人子啊。"曹丕叹了口气，向身后摆了摆手。

一名长随捧了个木盒进来，放在长案上，小心地打开。里面是杆羽箭，箭头上沾有一些褐色干涸的血迹，箭杆之上刻着一个"魏"字。

"这是刺客所用的羽箭，交给你们，查案也好有个线索。好了，好了，在你们这里已经耽搁了太长时间，我得赶紧进宫去，不然我那皇后妹妹又该说我藐视天威了。"曹丕苦笑一声，道，"这案子，不要慌，慢慢查。不可放走奸佞，当然也不可株连无辜。父王那里大战在即，许都当下要保一个'稳'字。"

蒋济应声道："属下明白。"

送世子出了进奏曹，蒋济在院子中站了好一会儿，才问道："贾逸，如果要你查这案子，你会怎么查？"

"既然有这羽箭作为线索，自然是搜遍许都城内所有魏姓大户人家，若是找到相同样式，先缉拿审问再说。"

"好，就依你的法子去办。"

贾逸犹豫了一下："可是大人，刚才世子不是说，许都要保一个'稳'字吗？如果咱们大肆搜捕，会不会……"

"无妨，先找到羽箭的主人要紧。"蒋济的嘴角，浮起一丝意味深长的笑。

世子妃甄洛静静地坐在凉亭里，看着亭前姹紫嫣红的牡丹发呆。

身后的婢女笑道："这许都城里，就数咱们宅院里的牡丹开得最艳最好看，听说这种牡丹，以前只有皇宫里才有。当初布置花园的时候，是殿下特地请人从洛阳带回来的种子呢。娘娘，您看着喜欢的话，等下奴婢剪几支，插在您房间里的净瓶里，早晚看着都叫人喜欢。"

甄洛摇了摇头。牡丹虽说被誉为国色天香，但终究还是多了份俗气。

如果插几支放在房里，还不被他调笑？

"不放在房里么？娘娘，世子可是很喜欢牡丹的啊。"身后的奴婢有些不解。

"我不喜欢。"甄洛淡淡地道，转过头看着石桌上的那片帛书。是篇《悲秋赋》，字迹苍茫落寞，初看起来有一股萧瑟的秋意，但细看下去，却又能发现其中狂放不羁的气势。字是好字，赋是好赋，人呢？甄洛两颊微微泛红，羞涩地摇摇头。这个曹植，以前答应过要为自己写一篇赋的，这都过去好几年，却一直没有动笔。该不会是新婚过后，就忘记了自己这个故人了吧。不，不会的，他说过对新婚妻子不太满意，再说他也不是那种薄情之人。唉，快一个月没见过面了，他现在在干什么呢？甄洛捧起手中的《悲秋赋》，小心地叠了起来。比起他这个窝囊的哥哥曹丕，曹植既温柔体贴，又才华横溢，当初攻陷邺城、闯入府邸的为什么就不是你呢？

"看什么呢？"身后传来温和的问话声。不用回头，也知道是曹丕。

"一篇赋。"甄洛没有回头。

"什么人写的呢？刚才看你好像读得很入神。"曹丕绕了过来，坐在甄洛的对面。

"你不认识。"甄洛冷冷道，"殿下不是去见汉帝了吗，怎么到后院闲逛来了。"

曹丕不以为忤，笑笑道："刚从皇宫回来，曹节因为汉宫配给的事情，冲我发了好久的牢骚。出宫后，我却有点感慨，她守着个傀儡皇帝，还能相敬如宾，我们俩却好久没有促膝谈心了。这点怪我，整天忙于政事，冷落了你。"

"那殿下的李贵人、阴贵人呢？殿下就不怕冷落了她们？"

曹丕苦笑道："洛儿，你怎么还在耍小孩子脾气。我不是跟你说过么，娶她们，都是父王的意思，为的是和这些名门世家结为姻亲，好让咱们曹家多些后援。"

"怎么说你都有道理。"

"罢了，罢了。"曹丕无意在这件事上纠缠下去，"府里还剩下几匹蜀锦？"

"怎么，殿下又要拿去送人情？"甄洛冷笑。现在刘备占据了蜀地，蜀锦采购已经不太容易，今年世子府总共买入了三十匹而已。本来曹丕已经应允分给甄洛三匹，其他女眷两匹。但最近曹丕总拿蜀锦去送人情，现在已经没剩几匹了。

"话不能这么说。"曹丕略微显得有些尴尬，"我是想着曹植新婚不久，你带上一匹去送给咱们弟媳吧。前段时间，因为世子之争，我和他之间有些误会，以后有机会得慢慢化解才行。"

原来是送给他。甄洛的脸色缓和下来，淡淡道："既然殿下想到了这里，我去办就是。只是你们既然是亲兄弟，一匹蜀锦会不会太单薄了。"

曹丕笑道："那是自然，我还准备了一匹西凉送来的千里马，全身雪白，没有一根杂毛，他看了肯定会喜欢。到时候，你一齐带去好了。"

甄洛点了下头，正要说话，却见司马懿穿过蜿蜒的花径小路，匆匆而来。她皱了下眉，心头升起一丝厌倦。这个老头子好生不晓事，世子府的后院，他不等通传就贸然闯了进来，一点礼数都不懂。她冲曹丕点了下头："看起来你又要忙了，我先走了。"

曹丕歉意地道："那晚上一起吃饭吧，我交代后厨做了你最喜欢的金丝蜜枣。"

甄洛却没有回话。

看着甄洛的身影消失在花丛之中，曹丕脸上笑容隐去，转过身看着司马懿道："仲达，什么事？"

"蒋济收到了程昱的消息，汉中那边拘捕了杨修。"司马懿平静道。

"哦？"曹丕长身而起，急切问道，"怎么样？"

"西蜀叛逃过来一名军议司校尉，指证杨修即是寒蝉，程昱已经把杨修关起来了。"

曹丕皱眉道："这怎么可能，仲达你觉得呢？"

"他不是寒蝉。"司马懿道。

曹丕沉吟了一下，道："不管杨修是不是寒蝉，他总是我那心高气傲的弟弟跟前的红人。父王这次这么不讲情面，是不是对曹植已经不抱什么希望了？"

"殿下，我觉得，抓杨修，并不代表魏王对曹植有什么想法。"

"哦？"曹丕略略有些失望，"那……我们要不要做些什么，坐实杨修的罪名？"

"万万不可。"司马懿道，"殿下，如今正值多事之秋，许都又为是非之地，殿下应战战兢兢，如履薄冰，世子之争不在一朝一夕，切不可贸然行事。魏王心思缜密，我们若是妄动，万一事败，反而是作茧自缚。"

"也是。"曹丕笑笑，又坐了下去，"仲达，我又失态了。"

司马懿道："汉中离我们太远，殿下眼前要做的，是看紧曹植。"

曹丕叹了口气，转头看着满园的牡丹轻声道："父王经常说这牡丹为花中之王，雍容华贵，在我看来，却是俗气了一点。"

"殿下，这种话说不得。"

"那什么时候才能说得？"

"魏王归天，殿下即位。"

"那还要等多久？"曹丕抬头，看着灰蒙蒙的天空，苦笑。

在抓人这方面，进奏曹的动作一向是很快的。贾逸将许都城内的魏姓人家按照居住地，分为四十六个区域，然后由进奏曹虎贲卫牵头，许都尉的差役配合，展开搜查。同时将那杆羽箭由画师临摹，贴在了九个城门公示，征求线索。不到一天半的时间，就查出了那杆羽箭出自魏讽的府中。

找到出处不过一炷香后，便查到了魏讽去了一家青楼。五十名虎贲卫冲进青楼的时候，魏讽正在喝花酒，一听说因为临淄侯曹植遇刺拘捕他，当场就瘫倒了。而带队的都尉，根本没有给他缓神的时间，直接将他绑在马上，带回了进奏曹，由贾逸初审。

进奏曹的传讯室并不大，却给人平添一股压抑窒息的感觉。魏讽身着囚服，站在那里，一直在瑟瑟发抖。被虎贲卫从青楼里揪到这儿之后，他似乎已经崩溃了。

贾逸坐在高高的首席上，淡淡道："魏大人，你最好能说出一个让人信服的理由。"

"我是被陷害的。"魏讽脸色苍白，双手神经质地抖动着。

"这个东西，不是你府里的？"一支羽箭被丢到魏讽面前，"这支羽箭共长二尺九寸。箭头为铁制，长一寸五分，宽一寸二分，扁平尖锐。箭杆是上好的硬杨木，打磨得笔直光滑，末端黏着整齐的雕羽。这种羽箭，做工精细，材料地道，比军中的箭矢更为高级，一般出自王公大臣家中。锋利的箭头上，残留着已经干涸了的褐色血迹，而箭杆之上，很清楚地刻着个'魏'字。"

"我……我认不出来。"魏讽抹去额头上的汗珠，小声地回答。

"进奏曹搜遍许都城中所有魏姓大户人家，只在你府上找到了相同的羽箭。去年秋天你和司马懿一起围猎之时，有人亲眼见到你用过这种羽箭。你是认不出来，还是不敢认？"贾逸冷冷地逼问。

"大……大人，大人饶命，下官真是被冤枉的。"魏讽"扑通"一声跪了下来，竟然磕起头来。

"你起来！"贾逸皱了皱眉。魏讽官秩比自己高，却对自己卑躬屈膝，真是丢尽了官员的仪态。

"谢……大人。"魏讽畏畏缩缩地坐好。

"昨日你身在何处？"贾逸问道。

"下官跟刘伟几位大人去了颍河泛舟，我们回到许都时，已经日落了。"魏讽急切道，"临淄侯遇刺之时，下官并不在许都，刘伟几位大人均可作证。"

贾逸冷笑道："行刺临淄侯，这种以身犯险之事，用得着魏大人您亲自动手么？"

　　魏讽一愣，带着哭腔道："贾大人，可不敢这么说，就算借下官一万个胆子，下官也不敢行刺临淄侯啊。贾大人，以前下官若有什么地方对不住您，还请您大人不计小人过。您放小人一马，小人必将结草衔环，做牛做马报答大人恩情……"

　　"罢了，罢了，你下去吧。"贾逸只觉得恶心，不耐烦地挥了挥手。

　　虎贲卫上前，扯着魏讽的后衣领向外拖去。刚拖了几步，魏讽突然挣脱，又"扑通"一声跪在地上，压低声音道："不瞒大人，小人手中还有些金银细软。小人对天起誓，若大人放小人一条生路，小人甘心情愿奉上一百两黄金作为谢礼。"

　　贾逸哭笑不得，道："魏大人，你放心。若此事与你无关，进奏曹是不会冤枉你的。"

　　魏讽闻言精神大振，在地上结结实实磕了几下头："多谢大人，大人就是小人的再生父母，感激不尽，感激不尽！"

　　待虎贲卫将魏讽拖出去，蒋济拉开一扇暗门，走进了传讯室："这么快就审完了？"

　　贾逸道："不是他做的。"

　　"何以见得？"

　　"行刺曹植，我看不出对魏讽有什么好处。若是受人所托，对这个卖友求荣的小人来说，就更不可思议了。没有利益，就没有动机。况且魏讽虽然人品不怎么样，也应该不会蠢到用自己府中的箭矢。"

　　蒋济点头："想要搞到魏讽府中的箭矢，不是件很难的事。只要有心，在魏讽围猎的时候，远远跟在后面，就能拾到不少射空的箭矢。行刺曹植的刺客，用魏讽的这支羽箭，应该是想把水搅浑。"

　　"箭头上涂有剧毒，为曹植挡箭的那名百人将昨晚已经死了。"贾逸道，"想不到都这个时候了，曹植手下还有一批死士。"

"毕竟先前他也是册立世子的人选，自然收拢了不少人效力。"蒋济答道。

"大人，曹植遇刺，真的不是世子府里的那位做的？"贾逸眨眨眼道。

"口无遮拦！"蒋济轻声骂了一句，"为什么你一直怀疑世子？"

"大人，魏讽府里以前的羽箭并不是这个样子。他府上去年年初失火，烧毁了不少东西。这种制式的羽箭，是失火之后，重新打造的。打造完成之后，魏讽只出去游猎了一次，就是跟司马懿一起。"贾逸压低声音，"若是说司马懿行刺曹植，情理不通的话，那他背后的世子呢？"

蒋济摇头道："曹丕已经做了世子，而且魏王已经越来越不待见曹植了，只要曹丕不犯下什么大错，这世子之位稳若泰山。杀曹植有什么用呢？就算曹植对他仍有威胁，杀人也是下下之策，若因曹植之死而引起魏王猜忌，恐怕世子之位就保不住了，到时候曹彰倒白捡了个便宜。司马懿不会看不出来这点。"

"可曹植一日不死，曹丕的世子之位就一日坐不稳。如果司马懿就是利用大人您这种心态，安排的这次行刺呢？最容易被人怀疑的人，往往第一个被排除嫌疑……"

蒋济硬生生打断了他的话："陈祎那里有什么消息？"

贾逸愣了一下，发觉蒋济不愿意在这个问题上纠缠，只好道："名册记录得很详尽，咱们探子记下的人，名册上都有，咱们漏掉的人，名册上也有。我已经让田川把人都撤回来了。这个月内，出入宫门的有三千五百六十七人，其中官员或与官员有关的一共五百六十一人。在这五百六十一人中，共有九十七人与汉帝见过面，相谈超过半个时辰的有三十二人，目前全在进奏曹的监控之中。"

"这三十二人中，有没有发现什么异样？"

"暂时还没有。"贾逸的表情有些尴尬。

"暂时还没有？"

"除了发现有些人贪污受贿、勾搭有夫之妇类的杂碎小事，还没什么收获。"贾逸道，"寒蝉行事颇为谨慎，到目前为止，并没有出现什么疏忽。不过……他终究是人，而人终究有犯错的时候。只要我们继续深挖，必定能将他挖出来。"

"话虽然能这么说，但我们没有太多时间了。"蒋济眼神锐利，"一般潜伏的奸细，为了确保自己的安全，若非必要都很低调。寒蝉现在却主动出手，给咱们制造了个大麻烦。你想没想过，他为什么要这么做？"

"占用我们的精力和人力只是最基本的目的，大一点的目的应该是勾起世子和曹植之间的矛盾，让他们互相猜忌，互相攻讦，从而把许都搞乱？"

"然后呢？"

"然后……然后……"贾逸突然打了个寒战，抬头着蒋济。

"没错。只要局势大乱，他就能借机去进行自己谋划的事情。"蒋济神色严峻，"不管他在谋划什么，这前戏已经是前所未有的隆重。"

第三章
伏 击

杨修合上木简，看着愁眉苦脸蹲在地上的许褚，笑骂道："死胖子，你不去巡营警戒，跑到这黑乎乎的山洞干什么，尿骚味很好闻么？"

"唉，杨主簿，那个什么西蜀军议司的人，诬陷你是寒蝉，让你蒙冤下狱。你倒好，不想着为自己辩白，怎么窝在山洞里，看起这些乱七八糟的书简来了？"

"死胖子，这怎么算是乱七八糟的东西？都是我费了好大力气搜寻来的。这次随军出征，我带了整整一车。手上这封木简，是在魏王破下邳的时候，在吕布府中搜到的。不知道是谁假托吕布女儿吕媛的名义写的，想这温侯吕布，一代枭雄……"

"你怎么一点也不急？"许褚抢过那卷木简，摔到一旁，"是想破罐子破摔，还是说你真是寒蝉？"

"若我真是寒蝉，你要如何？"杨修一脸正色地问道。

"你……"许褚犹豫很久，终于狠声道，"杨主簿，虽然俺们关系很铁，但你若是真干了什么卖主求荣的事情，俺，俺就亲手砍了你！"

杨修面色冷峻，沉默半晌，突然爆出一阵大笑。

许褚瞪着眼道："你笑啥，许褚说话一向算数！"

杨修拍着大腿笑道："死胖子，你知不知道刚才你认真的样子有多好笑。哎呀，真是笑死我了，跟赌桌上谁输了钱不给你，几乎一模一样的表情。"

许褚怒道："你这书呆子，都什么时候了，还在耍人。你真的不要命了？"

"我想活，但是我说了不算。"杨修收起笑容，淡淡道，"这投奔过来的军议司前军校尉刘宇，算盘打得很是如意。"

"怎么回事？"许褚疑惑道。

杨修又拿起来一卷木简："用我的命，换他的上位。因为辅助临淄侯之事，魏王对我早已很不耐烦了，说不定已经起了杀意。而寒蝉嘛，远在许都的进奏曹正查得不亦乐乎。据说他们搞出了个什么二十九人名单，我可是榜上有名。再加上军中以程昱、夏侯惇为首的这些谋臣武将对我都不怎么待见。呵呵，我真是个人人皆曰可杀的讨厌鬼。这时候如果给他们一个借口，未必不会顺手除掉我。

"那个刘宇，正是看准了这一点。定军山惨败，寒蝉泄密这些事，搞得大家人心惶惶。他前来送这么一份大礼，只要能找个替罪羊，宣称已解决寒蝉，就能帮魏王稳住军心，自己借机站稳脚跟。然后，再卖出情报，为自己博取功名。

"当初程昱急着找我，据说是那名前军校尉宣称只有我在场的时候，才会说出谁是寒蝉。现在想来，大概是要跟我见上一面，看看我这个天下第一聪明人到底适不适合当那只替罪羊。如果那天我表现得英明神武、气势非凡的话，他大概就会另择他人。很可惜，杨某这副吊儿郎当的样子，似乎是做替罪羊的不二人选。可笑我还跟程昱在大帐里天南海北地扯了半天。虽然我不是程昱，但我也能感觉到他那时的心情是多么愉悦。

不但解决了寒蝉，而且还能顺便除去一个讨厌鬼。真是妙哉，妙哉。"

"所以说，主公才会在没什么证据的情况下，就将你打入大牢？"许褚一副恍然大悟的样子。

"不对。"杨修摊了下手，"这哪里算什么大牢？只能算小牢而已。"

"你还有心情打岔。"许褚兴奋道，"我这就去向魏王禀告，不能让那个刘宇得逞！"

"你觉得魏王会想不到这点？"杨修笑道，"你觉得程昱不会想到这点？你觉得夏侯惇不会想到这点？"

"魏王他们既然能想到这点，那为什么还要把你打入牢中？"许褚奇道。

"他们在等。"杨修道，"只要那名叛逃过来的军议司前军校尉的下一个情报是真的，他们就可以名正言顺地杀掉我。"

许褚噌地站起身："他奶奶的，俺这就去把那个家伙给宰了！"

"你要是把他杀了，谁还能证明我的清白？"杨修笑道，"死胖子，你只需去帮我办一件事就好。"

"什么事，你说。"

"去帮我弄一坛酒，一只烤鸡。可以的话，把我从山洞里弄出去，我见营房里不是有些木笼么？不但阳光耀眼，而且四面透风，比这满是尿骚味儿的山洞好多了。我在木笼里看这些木简，那就舒服多了。"

"你准备坐着等死了？"

"那要如何？杀不杀我，在魏王，不在你我。既然只是等死，为何我不能舒服一点地等死？"杨修笑道，"以魏王对你的信任，这点你总能办到吧。"

最可怕的敌人，往往不会以敌人的面目出现。程昱叹了口气，在长案后坐下。忙碌了一天，身体各处有些隐隐作痛。到底是老了，这种行伍生活，已经有些不适应了。人生七十古来稀，自己已经七十五了，还能活几年呢。他笑了笑，挑亮油灯，又看起了手上的木简。

是许都的消息，魏王不在，那里似乎闹得很欢。曹植遇刺，进奏曹抓了个魏讽之后，调查的进度就慢了下来。蒋济……是个人才。这种事情，不管真相如何，坊间自然会有这样那样的流言。就算是人证物证确凿，揪出了行刺临淄侯曹植的真正凶手，依旧会有很多人不信。人，对事实永远没有兴趣，他们只会相信符合自己观念的所谓真相。这种时候，就是要拖，把事情的热度慢慢拖凉，等到没有人关注了，抛出个不温不火的答案就好。虽然会被人骂作无能，但也比直接把自己丢到风口浪尖上强得多。

与这些初露锋芒的年轻人相比，自己是老了。当初的五大谋臣，郭嘉、荀彧、荀攸都死了，贾诩也早已闭门不见客，只有自己还陪着魏王征伐天下。有不少人说自己是贪恋权位，才一直没有致仕。这些人不知道，与飞黄腾达相比，急流勇退更难。自己性情刚戾，待人刻薄，为了魏王的宏图霸业，得罪了不少人。自己是魏王的一条恶狗，凡事不留余地，见人就咬。在没有后路的时候，就退下来，难免不会被一口口地咬回去。后悔吗？程昱摇了摇头。有些事，主公想做却不便于去做，只能由他养的狗去做。而身为狗，就不能过于爱惜自己的毛皮。

比如荀彧，献计颇多，可以说为了魏王的宏图霸业立下了汗马功劳。可惜他太执着于汉室正统，最后被魏王赐死。在魏王眼中，爱惜皮毛的狗，不是条好狗。

还有一点很重要。

就算知道了怎么做狗，也要注意会不会突然换了主人。

程昱捻着胡须，苦笑。魏王也是人，已经显出了疲态，就算自己伴随着他走到了最后，但下一个曹家的主人会是谁？还会不会要程家的人做狗？世子之争，程昱表面上一直没有搀和，但私下却由着下面的小辈们去做。只要他还在魏王身边，只要魏王不死，什么时候转舵，都是轻而易举的事。

昏暗的灯花跳了一下，程昱闭起了眼。

嗯，急流勇退，要不得。

山洞里黑乎乎的，只有石壁上的一盏油灯发出微弱的光，提醒杨修自己还活着。

黑暗、阴冷、潮湿，还有死寂。被关进来已经四天了，他还没能适应这里。以前总觉得自己没什么可以珍惜的，没什么不可以失去。他曾经觉得自己能洒脱地面对所有的一切，现在看来，似乎过于高估了自己。

杨修靠在冰冷的石壁上，脊梁上感觉到有东西在缓慢蠕动，可能是石壁上渗出来的细小的涓流，也可能是刚从冬眠中苏醒的毒蛇。全身酸痛，仅仅四天而已，那种冰冷潮湿似乎已经由骨缝侵蚀了他的全身。

还能活多久？他自嘲地笑了笑。

黑暗中，忽然传来轻微的响动，又到了吃饭的时间了么？杨修懒懒地打了个哈欠。

"杨主簿，我是刘宇。"

刘宇？哦，是那个指证自己是寒蝉的西蜀军议司前军校尉。

杨修皱了皱眉头，他来干什么？

"现在已是凌晨，我用了点小手段，把看守你的士兵弄睡着了，偷着进来的。"刘宇低声道。

杨修没有回答。

"杨主簿，你放心，我甩掉了跟踪我的人，他现在应该还在黍田里乱转，绝对想不到我来到了这里。"刘宇继续道，"我其实只不过是名普通的军议司暗部。但到了这里，我报上的身份是军议司前军校尉。"

"哦？为了自抬身价？你倒是有点自己的小九九。"杨修嘿嘿笑道，"不过西蜀那边，应该也有我们潜伏的细作，万一给查出来你是谎报身份，你还怎么博得咱们那位程大人的信任？"

刘宇往前走了几步，油灯模模糊糊地勾勒出他的身形："杨主簿请放心，军议司会故意泄露出关于我叛逃的情报，在那份情报里，我是不折不扣的前军校尉。"

杨修怔了一下，随即笑道："原来你是名反间？"

刘宇点头："杨主簿反应好快。"

"我只不过是个小小的主簿，你指认我是寒蝉，是什么意思？"

"是法正大人派我来指认你。"刘宇道，"我们收到消息，程昱已经对你有所怀疑。"

"借刀杀人？"杨修干笑，"就算曹操和程昱信了你的话，把我杀了，对西蜀又有什么好处？"

"杨主簿，刘宇前来，不是为了杀你，而是为了救你。"

沉默良久，杨修的脸色慢慢阴沉起来："你不但是个反间，还是个死间？"

"杨主簿果然聪慧过人。"

"少来这套。西蜀军议司是不是觉得我在曹魏前途无望，就让你用叛逃的借口来接近我，策反我，让我给刘备那大耳贼卖命？"杨修冷笑。

刘宇走到昏暗的灯光下，那张平凡的脸上露出诡异的笑容："杨主簿，你跟我家主公，在八年前就已经开始联系了，刘宇又岂会在这个时候策反你？"

杨修看了刘宇一会儿，突然伸了个懒腰道："这笑话并不怎么好笑。我现在对你只有两个判断。第一个，你是个发了疯的西蜀军议司逃兵；第二个，你是程昱那老小子的人，设好了圈套来诈唬我。"

刘宇沉默了一会儿，点头道："杨主簿，本来我起身之前还有些顾虑，担心你是不是像传闻中的那样，实属天下第一聪明人。但刚才的那短短几句对答，已让我疑虑顿消。"

杨修抠着鼻子道："在下天下第一聪明人的称号，绝非浪得虚名。不过我没什么兴趣听你胡扯了。程昱那老小子呢，年纪大了，他吃饭的家伙未必跟杨某一样转得快。你跟他交流交流，搞不好他会信了你的话，提拔你当个骑都尉什么的。"

刘宇向杨修拜倒，压低声音道："穷途非末路。"

杨修神色遽变，没有犹豫地沉声接道："绝处亦逢生。"

刘宇抬起头，眼睛在黑暗中闪闪发光："启禀军议司武卫将军杨修杨大人，刘某，特来献头。"

已经拿下两个县城了，都是空城。

大军停了下来，全部驻扎在城外，并没有进城。三万人马，还不到这次出征魏军一成，似乎并不多。但对于只有五万人马迎敌的蜀军来说，也不算少了。徐晃坐在长案前，一张张地看着斥候传来的前方塘报。渡过汉水之后，并未发现蜀军的主力部队，只打了几场小小的遭遇战。周边的民众也说蜀军已撤走很久了。

那个刘宇的情报，似乎是真的。

现在说来，黄忠远在城固，张飞和魏延刚到阴平，前方只有刘备和法正的少量部队了。看起来，眼下最好的策略，就是轻装突进了。副将王平已经请战数次，要带三千轻骑直取汉中。徐晃提起大斧，走出了帐外。此刻艳阳高照，视线极好。站在大帐前，极目远眺，仿佛能看到汉中城。如果此时以轻骑进击的话，大概五天之后，就可兵至汉中城下了吧。擒刘备，斩法正，一雪定军山之耻，可算是个极大的诱惑。

只不过，魏王却另有安排。

远处，一袭铁甲的王平匆匆而来，还未近身就大声叫道："将军！这究竟是怎么回事？"

"讲。"

"怎么除了三千先锋军驻守本地之外，其余部队却全部开拔，一路向西，这是大人的命令吗？"王平摘掉头盔，拭去额头上的汗水，声音里有些愤懑。作为副将，他竟然对大军调动一无所知。

"魏王军令。"

"魏王军令？"王平奇道，"你我出征之时，魏王不是令我等为先锋开路，直取汉中么？现如今距离汉中只有几天路程，前方又无蜀军阻击，我军为何不全力推进，却转向西侧？就算是为了要截击绕向西侧的张飞和魏延，也未免太早了吧！"

"你不需要知道。"徐晃沉声道，对于话太多的人，他一向不太喜欢。

"我……"

"军令已下，大军开拔。王平，即刻启程。"徐晃已不愿再多说一句。

王平沉思片刻，猛然抬头道："将军，莫非咱们打汉中只是幌子，转向西侧是为了绕岐山，过江油，直接突袭成都？"

这个人，不是庸才。

刘宇的情报是假的。黄忠并不在城固，那些在城固附近过了一夜的蜀军，只不过是支千人的部队，一整晚不停地在附近打转。这种把戏，几十年前董卓就用过了。而张飞与魏延，在魏王自长安出征之时，就从阆中起兵增援汉中。此时魏王已抵汉水，他们要是才走到白水关，也未免太慢了。刘备经定军山一战，似乎已经变得骄狂自大。他犯了和夏侯渊一样的错，过于轻视敌方。此次魏王起兵四十万，不是为了夺回汉中，而是要将刘备连根拔起。西进岐山，看似险棋，却是险得很妙。这边刘备布好了伏兵，想要守株待兔，却没料想等到的不是兔子，而是一匹直扑咽喉的恶狼。

程昱大人，你老虽老了，出手却还是这般阴毒。

徐晃翻身上马，俯视着前方如长龙一般的队伍，嘴角浮现一丝冷笑。

成都，徐某人来也！

天气还好，不算冷也不算热。今晚的月光还蛮不错的，虽然很难看清木简上的字迹，但营盘中的景致却清楚得很。四名虎豹骑神色冷峻地站在木笼的四个方向，一声不响。尽管杨修数次跟他们搭话，他们却还犹如木头桩子一样，只有在换哨的时候才会活过来。百无聊赖之下，杨修将脚搭在木笼的横木上，背靠着那堆木简，咬了一口手中的烤鸡，然后灌下了一大口酒。周围的军帐都静悄悄的，里面的人大概早已睡熟。一队队巡哨不时经过，木笼边的火盆里偶尔发出木柴燃烧的噼啪声，一切都显得异常安静。

据许褚说，魏王听到了自己的要求后，只是淡淡一笑。接下来，自己就到了这木笼里。有酒喝，有肉吃，没事还能跟营盘中来来往往的熟人们开几句玩笑。只不过，那些熟人看自己的目光都很奇特，就如同看死人一般。

死，又有什么稀奇，尤其是在如今这个乱世。

刘宇的身份，已经被潜伏在西蜀方面的细作证实。根据刘宇提供的情报，刘备因为兵力不足，并未打算与魏王正面交锋。依照法正的计策，黄忠赶往城固，从东绕道袭击魏军后方；张飞与魏延从阆中赶来，从西侧走剑阳、安平关一线进行包抄；而刘备则在汉水南岸遍插旌旗，作为疑兵拖住魏军主力。当然，这都是刘宇在说。魏王不蠢，程昱不蠢，夏侯惇也不蠢。汉水北岸的徐晃早已派出了十几名细作，去验证消息的真实性。虽然刘宇一再强调战机稍纵即逝，但魏王还是那种步步为营的打法，以稳健为主。毕竟已经折了夏侯渊，大军士气已经不佳，若是再冒进战败一次，无疑会使战局更向西蜀倾斜。

到了今天下午，探子回报，在城固发现了黄字帅旗，而且据说黄忠的部队连夜行军，已经进入了城固，正准备北渡汉水。而张飞和魏延的部队刚刚走到白水关，刘备和法正也已经后撤，汉水南岸只留下了几座空城。魏王已下令徐晃跟王平南渡汉水，来个釜底抽薪，拿下汉中。

事到如今，已经有不少人相信了刘宇的情报，而看自己的眼神，则更加奇怪了。

大概在他们心里，自己死期将至了吧。

大牢里的味道并不怎么样，脚臭、汗臭、尿臭还有几种说不出来的臭味混合在一起，凝成一股让人窒息的味道，叫作死亡。田川用一帕粗布遮住了口鼻，举着火把走在前面。贾逸扶着腰间长剑，穿行在黏糊糊的廊道里，反而有种熟悉的感觉。当初刚到进奏曹时，他负责的就是提审疑犯，经常进出大牢。三年之后，再次拜访，反而有种说不出来的亲切感。两侧是那些黑色木头栅起的牢房，几乎没有声响，那些牢犯都蜷缩在黑暗的角落，木然地看着他们。

"就快到了。"前方的狱卒点头哈腰。

"怎么在这么里面？"田川的声音透过粗布传了出来。

"嘿嘿。这位姑娘……大人，这牢里的规矩，您不懂吗？"狱卒说得含含糊糊。

"怎么，这位不舍得用钱？"贾逸奇道。

"话不能这么说。贾大人，做俺们这行的，最重要的是有眼色。这牢里，也有钱不好使的时候。"

"哦？你是说……有人授意如此？"贾逸突然觉得这事儿有点奇怪，是什么人跟魏讽过不去？

"不瞒您说，那些汉室旧臣、豪门世家，有不少人都捎了信儿，想要弄死魏大人。要不是魏大人是咱们进奏曹的犯人，嘿嘿，说不定已经病死了。"

"犯人若是死了，你们不怕上面怪罪？"田川不解地问道。

"所以说了，要有眼色嘛。"狱卒躬着腰在前引路，"这位大人，您可能不懂这里面的道道儿，贾大人倒是很熟悉了。嘿嘿，什么人能死，什么人不能死，这些俺们都心里有数。啊，到了，贾大人。"

这间牢房，几乎是在大牢的尽头，浓重的黑暗吞噬了所有的光线，伸手不见五指。田川小心地将手中火把高高举起，点燃了石壁上的一盏油灯。狱门的木头长期受潮气侵蚀，长出了细小的白菇，由长条石砌成的墙壁上爬满了青色的苔藓，宛若尘封已久的墓室。

狱卒用腰刀敲了敲石壁，道："魏大人，魏大人，进奏曹的贾大人来看您了。"

那堆稻草动了一下，有个黑影迅速爬了过来。几天不见，贾逸几乎认不出魏讽了，头发蓬乱油腻，脸上满是污痕，长髯上沾满了粥渣。这还是那个相貌堂堂的名士么？

"贾大人，田大人，事情有结果了么？"魏讽一把攀住牢门，急切地问道。

"还在调查，我有些不放心你，来牢里看看。"贾逸道。

他瞟了那狱卒一眼，狱卒知趣地转身离开。

"贾大人，田大人，魏某为人公正严明，不徇私情，一定是得罪了什么小人才遭此陷害。还请贾大人您明察秋毫，还魏某一个公道啊。"

这家伙……还真有趣啊。

贾逸蹲了下来，摇了摇头："魏大人，其实你也清楚。这些年死在进奏曹手上的人，很多人并不见得是罪有应得，有些人的冤屈或许比你还大。"

魏讽抓住栅栏，嘶声道："求贾大人开恩啊，我全家老小，上下六十多口人都等我养活啊，要是我……"

贾逸嘿嘿干笑两声："其实呢，你涉案的证据并不明显，要是普通的案子，关你两天就放了。但是这回是临淄侯曹植遇刺，事情嘛，就可大可小了。"

魏讽怔了一下，浑身哆嗦着问道："贾……贾大人，下官……小人恳请大人明示。"

"大，就找你当替罪羊，满门抄斩，你就不用担心养活家人的事了。"贾逸道，"小，证据不足，立刻开释。"

魏讽怔了一下，随即却低声问道："莫非，贾大人有意搭救小人么？"

"你倒不笨。"贾逸未置可否。

"大人，小人家中尚有五十两黄金，不如交由贾大人，请贾大人代小人上下打点一下？"魏讽试探着问道。

贾逸沉吟道："五十两黄金么，我记得谁说过有一百两黄金的，莫非是我听错了……"

魏讽咬牙："大人！小人变卖家产，绝对可以凑够一百两黄金，还请大人救命！"

贾逸"扑哧"一声笑了："一百两黄金，足够捐个州刺史了，你倒也舍得。魏大人，你不怕我拿了东西后，出尔反尔，弃你于大牢不顾？"

魏讽神情恳切："大人玩笑开重了，贾大人是朝廷中流砥柱，重信守诺，两袖清风，怎么会出尔反尔？"

"那好，我等着你的东西，你等着出狱。"贾逸拍了拍魏讽的肩膀，"魏大人，你这么通透人情世故，一定会活得很长。"

"谢大人吉言。"魏讽拜下，五体投地。

世子已于昨日下令释放魏讽。

"杀了一个陈柘，就够了。"

这是世子的原话。他似乎对曹植遇刺并没有那么紧张，或许他想这个案子就这么糊糊涂涂地拖下去。成见已成，就算杀了魏讽，也会有各种各样奇怪的流言。而不杀魏讽，足以隐讳地透露出一个消息。不管以前你是做什么的，只要跟了世子，就算牵涉进了刺杀王侯这样的大案里，世子照样可保你平安。

人，对于事实永远没有兴趣。杀了魏讽，只会给人说是杀人灭口。既然这样，还不如让他成为自己护短的口实，似乎世子是这样的想法。

贾逸抬头，却见田川正气鼓鼓地看着他，不禁奇道："怎么，你闹什么情绪？"

"真想不到，你也是个贪官！"田川恨恨道。

"啊？"

"趁人之危，讹人钱财，十足的小人行径！亏得蒋大人还说你为人干练，处事果断，我呸！"

贾逸似笑非笑地看着她。

"你笑个屁啊！我这就回去，向蒋大人告发你！"

"去吧，我来之前已经禀告过蒋大人，他也同意了。"贾逸懒洋洋地道，人已经走到大牢门口了。

"胡扯，蒋大人才不会这么坏，跟你同流合污！"

"那，我问你。"贾逸转过身，阳光打着他的身上，朦朦胧胧，"在你心中，什么是好人，什么是坏人？"

"好人就是……就是好人，坏人就是坏人！"田川站在台阶下，瞪着眼睛道。

"说不出来？那我简化下问题，这个魏讽，是好人还是坏人？"

"他虽然告发陈柘谋反有功，但卖友求荣，自私自利，当然是坏人。"

"那对付坏人的人，算好人还是坏人？"

"好人……不对，也不能说是好人，也有可能是坏人。不对，看一个人是好人还是坏人，不是看他对付什么人，而是看他做了什么事。"田川似乎很满意自己这个答案，"所以说，你虽然对付了魏讽，但你做的事，让人恶心，所以你也不是什么好东西。"

"那如果我拿到这一百两黄金，没自己留下，而是给了陈柘夫人，那我在你心里，算好人还是坏人？"贾逸笑吟吟地看着她，田川不笨，就是想问题太简单了。也难怪，一个从小在边疆长大的女孩子，对世事能有多少了解？

"那……"田川摇头道，"这笔钱来路不正，陈柘夫人是不会要的。"

"钱就是钱，不管在谁手里，都是钱，哪里有什么来路正不正之说。怎么好人的钱比坏人的钱更值钱吗，只要能用钱去做好事，管它是好人的钱，还是坏人的钱呢？嘿嘿，说什么圣人不饮盗泉之水，如果盗贼们将天下之水全尝过了，那圣人不就只好活活渴死吗？"

田川怔住，不知道如何回答。

贾逸眯起眼睛道："这世上的事，并不是非黑即白。"

魏讽这笔竹杠，贾逸敲得蛮顺利的。从大牢里出来，刚到进奏曹，魏家人的一百两黄金就送来了。看来所谓的变卖家产，只不过是魏讽在夸大其词。一百两黄金，说拿出手就拿出手了，这姓魏的到底有多少钱？贾逸不禁后悔，开的价码有些低了。

一百两黄金，对于贾逸来说无疑是笔巨款，不过他并没有留下的意思。

跟蒋济大人汇报了此事之后，蒋济大人让他自行处理。贾逸已经盘算好了，三十两给陈祎，让他拿去分给那帮叫花子似的禁卫军，反正这老哥已经跟自己哭了好几次穷了；二十两分给进奏曹的书佐和虎贲卫，权当是个酒水钱，图个乐呵；剩下的五十两，给陈柘的遗孀。据说陈柘死后，他们连返乡的路费都不够。

杀陈柘，是奉命行事，贾逸并不觉得内心愧疚。只是偶尔，那个十三四岁少女的脸庞还会在眼前闪现。比她年纪更小的孩子，贾逸也杀过。崔琰灭族，贾逸曾眼睁睁地看到尚在襁褓中的婴儿被摔死在地上。那时候，他无动于衷。而现在……

自己的心肠真的变软了吗？还远不到三十呢，要是以后变得跟女人一样优柔寡断，可还怎么在官场上混下去，还怎么报仇？

这样想着，不知不觉地走到了陈柘家门前。贾逸掂了掂手上的包袱，里面的五十两黄金在哗哗作响。笑了笑，他示意跟在身后的田川敲响了大门。

等了一炷香的工夫，大门才缓缓开启。披麻戴孝的陈柘夫人探出了头，看到是贾逸和田川，她似乎怔了一下。

贾逸将包袱放在了她手上，道："拿着回乡吧。"说完即转身离开，刚走了几步，却听到陈柘夫人在后面喊道："贾大人，请留步，妾身有要事禀报。"

贾逸转过身，右手按在腰间的长剑上，问道："嫂夫人，何事？"

田川附耳道："喂，都说寡妇门前是非多，我们可不能在这儿逗留太久。"

陈柘夫人将包袱放在门后，快步走到贾逸跟前，盈盈拜了下去："贾大人，家夫落得身首异处，实在是他不明事理，咎由自取。妾身也知道当日贾大人带兵前来，实属王命在身，迫不得已。因此，妾身从未埋怨过贾大人。"

贾逸眯起了眼睛，这女人想要干什么？

"至于小女被杀，也是贾大人未曾预料到的事。当日妾身情急之下，对大人百般辱骂，还请大人见谅。"

"好说，嫂夫人。"

"今日贾大人送来归乡盘缠，妾身着实感激不尽。作为回报，妾身向贾大人密报一事。"

是讨好么，为了以后进奏曹不再找她麻烦？他摇了摇头："有了盘缠，还请嫂夫人尽快回乡吧，许都终究不是个妇道人家待的地方。"

"贾大人是否觉得我一个妇道人家，不会知道什么重要的事情吧？如果说，我的密报，与临淄侯曹植遇刺有关呢？"

进奏曹。

据陈柘夫人所言，前几日在整理陈柘遗物之时，意外发现了一个藏在暗匣内的木盒。木盒中，是几片木简和一幅帛书，上面记载的是行刺曹植的计划。刺客一共只有三人，一人把风，一人动手，一人接应。他们一直住在许都城外的一间荒废了的大宅内，值得庆幸的是，帛书上有幅地图，把那间大宅的位置标得很是仔细。

从木盒中的东西来看，陈柘大概也参与了这项计划，其他人是谁，却没有半点蛛丝马迹。目前唯一的线索，就是那间大宅了。曹植遇刺之后，许都及附近都加紧了戒备，对过往行人严加盘查。如果运气好，那三名刺客不敢轻举妄动，应该还蛰伏在那间大宅之内。

"大人，要不要来次突袭？"贾逸问道。

"才三名刺客嘛，我一个人就能搞定。"田川插话。

蒋济仍在沉吟。

"机会，可是稍纵即逝。"贾逸劝道。

蒋济起身："好，召集百名虎贲卫，我们一起奔袭那片大宅！"

贾逸兴奋地起身，却听到门口传来尖细的喊声："进奏曹鹰扬校尉贾逸接旨。"

"嗯？"贾逸转身看了蒋济一眼，却发现他也一脸迷茫的样子。

顷刻间，传旨太监已经踏入进奏曹院门，三人只得跪下听旨。

传旨宦官踱入房门，眼睛看向屋顶，尖声道："建安二十四年春三月癸丑，大汉皇帝诏曰：朕闻进奏曹鹰扬校尉贾逸，中正明恩，德才兼备，朕甚嘉之。现宣贾逸进宫，以解朕惑。"

"皇上召我？"贾逸一副摸不着头脑的样子。

"请贾大人随咱家进宫。"传旨太监一脸和气。

"这……"贾逸有些迟疑。

"田川你们一起去吧。这边的事，我来办。"蒋济道。

虽然汉帝已成傀儡，但面子上的事情，总是还要应付的。

"你说……蒋大人让我们一起进宫，是不是为了独占抓捕刺客的功劳？"田川跟在后面嘟囔道。

贾逸停住脚步，看了她一眼。

田川连连摆手："喂，我只是说说而已，你可别告诉蒋大人。"

贾逸奇道："在进奏曹，蒋大人是主官，我们都是跟着蒋大人的属官。就算是我和你一起去捉拿的刺客，朝廷论功之时，还是蒋大人的首功。这是官场的规矩，你不懂？"

田川撇嘴道："这不公平嘛。"

贾逸没有说话。公平这个词，已经很久没听到过了。田川真的不适合在进奏曹这种地方，世子把她塞到这里，也不知道是什么意思。田畴是名动天下的奇士不假，但田川并不是，把一只兔子丢到狼群里，会是什么样的结果，世子不会想不到，难道……世子故意这样做？

到了。宫门残破，看样子是很久没有修葺了。门口站了几个衣甲破烂的宫卫，一副漫不经心的样子。

"这就是皇宫？怎么这么破？"田川瞪大了眼睛，不敢相信。

贾逸笑笑，拍了拍她的脑袋："在外面等着。"

田川扯住他的袖子，道："贾逸，我……我能不能跟你一起进去？"

贾逸奇道："进去干吗？"

"我还没见过皇上……"

"嘁，皇上有什么好看的。"贾逸甩了下袖子，大步走进宫门，他看到了宫门旁的陈祎。

贾逸偏过眼光，假装不认识。陈祎是暗桩，是插在汉帝身边的一颗钉子，自然是不方便打招呼的。

"我要干巴巴地等你出来吗？"身后传来田川的喊声。

贾逸不应，低头迈进了宫门。

"不知皇上召我前来，所为何事？"贾逸长跪在大殿左侧，看着坐在上首的刘协问道。

"贾爱卿，听说临淄侯上旬在许都城外，被歹人行刺了，伤势如何？"天子高高在上，只是看上去精神似乎并不怎么好。

"回禀皇上，临淄侯并未受伤，只是他的护卫被刺客所伤，已经不治。"贾逸有些困惑，按道理说，就算天子要询问此事，也应该去问身为主官的蒋济，没理由直接传唤自己。

"哦，朕深居宫内，消息闭塞，很多事都不太清楚。"刘协自嘲地笑笑，"那刺客呢，抓到了没有？"

贾逸应声答道："刺客一击未能得手，趁乱而退。护卫们担心临淄侯安危，并未追赶。眼下进奏曹正在彻查此事。"

"贾爱卿可有头绪？"

头绪？现在嫌疑最大的，就是你的那些忠臣，进奏曹监视调查的，也正是你那些忠臣。贾逸抬起头，微笑着看着刘协，并未答话。

"魏王为大汉终日操劳，殚精竭虑，想不到竟有歹人加害他的子嗣，朕颇感心痛。"刘协咳嗽一声，"贾爱卿，进奏曹务必要追查到底，不管牵涉何人，都要严加惩处，以儆效尤。"

"臣领旨。"贾逸不痛不痒地回应。今日汉帝召见，说这些空话套话，大概是为了给自己留条后路。如果日后查出，此事是汉室旧臣所为，这位傀儡皇上大概会推得干干净净。其实没这个必要。若是魏王想换你这个汉帝，找个借口就把你换了。不想换，这点事儿还真不算什么事儿。

"对了。贾爱卿，宫中用度近日捉襟见肘，是否因为大军西征的缘故？"刘协的声音有些低沉。

贵为天子，还要为了吃穿住行去求人，这当真有点过了。虽然魏王西征，花了不少钱粮，但汉帝也不是傻子，大军出征，怎么会差宫中开支供应这么点钱？

但场面话，终究还是得说的。

贾逸朗声道："启禀陛下。古人云，兵马未动，粮草先行。魏王尽出四十万大军，所耗钱粮着实不少，现在不光宫中，许都城内也是比较困窘，这并非世子有意怠慢。臣回去后，将宫中实情报知世子，世子应该会酌情考虑的。"

"那有劳爱卿了。"刘协没有高兴起来的意思，毕竟贾逸的回答更像是敷衍。

沉默了一会儿，刘协又问："贾爱卿，魏王在汉中战况如何？"

贾逸低头顿了一下，答道："臣不知。"今天刘协的表现很奇怪，似乎有点没话找话的样子。最近事情很多，弄得人焦头烂额，贾逸实在没有兴趣跟他聊这些家常。

"贾爱卿，朕是担心魏王。前段时间，风闻有西蜀细作刺探到了军情，致使我军处于不利局面。你作为进奏曹的官员，可不要懈怠了。"汉帝似乎对刚才的回答不很满意。

"陛下教训得是，臣当倾力而为。"

从宫内出来，天色都黑了。贾逸在宫门处站了一会儿，并未发现田川的踪迹，于是摇摇头往回走。在宫里跟汉帝有一搭没一搭地说了近两个时辰，肚子都饿得咕咕响。贾逸摇了摇头，幸亏汉帝没留下自己一起用膳，要不然还不晓得要折腾到什么时候。

在许都查了这么久的寒蝉，却一点进展都没有。虽说不管是魏王还是世子都没有责罚，但总是感觉有些窝囊。贾逸甚至觉得有些力不从心，往常的案子，不管对手再狡猾，总有破绽可寻。但这次的寒蝉，不得不说是过于强大了。虽然无法前往汉中查案也算一个客观原因，但作为一个在许都潜伏了数十年的细作，竟然查不到蛛丝马迹，让人不由得大感意外。而且，寒蝉面对进奏曹的压力，竟然反客为主，又策划了临淄侯曹植遇刺的事情，牵制了进奏曹的主要精力。

是自己太过无能了吗？贾逸苦笑，这次若不是意外地从陈柘遗孀那里得到消息……想起陈柘的遗孀，似乎有什么念头在脑中一闪而过。贾逸皱起眉头，极力地思索着，这种状况以前经常发生，就像是一只野兔在猎人面前掠过一般。

陈柘的遗孀……汉帝的召见……突然一丝亮光照了进来，他的脸色凝重起来，别是……翻箱倒柜地搬出一大摞厚厚的木简，那是以前进奏曹对汉室旧臣的监视日志目录。

找到陈柘的名字，贾逸站起身，走到身后的一排排木架上，挑出几卷木简。借着昏黄的油灯，他飞快地翻检着那些木简。终于，一行小字映入眼帘：建安二十一年八月七日，陈柘与张泉结为秦晋，因柘女尚幼，未及嫁娶。泉赠柘宅院一套，位于城西。

贾逸又找到那张帛书，地图上，那片宅院孤零零地标注在许都城的西面。

刺骨的寒意爬上了脊背，贾逸暗道一声不好，霍然起身奔到院中，喝道："来人！"

几名都尉应声而到。

"你，火速点起二百名虎贲卫，一刻之后随我出行！

"你，带上这幅地图，快马赶往世子府，就说进奏曹在城西那片大宅内，发现了行刺临淄侯的歹人，我现已带兵前往！

"你，带上三十名虎贲卫，赶往陈柘家中，将其男女老幼一同拿下！如遇抵抗，除陈柘夫人外，一律格杀勿论！

"你，带着剩下的五十名虎贲卫坚守进奏曹，严禁闲杂人等出入！"

一口气吩咐完毕，看着都尉们翻身上马各奔东西后，贾逸转身返回房中，利索地脱下官服，换上明光铠。走出进奏曹，二百名虎贲卫已经集结完毕，枪戟林立，头盔上的红缨在黑暗的夜风中肆意飞扬，凝成一片血色。

希望还来得及。贾逸看着西方黑压压的天空，喃喃道。

官道两旁种满了小麦，刚刚抽穗，还没有灌浆。贾逸带着二百虎贲卫，在官道上走得并不快。天色已经完全黑了，但离陈柘的那片大宅却还有十几里路的样子。

贾逸虽心如火焚，却只能放缓马速，随麾下的虎贲卫一同前行。虎贲卫全是重装步卒，守城拔寨算是中坚力量，但奔袭救援就不太合适了。若是能调动虎豹骑就好了。对于这个闪过的不切实际的念头，他摇了摇头。虎豹骑，乃曹魏精锐，不过区区三千之众，历任统领者皆为曹氏将领。现如今，两千虎豹骑随魏王东征，一千留守许都，由鲁阳侯曹宇亲自指挥，不到万不得已，是绝对不会动用的。

陈柘的那个夫人，叫什么名字来着？好像是崔……哦，是崔静，被魏王杀了的崔琰的小女儿。这些汉室旧臣，靠着姻亲关系结成了一张错综复杂的关系网。你永远不知道，自己什么时候掉到了网中，什么时候变成了他们眼中的猎物。

陈柘或许真的参与了行刺临淄侯的阴谋，但绝对不会蠢到在自家的宅院里谋划，更加不会蠢到做了个语焉不详的计划书，却又画了张地图标明谋划地的位置。这是个陷阱，是在行刺临淄侯失败后，重新布下的陷阱。陷阱背后的猎人，应该不会是崔静那么简单；陷阱的目的，也应该不会只是为了报杀夫之仇。

自己太过于急功近利了，以至于失去了应有的判断。猎人是他们的老对手，是那个泄露定军山军情的人，也是那个行刺临淄侯曹植的人。这个陷阱，是临淄侯遇刺之后，他的又一手杀着。而目标，就是进奏曹。

扬汤止沸不如釜底抽薪。与其一直故布迷阵地躲来躲去，不如把追查自己的进奏曹打翻在地。寒蝉可真是会选时机，就算贾逸不上门去送黄金，大概他也会安排崔静找借口去接近贾逸吧。那些木简和地图，贾逸看了后照样会欣喜若狂，然后刚巧赶上汉帝宣自己进殿，蒋济带兵前往大宅。结果……

贾逸张大了嘴巴，一个可怕的念头一闪而过。

寒蝉怎么会算到今天汉帝召见？汉帝召见，汉帝召见……贾逸眼前又浮现出汉帝那没话找话的样子，激灵灵地打了个寒战。如果这件事也是寒蝉一手策划的，那他的真正目的，仅仅是蒋济大人么？

他扭转马头，向行进中的队伍大声喝道："熄灭火把，散开，原地警戒！"

话音刚落，尖锐的响箭声刺破宁静的夜色。紧接着，如蝗般的箭雨迎面袭来，顷刻间已有十几名虎贲卫中箭倒地。

"熄灭火把，俯身，结阵御敌！"贾逸再度大声喝道。

火把逐一熄灭，四周响起轻微的金属碰撞声，那是虎贲卫们在迅速地聚拢结阵。

不要紧，虽然中伏，也不要紧。这里是许都城郊，京畿之地，参与伏击的敌人，人数绝对不可能太多。只要结好步阵，对于装备精良的虎贲卫来说，至少可以击退两倍以上的敌人。

箭雨再度袭来，却只发出当当的声音。没有亮光，箭矢几乎全部都射在了圆形步阵外围的蒙皮铁盾上。

一匹马从麦田中冲出，马上骑士手持了几束火把，想要丢进步阵中。却早早被阵内弓手们瞧见，一起发箭，连人带马射成刺猬，倒在百步远的地方。

远处传来轻微的哒哒声，是马蹄声，骑兵冲阵。阵内的弓手们快速移动到声响传来的方向，拉满了弓。听得马蹄声越来越近，弓手们开始向黑暗中连环放箭，三排连珠箭破风而去，马匹的嘶鸣和人的哀号声随即传来。紧接着，十几枚短矛从阵中掷出，阵外的声音戛然而止。

外面暂时没了什么动静，伏击的敌方似乎有些无计可施。

贾逸在黑暗中松了口气。只要结好阵形，就是固若金汤。没有三倍以上的兵力，敌方是杀不进步阵的。寒蝉不会满足于只击杀进奏曹的一名主官的，只有重挫进奏曹，才算是狠狠一击。自己和蒋济大人死后，司马懿由于身份敏感，不便接手调查，只能由世子再度调选官员，重新开始。这样一来，一切的线索和安排都白做了，寒蝉会有大把的时间来谋划下一步的行动。

阵外静悄悄的，不知道是不是伏击的敌方撤走了。贾逸忍住了派人出阵刺探的冲动，步兵离开阵形，战斗力会大大削弱。在不清楚伏击的敌人有多少的情形下，那样做无疑是送死。

等下去，希望附近会有巡逻队路过，希望刚才的响箭会惊动了什么人，希望天色大亮之后，伏击的敌人会知趣地退去。

似乎有种怪异的味道，贾逸用力吸了一下，猛然醒悟。他看着阵外的麦田，喃喃道："这下麻烦可大了。"

不远处，红色的光亮隐隐闪现。不消一会儿，四周传来"噼噼啪啪"的声音，火光舔舐着青色的麦田，烘起滚滚浓烟，向步阵席卷而来。

"割麦！"贾逸喝道。

几十名虎贲卫应声跃出步阵，挥起腰刀，斩向周围的麦茎。如果能在火势烧过来以前，割出一个环形的隔离地带，还能保住这近二百人的性命。但是虎贲卫们割麦的速度不快，刀锋虽利，却根本使不上劲，远远不如镰刀用着方便。稀稀疏疏的破弦之声响起，羽箭漫无目标地射向了步阵附近，虽然杀伤力不大，却让虎贲卫的速度更是雪上加霜。烟越来越浓，看来敌方要么是准备了湿柴，要么是在麦田中洒上了水。一炷香的时间，空圈只割了三步之宽，而五步之外，已经看不清人影了。贾逸用袖子掩住口鼻，却还是忍不住咳嗽起来。不行，再这样下去，就算不被大火烧死，也会被烟熏死。

暗中潜伏的敌人有多少，火圈到底有多宽？周围还有没有其他的布置？要集结力量冲出去，还是坚守待援？虽然有很多选择，贾逸却没有犹豫，他清楚地知道，犹豫比错误的选择更加危险。他起身喝道："全体集结，以破军之阵，向北方突进！"

虎贲卫们以贾逸为中心，迅速聚拢。刀盾兵和长枪兵交错站位充当前锋，弓箭手紧随其后，以尖锥阵形向北突进。向前跑了十几丈，炙热的火苗裹挟着迫人的热浪迎面逼来。身上的明光铠顷刻间已变得发烫，眉毛跟着蜷曲起来，脸上火辣辣的疼。咬紧牙关，又跑了百步之远，却听得前方传来一阵沉闷的夯击声。贾逸站直身，浓烟处，几十头发狂的耕牛冲了过来。

火牛阵！

贾逸大声叫道："散开，散开！"

这几十头狂奔耕牛的身上像是被涂满了油脂，蓝色的火苗犹如毒蛇一般乱蹿，首当其冲的几名刀盾兵和长枪兵来不及反应就被撞飞，后面的虎贲卫们只好四散开来。贾逸瞅准火牛之间的空隙，狼狈地左躲右闪，堪堪避过了火牛阵。身边只剩下几十号人，他嘶声大喊，招呼着重新聚拢。

奇怪，火牛过后，敌方没了什么动静。既没有箭雨袭来，也没有敌军冲锋。贾逸眯起眼睛，烟雾依旧很浓，先冲出火海再说。不知道跌跌撞撞地在烟雾中跑了多久，毫无预兆地，眼前豁然开朗，一阵凉风拂面而来。活下来了，回头望去，火龙随着浓烟在身后逐渐远去。贾逸只觉得喉咙干涩，像着了火一样。裸露在外的皮肤都疼得厉害，双手上布满了水泡。远处似乎有低沉的号角传来，他想大声喊叫，却发现自己发不出什么声音。他用手中的长剑敲了敲圆盾，示意冲出火海的虎贲卫们再次结阵。

只剩下六十多人了。贾逸看着手下的虎贲卫，一股悲凉涌上了心头。不管是谁策划指挥了这次伏击，都算是相当成功。远处的号角声再度响起，是敌方再次冲锋的前奏，进奏曹的班底看来要交代在这里了。不知道蒋济大人此刻状况如何。

马蹄声近，贾逸绝望地握紧了手中的长剑。

"前面可是进奏曹的人？"马上的骑士在弓箭射程外停下，远远地喊话。

"我们是进奏曹的虎贲卫！"身旁一名弓箭手替贾逸答道，"你们是哪里的贼寇？大军顷刻就到，还不快快弃械投降！"

马上的骑士应声答道："兄弟，我们是世子辖下虎豹骑，前来救援你们！"

一骑从后面慢慢上前，马上武将朗声道："我乃虎豹骑左中郎将鲁阳侯曹宇，进奏曹鹰扬校尉贾逸贾大人安在？"

很熟悉的声音，是鲁阳侯曹宇没错。

贾逸胸中大石砰然坠地，他摇晃着走到步阵前侧，单膝跪下，嘶声道："下官贾逸……见过侯爷。"

第四章
暗线密布

　　一路走来，运气出奇的好。因为避开了城寨，所以没有碰到成建制的蜀军部队，偶尔有些游骑，也被散出去的巡逻队解决了。部队已经走了四分之一的路程，待翻过岐山，刘备想救成都也来不及了。

　　事情进展得越是顺利，越是要小心谨慎，切不可得意忘形，不然必定功亏一篑。徐晃很懂这个道理。最近几天，他严令部队人含草、马衔枚，只挑羊肠小道行进。就算碰到了砍柴的山民，也一并掳劫，随大军而行。

　　小心到这种程度，应该不会被蜀军察觉了。

　　徐晃提着大斧，骑在马上慢慢前行。山路崎岖，行进困难，只容得两人并排而过，部队的队形拉扯得很长。抬头向两侧望去，满是陡峭的山崖和郁郁葱葱的灌木。这里作为伏击的地方，是再合适不过了。突然闪现出的这个念头，让徐晃觉得有点不舒服起来。不会的，前锋王平并没有发现什么异常。虽然自己并不喜欢王平这个人，但他的能力还是毋庸置疑的。天色渐渐暗了，离走出这条峡谷还有一两里的路程，只能等部队全部走出去后，在开阔地扎寨了。徐晃向身旁的都伯道："传令下去，快速前进。"

那都伯脱离队伍，往前跑了几步，跃上一块较高的石块。他拢起双手在嘴边，高声喊道："将军有令……"

尖啸的声音破空而来，干脆利落地吞没了都伯后面的话。他捂住喉咙，摇摇晃晃地从高处跌落下来。

"敌袭！"不知道是谁扯着嗓子喊了一声，行进中的部队立刻停了下来，士兵们背靠着背仰望着两侧陡峭的山崖。

应该不是蜀军的大部队，顶多是队游哨。徐晃跳下马，喝道："别慌！传令下去，弓箭手准备！"

两侧传来窸窸窣窣的声音，徐晃突然有种不好的预感，他仰起头，看到不少极小的石块从崖壁上滚了下来。糟了，是落石。仅仅一眨眼的工夫，成排的大块石头出现在崖顶，伴随着浓重的蜀地口音，呼啸而落。峡谷中的士兵根本来不及躲闪，不少人被巨石撞飞，当场碎成一摊肉泥。马匹的悲鸣和士兵的哀号混合着四处飞散的血肉，充斥着整个峡谷。徐晃脸色铁青，跳上马，向前狂奔。

这绝对不是游哨，能布置下这么多的落石，至少是支三千人左右的部队。王平的先锋是怎么当的，竟然让蜀军在眼皮子底下张好了口袋！他脸色因愤怒而变得涨红，手中却娴熟地拉曳着缰绳。胯下的骏马犹如闪电般在谷中穿梭，躲过两侧滚落的巨石，踏上来不及躲避的士兵，不可阻挡地奔向前方。只不过一炷香的时间，落石停了。一些幸存的士兵战战兢兢地从残肢断臂中站起身，木然地看着飞奔而过的徐晃。

"跑，快跑！"徐晃在马上声嘶力竭地高喊。

来不及了。

山崖两侧，出现了密密麻麻的人影，他们手持连弩冷冷地俯视着下面。一声号令，闪着黑光的弩箭漫天而下。峡谷中应声爆出一片哀号，不少士兵扑倒在地，有些腿脚中箭尚未断气的，随即被接踵而至的弩箭牢牢钉在地上。徐晃胯下的坐骑突然前蹄一顿，轰然倒在了地上。他顺着去势从马上跌落，在地上连连翻了几个滚，才站起身。身上的明光铠上嵌进了好几支弩箭，若不是铠甲质地精良，自己恐怕早已倒在了血泊之中。他随手拾起两面蒙皮漆盾，挡住身体两侧，向前飞奔。在峡谷中遭受伏击，后路必被堵截，这是兵家常识。眼前只有冲出峡谷，才有生还的希望。如雨般的弩箭射在蒙皮漆盾上，发出噔噔的声音，一下下震得手臂发麻。峡谷中的士兵仍在成片倒下，犹如镰刀下的麦秆，徐晃的每步踏下去，都激起一片血水。

这不是战斗，这是屠杀。

前方的山崖慢慢变成了土坡，两侧的弩箭也已经停止。一队队的蜀兵从土坡滑下，手持缳首刀冲进懵懵懂懂的魏兵之中。刀光飞舞，人头滚动，魏兵几乎没有像样的抵抗，全军溃败是转瞬的事。徐晃大斧左右飞舞，大开大阖，只斩前方之人不管身后，犹如一把锋利的钢刀，破竹而出！一名蜀军校尉模样的军官远远看到了徐晃，长枪一指，身旁的蜀兵如水涌来。

冲出去就有生路！徐晃暴喝一声，大斧横扫，把身前的三名蜀兵生生砸飞。

背后一痛，一把缳首刀嵌入肋下，徐晃咬牙，反手抓起刀刃，连那名蜀兵一同向前掷去！

那名蜀军校尉正在观战，忽然见一团黑乎乎的东西迎面扑来，当下双腿夹紧，身子后仰，一个铁板桥险险地避了过去。耳后即刻传来一声沉闷撞击之声，哀号声不绝于耳。

他飞快挺身而起，却看到徐晃举斧在手，踏着前面蜀兵的尸身一跃而起，挟雷霆万钧之势，力劈而下！

"叮"的一声，火花四溅。

蜀军校尉双腿一沉，跪倒在地，徐晃却借势翻入蜀兵群中，收斧回斩，两名蜀兵应声断作四截。

"追上他！"蜀军校尉大声喝道。

"将军，马！"一名魏骑拽着一匹战马奔至徐晃身旁，话音未落，自己已被飞掷而来的短枪穿成了刺猬。

徐晃跃身上马，舞起大斧，砸开几柄掷来的短枪，策马狂奔。

只冲出几十丈远，就看到了谷口。前方荡起滚滚烟尘，一杆魏旗高高飘荡。是王平的部队么？徐晃双腿一夹马腹，向前冲去。

是王平。

王平提枪骑在马上，远远地看着愈来愈近的徐晃。毫无预兆地，他嘴角浮现一丝冷笑，举枪遥指徐晃，喝道："合围！主公有令，杀徐晃者，赏万钱！"

十数骑策马而出，魏旗倒下，蜀旗高高举起。

徐晃大吼一声，大斧如电光闪耀，周围舞起一片血雾。冲刺而去的蜀骑，竟被他全部斩落马下。

王平冷冷一笑，喝道："长矛阵！"

数十名西蜀长枪兵围成新月形枪阵，挺身攒刺。徐晃按下马背，腾身而起。落下，挥斧突前，数杆长矛应声而断。两名西蜀长枪兵被斧光掠过，支离破碎。

紧接着，后面的西蜀长枪兵抢上空位，嘶吼着挺枪再刺。

徐晃躲闪不及，被一枪刺中小腿，他抓紧枪杆，挥斧。

去！

一声暴喝。

斧光闪处，身首异处。

徐晃单膝跪地，大口大口地喘着粗气，厉声喝道："王平，你这背主小人！"

王平仰天大笑："徐公明，王某乃西蜀军议司裨将军，我的主公，是汉室皇叔刘玄德！"

连环计，原来是连环计，西蜀军议司前军校尉刘宇只不过是这条连环计的第一环，杀着却是这个王平！

后方传来马匹嘶鸣之声，王平脸色微变。

那是虎豹骑。是魏军残存下来的虎豹骑。虽然只剩下三十余骑，却给他们硬生生杀出了一条血路！

"长枪阵，合围！"王平沉声喝道。

百杆长枪平举，缓慢却不可抗拒地向徐晃逼近。

徐晃起身，持斧高声喝道："虎豹精骑，天下无敌！"

身后已经驰来的三十余骑同声喝道："虎豹精骑，天下无敌！"人数虽少，却在峡谷中如若雷鸣。

"将军上马！"一名虎豹骑单臂拽起徐晃拉至马上，自己却从马背高高跃起，举刀向蜀军长枪阵落去。徐晃用尽全身力气拉住缰绳，硬生生将马勒住。冲在前面的十几名虎豹骑纷纷从马上跃起，和坐骑几乎同时冲入长枪阵中。

马匹的嘶鸣，人的怒吼，兵器相碰的声音充斥耳中。那些全速奔驰的战马，全部刺穿在了长枪之上。而跃入阵中的虎豹骑们，刀光翻转，犹如一颗颗落入水中的石子，荡起了一圈圈的涟漪。

长枪阵，已被撼动。

徐晃坐于马上，举起大斧，虚劈而下。

身后剩余的十多名虎豹骑纵马冲刺。

"挡住他们！"王平大喝。

"虎豹精骑，天下无敌！"震耳欲聋的喊声在峡谷中激荡。十多名虎豹骑犹如一把暗淡无光却又削铁如泥的匕首，将枪阵硬生生刺穿！

徐晃吸了口发凉的空气，倒提大斧，催动战马。

天色已暗，月光惨淡，世间的一切似乎都变成了黑白。风声，心跳声，马蹄声，就连呼吸声都变得异常清晰。他看到整齐的马鬃在眼前飘荡，他看到虎豹骑们鲜红色的帽缨在肆意飞扬，他看到黑压压的蜀兵如蝼蚁般冲过来。

此战必败。

他知道。

但此战，必成永恒。

"你想要做英雄？"

"不，我只是一个刺客。"

"有什么区别？"

"英雄流芳百世，刺客泯然众人。"

"这样的话，你甘心？"

"有什么甘心不甘心？我注定不会被历史所铭记。不管百年之后，兴盛的是蜀汉，还是曹魏，我都只不过是颗朝露，好像没有存在过一样。"

"或许，我们都一样。"

"不，我们不一样。我的无名，是为了让你成名。"

"成名？虚名对于我来说，又算得了什么？"

"杨德祖，我的死，是为了让你成为流芳百世的英雄。你可以不在乎这个清名，但还请你不要放弃这个机会。"

"我是想做个英雄，"杨修落寞地笑了，"不过我在别人眼里，恐怕只是个自作聪明的狗熊。"

刘宇皱了皱眉头，转身离开："不管是英雄还是狗熊，杨德祖，你最起码会被人记住。"

杨修靠在木笼上，看着刘宇孤单离去的背影，灌下了一大口酒，低声笑道："英雄？你怎么不问问做英雄的代价？"

转过身，看着夜空中那轮明月，他喃喃道："值得么？"

自由的感觉，真是久违了。

杨修踏出木笼，抬头望去，阳光刺痛了他的双眼。

"怎么，死胖子，魏王是要放我出来遛圈，还是直接拉我去砍头？"

他笑嘻嘻地看着许褚道。

许褚摇了摇脑袋："杨主簿……那个西蜀的奸细，刺杀程昱大人……"

"什么？"杨修脸色遽变，"哪个西蜀奸细？"

"刘宇，就是那个自称西蜀军议司前军校尉的刘宇，"许褚脸上满是沮丧的神色，"他几乎骗过了所有人，就在昨晚酒宴的时候，他企图刺杀程昱大人。"

"哦？"杨修心中有种淡淡的失落。

许褚道："程昱大人早有防备，贴身穿有两裆铠，性命没什么大碍。只是那刘宇手脚上的功夫不弱，接连杀了两三个谋士，直到帐外的虎豹骑冲进来，才将他拿下。"

"然后呢？"

"自然是乱刀砍成肉酱。幸亏魏王没有参加酒宴，不然的话……"许褚忧心忡忡地道。

"魏王参加宴会的话，不是有你这个死胖子么？"杨修哈哈笑道，"你担心什么？"

"说得也是。"许褚挠了挠脑袋，咧开大嘴笑了。

"他们意识到这个刘宇是奸细后，用了多久才发现我是被冤枉的？"杨修问道，"足足用了一个晚上？程昱那老小子是不是当时被吓傻了，过了一个晚上才想起我来？"

"那倒不是。"许褚钦佩地说道，"你知道么，原来程大人早就料到他是奸细，把你关起来，也只是做个样子，让他相信我们中计了。那个刘宇不是送来假情报，说汉中空虚么，程大人向魏王进言，让徐晃和王平带领三万人马，假装突袭汉中，其实绕道岐山，过江油，打成都。这样一来，如果徐晃他们打得顺利，到了今年秋天，俺们就可以完全收复益州，铲除刘备了！"

"结果呢？"

"嗨，谁知道西蜀的计策更厉害。他们提前策反了王平，在沓中附近伏击了俺们，害得三万将士全军覆没，徐晃重伤而归。"

"哈，每个人都以为自己算盘打得很如意，结果如何，谁又知道。"杨修挖着鼻孔道，"不过总算把我给放出来了。死胖子，找几个人呗，先赌钱再喝酒，咱们今天玩个痛快！"

"免了，免了。"许褚连连摆手，"酒俺能给你弄不少，人俺可找不来。魏王任命盲夏侯当了巡营官，没人敢跟你一起疯。"

"怕那个瞎子干吗？"杨修不以为然道。

"这三十多万人马中，大概只有你一个人不怕他。"许褚指向不远处一个帐篷道，"你的军帐我吩咐人给弄好了，睡了几天木笼，去里面歇歇吧。俺后天出营押粮，得赶快去准备一下。你要是想玩，等打到了成都再说呗。"

"那你自己小心点。"杨修挥了挥手，拎着从木笼带出的酒壶，径直走进了自己的军帐。

里面的东西一应俱全，死胖子人虽然蠢点，心思倒还挺细。他踢掉靴子，懒散地坐到了长案之后，看着上面的酒樽怅然所失。拉过来两个酒樽，他摸出腰间的酒壶，斟满。杨修一直觉得，和一个人能不能成为至交，不是由认识多久决定的。有些人即便相处了几十年，还是觉得很讨厌；而有些人，哪怕只见过一面，也能以性命相托。

酒在，人已去。说是对酒当歌，可是和者能有几何？

酒洒在地上。

"英雄，再见。"

"……听闻荆州关羽近有异动，侯爷可借此机会向魏王请战，领骁勇之将，帅精锐之士，亲赴樊城……"杨修在木简上写道。这是到了汉中后，第三次向曹植写信。先锋徐晃大败而回，算是堪堪捡回了一条命，三万人只逃回来了几百人。西蜀的奸细刘宇死了，被他诬陷而下狱的自己，反而奇妙地得到了程昱的信任。虽然还没有进入魏王核心谋士圈的资格，但至少可以参加军策例会了，哪怕没人在乎他的意见。

西蜀不乏人才，现在这是魏军中所公认的一点。如果当初定军山黄忠斩夏侯渊，只是侥幸的话，那反间计刘宇刺杀程昱，连环计岐山伏击徐晃，就不能接着再用运气来解释了。奇迹不会反复眷顾战争的某一方，胜负最终还是依靠实力决定。军营中的气氛，已经空前紧张起来，现在几乎人人都把刘备视为自袁绍以来最强的敌人。这场汉中之战，恐怕没有先前预料的那么轻松。

许都据说也不怎么太平，临淄侯曹植遇刺、进奏曹被伏击的消息相继传来，让营中人心惶惶，各种猜测都在私下流传。倒是魏王恍若未闻，连写信安抚一下曹植的意思都没有，看样子是完全交给了世子曹丕处理。

写完信，吹干墨迹，杨修把木简卷起来，用麻布包了起来。没有必要用竹筒火漆，这封信着实没什么隐晦的内容。而且现在营中书信来往，大多都要经过兵曹从事的拆阅审查，杨修还没有寄送密信的特权。

杨修伸了个懒腰，喊来帐外的兵士，把麻布包丢给他，又随手拿起长案上的一卷木简。是东郡陈家的悔婚书，那个老头子啰啰嗦嗦又遮遮掩掩地说了一大堆废话，最后才假惺惺地祝福杨修能找到更合适的妻子。文辞太差，杨修嘟哝了一句，随手把木简丢到了一旁。成家，杨修本来就没这个打算。现在女方眼看自己越来越失势，主动提出悔婚，倒还省了好多麻烦。最起码不用再听老父亲训斥了。

喝下一大口酒，杨修从身后那堆木简中又抽出一卷。嗯，这个有趣，这个好像是谁写的光武帝的秘事。

"杨主簿，你这封信，要不要用火漆封起来？"帐帘晃动，进来了一名驿卒。

"不用。"杨修头也不抬地应道。

"还是封起来吧，兵曹从事看过后，你要是想再写点什么，可以直接告诉我，我帮你加上去。"

杨修皱眉，抬头看着眼前的这个驿卒，他的话太多了，跟他的身份并不相称。

"所以？"

"所以兵曹从事根本不会知道你在信上写了什么，更不会知道你的信要送往哪里去。"又黑又胖又矮的驿卒笑嘻嘻道。

"你是……"杨修问道。

"在下是个驿卒，名叫关俊。"黑胖子讨好般地问道，"杨主簿需不需要往南边写点什么？"

"南边？"杨修揉了揉鼻子，问道，"我跟那个卖草鞋的家伙有什么好聊的。"

"聊聊刘宇怎么死的。"关俊不客气地坐了下来，拿过长案上的酒壶喝了一口，赞道，"好酒，好酒。"

杨修不再搭理他，而是旁若无人地仰躺了下去。

停了一会儿，看杨修没有反应，关俊压低了声音道："穷途非末路。"

杨修摇了摇头，骂道："他妈的，法正到底安插了多少个奸细？"

送走曹宇，曹丕揉了揉鬓角，疲倦的感觉遍布全身。

进奏曹被人伏击，三百虎贲卫只剩下百十人，贾逸轻伤，蒋济无碍。对于事情的发展，曹丕有种深深的无力感。如果说先前繁琐的政事，只不过让他觉得有些忙碌烦躁，那现在的曹植遇刺、进奏曹被伏击，却让他生出一股恐惧感。这种近在身边的危机，是在挑战他的权威。如果任由这种事一再发生，父王会不会觉得自己没有能力胜任世子之位？

耳边传来一阵急促的脚步声，曹丕抬头，看到司马懿快步走了进来。

"仲达，什么事？"不经内侍通传，直接进到内厅，和平时确实不大一样。

司马懿走进厅中，返身关起房门，轻声道："殿下，查到了一些东西。"

父王当初设立进奏曹东西曹署，一方面是为了防止进奏曹主官一人独大，另一方面就是为了应对这种情况。就算是其中一个曹署受到了打击而暂时瘫痪，另一个还能高效运转。

"是宫里那个？"曹丕叹了口气。

"至少跟他有关。"司马懿低头道，"鹰扬校尉贾逸去过陈柘家中，得到了假情报，回到进奏曹之后，接着贾逸就被宫里那位召见，这事有点巧。"

"或许真的那么巧呢？"

"据贾逸说，召见他的那两个时辰里，宫里那位问的都是些无关痛痒的小事。还有，陈柘夫人已经自缢了。鲁阳侯曹宇留下的虎豹骑在清点战场时，没有发现伏击一方的尸体，只有一些被大火烧坏了的兵器。"

"也就是说，伏击方在曹宇出城救援的时候，就接到了消息。然后立刻离开了伏击地点。"曹丕慢慢咀嚼着司马懿的话，里面的信息不少。

"一击不中，全身而退。不恋战，不贪功。这个人不简单。"司马懿低声道。迎难而上，很多人都能做到，见好就收，却未必人人都有这份克制。

"宫里那位，有几成把握？"

"八成，很多事没有他的首肯和支持，那些汉室旧臣们没有这么大的勇气。"

"仲达，他的皇位坐了多久了？"曹丕冷笑。

"二十九年四个月了。"

"那么……"

"殿下，魏王不会同意的。汉帝是魏王扶持起来的，虽然现在只不过是尊泥胎木雕，但魏王是绝不会让他烂在自己手里的。"司马懿沉声道。

挟天子以令诸侯。

当初接汉帝进许昌，魏王总以为这是自己的得意之笔。可过了一段时间，却发现手里的是个鸡肋。二十多年了，不论是吕布、袁术、袁绍、孙权这些割据军阀，还是刘表、刘璋、刘备这些汉室宗亲，没有一个诸侯肯听从那位天子的号令。到头来，魏王空有挟天子之名，而无号令天下之实。早先汉帝诏书封魏王为大将军，袁绍为太尉。结果袁绍因为官位排在了魏王后面，当着传旨宦官的面，破口大骂，甚至威胁要起兵清君侧。当时魏王要打张绣，为了避免腹背受敌，不得不把大将军的官位让给了袁绍，自己再退一等，做了司空。

各方诸侯都骂魏王托名汉相，实为汉贼。而手中的傀儡皇帝，更是隔三差五就衣带诏、宫廷政变地闹腾个不停。有心要将汉帝废掉，又怕那块"匡扶汉室"的破烂招牌毁于一旦，更怕坐实了诸侯们的指责。既然给自己立了牌坊，就不能再自己把它给拆了。

曹丕沉默了一会儿，问道："还是让蒋济来查这些事吧。对了，我听说父王下令让曹彰起兵二十万，前往汉中，这件事你怎么看？"

"殿下多虑了。"司马懿低着头。

"哦，何以见得？"曹丕眼中闪过一丝寒意。

"鄢陵侯曹彰征讨乌丸、降伏了鲜卑轲比能，北方已经没了什么战事。现在召曹彰去汉中，应该是为了攻打刘备。曹彰素来勇武过人，深得魏王喜爱。但魏王也明白，他只是个将才，不会对他有什么过高的期望。"

"那曹植呢？"

"他只能算是个文人骚客，如今在魏王心中的地位，或许连曹彰都不如。"

"只可惜他自己不这么想。"曹丕摇头道，"他最近蹦得挺欢的。他那位首席谋士杨修，不是在汉中被父王关进了木笼么？有没有机会送他一程？"

"殿下，许都离汉中甚远，消息来往传递，要将近一旬的时间。就算我们这里设好了局，到了那边，或许情形已经变了。"司马懿语气很是平和。

"我是觉得，虽然那个杨德祖看起来疯疯癫癫的，但终究还是有些本事。"

"殿下不用担心，魏王那里有程昱。"司马懿低声道，"只要有他在，杨修怕是回不到许都了。"

曹丕若有所思地摇摇头，然后又点了点头，正待开口说话，却听得殿外的侍卫高声通传道："殿下，汉中八百里加急军报。"

"呈上来。"

一个沉甸甸的铁匣被呈了上来，曹丕从腰间摸出铜匙，插进铁匣。左转两圈，右转三圈，里面的锁头发出"啪哒"一声脆响，开了。从铁匣中拿出管竹筒，竹筒一端火漆上的纹章丝毫无损。曹丕捅破火漆，展开里面的一小卷帛书，上面是魏王那熟悉的笔迹：

"王平叛逃，徐晃重伤，我军于汉中折损将士三万。消息传到许都，必定人心浮动，我儿应提早做好部署，以防有变。另，近日荆州关羽时有异动，樊城于禁屡次告急，为父已调遣曹仁整饬军备，拟于近日驱兵前往樊城增援。"

曹丕将帛书卷起，凑到油灯上点燃，看着它化为灰烬。

"我们在汉中初战失利，折损了三万人，徐晃受伤，王平投蜀了。父王要我注意下许都，免得生乱。"曹丕对司马懿道，"但许都现在已经乱起来了，在父王回来前，我们必须把这一切平息下去。我想，让曹植稳一稳。"

"曹植身边除了杨修，丁仪、丁廙都是徒有虚名，没什么能耐。殿下手中握有进奏曹，又有鲁阳侯曹宇率领的虎豹骑听令，曹植其实不足为虑。"司马懿抬头看着曹丕道，"殿下，你现在要担心的，是另一个人。"

曹丕皱眉道："仲达你说的，是否是蒋济在查的那个寒蝉？"

"寒蝉鸣泣，天下蠢动。一个进奏曹西曹署，恐怕还对付不了他。"司马懿低下头，"某不才，愿为殿下分忧。"

曹丕沉默了一会儿，道："有这个必要么？"

"泄露定军山军情，刺杀临淄侯曹植，伏击进奏曹。只不过三个月的时间，寒蝉已经做了三件大事。这三件事虽然表面上看起来没有联系，但细细琢磨一下，不管他是有意还是无意，似乎都有一个共同的作用。"司马懿声音很轻。

"哦？"曹丕有些不以为然道，"还请仲达赐教。"

司马懿抬起头，迎着曹丕的目光道："反衬出殿下的无能。"

许都的运来赌场里，出现了一个很奇怪的赌客。

他吊着右臂，在赌场里已经赌了五天。每次都是天一亮就来，每次都是只赌一回樗蒲，每次都是只赌一个大钱，每次都是不管输赢，赌局结束起身就走，而要命的是每次他走之后，许都尉的差役就上门来搜查逃犯，整整一天。秃头老五早就顶不住了，他寻思自己是不是得罪了什么人，于是找到熟识的胥吏，想花点钱疏通一下。结果那吃人不眨眼的胥吏死活却不肯拿他的钱，而且死活不肯告诉他到底出了什么事。无奈之下，他只好向郭鸿求救。

在秃头老五眼里，郭鸿不是一个人，而是一尊神。天下间几乎没有郭鸿办不了的事情，当然这并不是说郭鸿有多高官位或者有多少钱财，而是因为郭鸿是位八方拜服的游侠。重诺守信，厚施薄望，为人内敛而行事高调，这是黑白两道对郭鸿的共识。而关键的一点，只要能做到的事，郭鸿从来没有拒绝过。一个乐善好施的人，只能让人感激；而一个侠肝义胆的人，着实能让人信服。据说在建安二十一年，有个喝多了的儒生乱发议论，在酒肆中大骂郭鸿。结果大概一炷香之后，就有一个以黑炭涂脸的刀客，闯进酒肆把这个儒生砍了。事情还没有完。当天下午，这家酒肆里一共闯进来六个手持利刃的家伙，前几个运气好，还能往尸体上补几刀，后面几个赶来的时候，尸体已经被衙门搬走了，只好砍那儒生用过的长案泄愤。

所以，当郭鸿答应为秃头老五出头的时候，秃头老五觉得这件事已经搞定了。第六天，当那个奇怪的赌客来到运来赌场的时候，赌场里几乎空无一人。只有郭鸿坐在那里，静静地等着他。

"贾校尉，"郭鸿面前摆着四枚大钱，"你在运来赌场赌了九次，这是你输在这里的钱。郭某今天代替老五还给你。"

贾逸坐了下来，一枚枚拾起郭鸿面前的四个大钱，他的动作很慢，似乎有些漫不经心。看到贾逸把四枚大钱放进袖中，郭鸿拿出一锭黄金道："贾校尉，郭某除了一副炽热心肠之外身无长物，这锭黄金是昨日一个朋友的谢礼，我送给你。不管老五跟你有什么过节，我都想跟你交个朋友。"

贾逸笑笑，道："郭大侠，其实我和秃头老五没什么过节。我要找的人是你。"

"找我？"郭鸿皱起眉头，"何必搞得这么麻烦？"

"郭大侠四海漂泊，来去自如。"贾逸淡淡道，"我寻思着，与其去找你，不如让你来找我。"

"贾校尉可是有事吩咐？"

"不敢，是咱们进奏曹有事要郭大侠相助。"贾逸拿出一把断了的腰刀，丢在郭鸿面前道，"这个东西，认识么？"

郭鸿拾起腰刀，横在膝前仔细端详。刀柄已经折断，只剩下了三尺多长的刀身。这把刀表面变成了黑色，就算用力擦拭也看不出原本的样子，应该是被火烧过。

"我不认识。"郭鸿摇头。

"那就查一下。"贾逸面无表情。

郭鸿把刀翻来覆去看了半晌，道："我听说前几日进奏曹在城北遭人伏击，这把刀是否就是伏击之人留下的？"

"是。将作司那里核实过了，不是制式的兵器。所以咱们进奏曹只能麻烦你了。"

"进奏曹眼线遍布天下，若是你们都查不到，郭某又怎么能查得出来？"

"猫有猫路，狗有狗道，办什么事，就得用什么人。进奏曹相信郭大侠的能力。"

郭鸿沉吟半晌，道："在下只怕要让进奏曹失望了。"

贾逸摇头道："郭大侠，从来没有任何人让进奏曹失望过。你是不能做，不敢做，还是不想做？"

郭鸿眼神越过贾逸，落在墙上的那孔气窗上："贾校尉，最近许都内流传这样一个说法，前几日进奏曹在城北遭遇火龙诛杀，折损过半，此乃高祖显灵。大汉乃是以火为德，此番大火，昭示着汉室的再度中兴。"

贾逸仰天大笑道："火龙？"他拍了拍自己的右臂，"我这可是箭伤。你的意思是，你也相信这种流言？"

"再幼稚的流言，也有它出现的原因。郭某干的是杀人放火的勾当，掺和不到大事里面去，这是游侠的规矩。"

"规矩？"贾逸冷笑道，"郭鸿，你是不是还没睡醒？游侠的世道早已经结束了，就算你在许都依旧是风生水起，那也是进奏曹放任的结果。当年汉武帝能将名动天下的郭解满门抄斩，你以为进奏曹不敢动你一个小小的郭鸿么？"

郭鸿额头青筋暴跳，紧握双拳，不言不语。

贾逸淡淡道："怎么，生气？你觉得我现在身上有伤，不是你的对手？你想干脆做掉我之后，亡命天涯？"他从怀中掏出一卷木简，"啪"地丢在郭鸿面前，"一共两千一百一十四人，你看看自己还记得不？"

郭鸿展开木简，上面用蝇头小字密密麻麻地写着许多人名，每个人名后面都详细标注着年龄、性别和住址。有些名字记得，有些不记得，但郭鸿清楚地知道这是个什么东西。他嘴里满是苦味，拳头慢慢松了开来，脸色也逐渐缓和。

"在这些人中，大概不少人都会心甘情愿为你去死。你现在可以给我一个答案，或许进奏曹可以帮帮他们，一个不留。"

郭鸿抬起头，道："贾逸，你的脾气变了。"

"人都是会变的。要是因为自己愚蠢的怜悯，而让二百多人命丧黄泉，你也会变的。"

郭鸿又拿起了那柄断刀，仔细地端详："除了这把刀，没其他的东西了？"

"没了，都被大火烧得一干二净。"

"这有些难度。光是许都附近，就有不下六家私铸场，你得给我一个月的时间……"

"十天，十天之后，我等你的好消息，不然，你就等我的坏消息。"

"为什么一直不让我进去，你这几天到底在做什么啊？"田川看贾逸从赌场中出来，嘟囔着问道。

"我信不过你。"贾逸冷冷道。

"什么？"田川愣了一下。

"那天我从宫内出来，并没有看到你，你去了哪里？"

"我、我等你半天都没出来，就去逛街了嘛！我在城东逍遥阁那里喝了点酒，吃了烧肉，还在陈锦记那里买了水粉，不信你自己去问！"

"进奏曹已经去调查过了，不然你觉得你现在还会活着？"贾逸淡淡地道。

田川不知道说什么好，只是怔怔地看着贾逸。

贾逸摇头道："怎么，接受不了？若心里没鬼，这点委屈都受不了，以后怎么能担重任？若心里有鬼，你的反应也未免太迟钝了，早晚会露出破绽。"

田川跺脚道："你凭什么教训我？你们被人伏击，是我的原因吗？我要是一直站在宫门外等你，你们就不会死那么多人吗？你纯粹是心情不好，拿我当出气包！"

"拿你当出气包怎么了？"贾逸冷笑，"你觉得许都还是塞外，什么时候都可以讲理？"

"你……你混蛋！"田川气急反笑，"我没来许都之前，一直以为你们中原人都喜欢绕着圈说话，谁知道你说话就像个棒槌！"

"跟笨人说话，绕圈子她能明白吗？"贾逸终究有些不忍，缓了下口气，"在进奏曹，首先要学会的就是接受怀疑。想当年，我刚入进奏曹，在外围做了一年的杂活儿，不知道接受了多少暗里明里的调查，又外放石阳做了三年都尉，功勋卓著，又恰好机缘巧合，才调回许都做了个校尉。"

"我虽然没你们脑子里那么多弯弯……但我也不是傻瓜。我知道一进来就做了校尉，你们肯定不服我，但是我没想到你们会怀疑我。"田川恨道，"怎么由魏王直接征辟的人，你们也不肯相信？"

贾逸轻笑："现在曹里分为两大派，一派以蒋大人为首，一派以司马懿为首。两派之间虽不是敌人，但仍是对手。曹里的人，过的都是刀头舐血的日子，管你是谁举荐的人，没有一起共过事，不了解你的秉性，何来的信任二字？"

"像拉帮结派这种无聊的事，我还以为进奏曹这种地方不会有。"田川咬着嘴唇，"我果然还是想得太简单吗？"

"要是进奏曹铁板一块，魏王会放心吗？"贾逸看着灰蒙蒙的天空，自觉已经说了太多，"这种事，只能由得你自己慢慢去悟。"

"那……我要做些什么，才能让你觉得我是自己人？"田川跟在身后，问道。

"我不知道。我说过了，这得你自己去悟。"

贾逸转身，融入稀疏的行人中。身后的田川已经悄然离开，他并没有开口挽留，只是默默地盯着脚下，看细微的尘土在步履间飘起，又颓然跌落下来。

无能。

尽管魏王和世子仍旧没有降罪，但贾逸仍旧有着非常强烈的耻辱感。如果说先前的临淄侯曹植遇刺，只不过是寒蝉的扬汤止沸之计，那这次的伏击，无疑是釜底抽薪。

可笑的是，当初自己还以为意外地找到了曹植遇刺的线索，能顺藤摸瓜地牵出寒蝉，却完全没料到那只是寒蝉的又一个陷阱。

无能。

贾逸的心头再次浮上了这两个字。

若是因为寒蝉，让魏王和世子对自己留下了这样的印象，仕途大概就会止于此处了。那样的话，大仇何日能报？

他站在长街上，苦笑。

"目前军情危机，我方应后退三十里，依阳平关一线布防，以避蜀军锋芒。"一个大腹便便的谋士道。

"眼下咱们只不过折损了三万人，我军起兵四十万，尚余三十七万，而蜀军一共还不到十万人。现在就退，为时过早了。"另一个干瘦的谋士捻着下巴的胡须道。

"咱们只不过是号称全军四十万，除去负责辎重粮草的辅兵、用于安民驻扎的郡兵，战兵只有二十六万。这二十六万中，在岐山折损了三万，只剩下二十三万尚可一战。对于蜀军，我们没有绝对的兵力优势。"

"鄢陵侯曹彰已带二十万精锐，正赶赴汉中。他若赶到，我军保证优势兵力绝对没有问题。"

"就算有绝对的优势兵力，还要考虑到……"

杨修斜靠在军帐的一角，听着那些谋士们乱哄哄的争论，感觉索然无味。这所谓的军策例会，完全没有一点参与的价值。起码到汉中以后，没有一条军令是在这里制定的。这种例会的作用，是让这些谋士们各抒己见，把几乎可能出现的所有情形都估算到，整理之后交由魏王他们作为参考。真正的军令，是在魏王、程昱、夏侯惇这些人出席的军策秘会中商讨决定的。也就是说，这个所谓的军策例会，提供的只不过是最基础的东西罢了。

眼看军策例会的讨论已接近尾声，杨修伸了个懒腰站起了身。

"杨主簿，有何高见？"负责记录的书佐看着他道，"你已经参加三次军策例会了，却还没说过一次话。"

杨修笑道："鸡肋。"

"鸡肋？"书佐一头雾水，军帐里争论不休的谋士们也都停下来。

"食之无肉，弃之可惜。当断不断，军心自乱。"杨修道，"我的高见就是，撤军。"

"撤军？"一名谋士大声重复道，"咱们四十万军士，就白白跑了一趟？"

"现在撤退，比再吃败仗退兵好点。诸葛亮供应后勤，法正屡出奇谋，张飞、黄忠、马超据险守要。蜀军接连取胜，士气大振，汉中民心所向。而我们呢？出征前折了夏侯渊将军，第一仗又中了埋伏，军心士气低迷得要命。这场仗，恐怕不是一时半会儿能打赢的。而关羽已在荆州秣马厉兵，东吴孙权鏖战合肥，若是拖得太久，多线受敌在所难免。到时候再退，恐怕比现在的代价要大得多。"

"那现在撤退，刘备追击的话怎么办？那就要在长安附近御敌了。"另一名谋士问道。

"刘备不会追。他刚吃下汉中，得安排郡县属官，强化治安，把这块肉先消化了。若他求胜心切，追击我军，我军可利用凉州及长安军力，包围刘备，发动钳势攻击。在后方不稳、两线受敌的情况下，刘备一举可破。"

"那我们现在撤退的话，岂不是由得刘备吃下汉中了？"书佐忍不住问道。

"现在刘备已经吃下了汉中。在这里僵持有什么意义？我军退兵，加强陈仓一带军防。派人联吴，夹攻荆州关羽，此为上策。"

周围的谋士们都陷入了沉思之中，杨修打了个哈欠，看到那书佐写个不停，笑道："别记了，记了也没什么用。"

书佐愣了一下，问道："为什么？"

"魏王是不会采纳我的建议的。"杨修掀起了军帐帐帘，"无功而返，他的老脸上怎么会挂得住？"

返回自己的军帐，杨修脱去官服，铺开了一卷木简，准备再次给曹植写信。对于临淄侯的为人，杨修很清楚，上次的那封信曹植恐怕都没有拆阅，就算看了他也很可能不以为然。只有一而再、再而三地就某件事进行阐述，才可能引起曹植的重视。有时候杨修会想，若是曹植生在平常王公大臣之家，或许会是个名扬千古的诗赋大家，可惜他生在了勾心斗角的魏王府，能不能善终都是未知。

"杨主簿，您有信件需要寄送么？"帐外响起了那个黑胖子的声音。

"进。"杨修简短地应道。

门帘一挑，关俊闪了进来。看帐内无人，他径直走向长案，拿起上面的酒壶喝了一口，脸上露出满足的表情。

"拿去吧。"杨修边写边道，"看你整天馋得跟八辈子没喝过酒一样。"

"不了，不了。在下要事在身，每天只能喝一口。"他俯身看着杨修的木简，道，"啧，杨主簿的字蛮不错的啊。还是写给那个公子哥儿？我说那家伙听你的么？"

"你管得也未免太宽了点吧。"杨修道，"去，去，往一边靠点，你往这边一凑，我还以为天黑了。"

"嘿嘿。"黑胖子往旁边挪了挪，道，"杨主簿，你今天在军策例会上的那番话，可真是要人命啊。"

"哟，耳目挺多的，我前脚出来，你后脚就晓得了？"

"那是，哪里都有咱们军议司的人。"关俊嬉皮笑脸道，"据说现在许都，在风传临淄侯遇刺、进奏曹被伏，都是寒蝉在背后策划。"

"寒蝉，"杨修顿了一下，"作为他的盟友，你们对他了解多少？"

"没多少。"关俊搔了搔头。

"怎么，也有西蜀军议司不知道的？"杨修讥诮道。

"寒蝉只在曹魏那边活动，军议司犯不着揪出一个对西蜀有利的奸

100

细。"关俊道。

"你的意思是进奏曹都是傻瓜?"杨修道，"军议司呢，从来没有对寒蝉进行过调查?"

"军议司里，大多数人认为寒蝉很可能是汉室旧臣、荆州系名士，抑或是东吴解烦营的高级细作，也有人认为寒蝉就是汉帝刘协。"关俊笑嘻嘻地道。

"刘协?"杨修想起那张饱经沧桑却又波澜不惊的面孔，"不会吧，他怎么可能以身犯险。"

"因为他太过神秘。虽然谍报部门要求潜伏的细作务必低调行事，但像寒蝉这种从来没有人见过他真面目的细作，却实在是少见得很。我们觉得，很可能是因为寒蝉的身份特殊，所以才不能跟任何人接触。"

"这个理由有些牵强。"杨修摇头。

"是的。所以坚持这种观点的人不太多。"

"我是有些奇怪，既然没有人见过寒蝉，为什么还都听他号令，"杨修皱眉，"去相信一个素未谋面的人，不觉得太荒唐了么?"

"口碑，寒蝉的口碑很好。军议司成立太晚，只掌握了近几年寒蝉所参与或领导的活动。而你们进奏曹那里，确定了早在建安十三年的赤壁之战，寒蝉就曾参与其中。"关俊笑道，"再之后的伏后之死、潼关之战、诛灭马腾这些变故中，寒蝉做了不少事，杀了一些人，救了一些人，逐渐积累起了人望，到现在已经有了很高的威信。不过，寒蝉在曹魏那边并不怎么响亮。除了那些汉室旧臣和荆州系的人之外，其他人则很少听过这个名字。就算知道的人，恐怕也不以为然。要知道，从建安元年开始，大大小小的谋反足有十几次，却没有一次是成功的。寒蝉，在曹魏高官眼里，恐怕只是个胡乱蹦跶的跳蚤。"

"听你的意思，西蜀却似乎一直对寒蝉青睐有加?"杨修停下了手中的笔。跟寒蝉没打过什么交道，如果这个人真如关俊所说，那确实是个了不起的人物。能做事，做成事，不出事，多次做到这三点实属不易。

"那是自然，再弱小的朋友也是朋友。"关俊道。

"你们只不过是拥有共同的敌人，一旦曹孟德倒台，就难说了吧。"杨修又低下头去写信。

关俊咳了一声，换了个话题："杨将军，你觉得我们能打败曹操吗？"

"叫我杨主簿。"杨修瞥了他一眼道，"虽然你们给我封了个杂号将军，可现在是在曹营。一个称呼上的不慎，搞不好要掉两颗脑袋。"

"谨遵杨主簿教诲，现在能否回答我的问题了？"关俊不以为然地道。

"上次岐山大捷，是因为王平。现在没了奸细，没有情报，西蜀要怎么打？曹胖子的兵力还是远远强于你们吧。"

"不知道。我只管营中情报传递，设计布局我是一概不知。不过，我还是对法正将军很有信心的。你看当初定军山黄老将军力战夏侯渊，谁会想到可以大胜？这兵法啊，讲究一个知己知彼。只要能揣摩透对方的习惯和心理，没有打不赢的仗。"

"好大的口气。"杨修伸了个懒腰，"你们把曹营中的谋臣猛将都当猴子么？"

"嘿嘿，那杨主簿不妨静待数日，咱们西蜀说不定又是一场大胜。"关俊拍了拍胸脯，信心十足。

对于只卖胭脂水粉的店铺来说，门脸似乎太大了一些。不过贾逸清楚，陈锦记是个例外。作为整个许都最为奢华的胭脂水粉店来说，它的门脸就算再大一些，也不算离谱。据说这家店铺的主人，是当今的几位贵妇。这些女人仗着自己丈夫的权势或者路子，哪管是东吴、西蜀甚至西域的胭脂水粉都能弄过来。当然，这些东西的价格也贵得离谱。

贾逸靠在街对面的廊柱上，懒洋洋地看着进出陈锦记的闺秀贵妇。说实在的，他很难把田川与陈锦记联系在一起。一个大大咧咧的边城少女，突然跑来买胭脂水粉，着实有些怪异。是单纯的想到哪里做到哪里，还是个蹩脚的借口？

他整了下佩剑，脸上摆出一副阴沉的表情，径直走进了陈锦记。

柜台上的伙计看到贾逸进来，只是瞥了一眼，就又堆着笑脸跟一位衣着华贵的侍女搭话。贾逸重重地咳嗽了一声，道："进奏曹办案！"

一个掌柜模样的中年男人从后面走来，长揖道："这位将军，不妨到账房说话？"

贾逸点了下头，右手扶在佩剑上，走进账房。刚一坐定，贾逸就挥手止住了要泡茶的掌柜，道："我知道你们店铺的背景，也无意打扰你们的生意。我只问一件事，问完就走。"

掌柜不亢不卑地道："不知将军所问何事？"

贾逸掏出一叠白绢，在面前长案上徐徐展开，上面画了一个看起来颇有些英气的少女。他看着掌柜的眼睛，问道："七日之前，这位姑娘到过咱们陈锦记买胭脂水粉吗？"

掌柜瞄了一眼白绢，即刻点头道："见过。"

贾逸冷笑一声，"呛啷"一声抽出长剑，架在了掌柜肩膀上："你再好好想想，见过没有？"

掌柜却面不改色，平静道："回禀将军，小人确实在七日之前见过这位姑娘。"

贾逸扬声道："你这陈锦记一日之内出入的女眷至少百人以上。你有多大的能耐，七日之前的顾客，仅凭一张画像就即刻认得出来？"

掌柜低头道："将军，小人之所以记得这位姑娘，是因为当时她闹了一出笑话。"

"哦？说来听听。"

"当时这位姑娘来到敝店，看中了产自西域的金花燕支。但是这位姑娘却觉得价钱太贵，一再要求减价。但敝店的东西，是一分价钱一分货，不会随意折价。僵持到最后……"掌柜的眼角闪过一丝笑意，"这位姑娘拿出了进奏曹的腰牌，抵押作了八百钱，说这几日来赎。"

贾逸眉毛跳了一下，闷声道："你同意了？"

"小人见是进奏曹的大人，不敢怠慢，当即要免费将金花燕支送给这位姑娘。岂料这位姑娘却并不接受，反而立下字据，说是暂取走金花燕支，约定下月发饷之时，即刻归还所欠余款。"掌柜拨开剑锋，起身从壁柜上取下一片竹简，"这就是那位姑娘的字据，也就是因为如此，我才对她印象深刻，在将军刚拿出画像之时，就认出来了。"

贾逸看了眼竹简上的字迹，是田川的没错。他讪讪地笑了下，收剑入鞘道："在下唐突，得罪了。"

"无妨。"掌柜依旧一副荣辱不惊的样子，"小人斗胆问将军一句，进奏曹因何事要查这位姑娘？"

"与你无关。"贾逸干巴巴地回了一句，"我看你应对得体，处乱不惊，倒真是个人才，你是哪位夫人府上的？"

掌柜低头道："将军谬赞，小人不是诸位夫人府上的。小人原本乃司马懿大人的属下，因伤无法再度效力，就由司马懿大人推举来这里做了掌柜，也算混口饭吃。"

"司马懿……"贾逸咀嚼了几下，知道今天自己这么做，是有些冒失了。他也不再说话，数出八百钱交给掌柜，然后转身离开。

出了香气窒人的陈锦记，贾逸转过街，拐到了一条小巷，看到了无聊地嚼着草根的田川。他抬起下巴示意道："跟我走吧，我们再去一趟陈柘府上。"

田川歪着脑袋，用力地抽动鼻子，道："好香……你去了陈锦记？"

"嗯。去查了下你是不是到过那里。"

"什么？你不是说了已经有人查过了吗？"田川纳闷道。

"我信不过他们，万一跟你是一伙儿的呢？想不到，你说的居然是真的。"贾逸笑笑，"我还想着如果是假的，刚好可以把你扭送回进奏曹。"

"我呸！"田川终于忍不住，骂道，"你这种自以为是的光明磊落可真叫人恶心。作为同僚，不是应该要相信对方吗？没有最基础的信任……"

"我说过了，还没把你当成同僚，你不要自视过高了。"贾逸换了个话题，"欠的余款我给你交了，以后别动不动拿进奏曹的腰牌抵押，太丢人。不过我有一件事想不明白，你去陈锦记买那么贵的胭脂干吗，又没见过你用那些东西。"

　　"送人。"田川闷声道。

　　"什么，谁给你出的这种馊主意，许都是个什么地方，那些贵妇天天用的都是陈锦记的胭脂水粉，你拿这个去送礼，她们会稀罕？"贾逸停住脚步，皱起眉头看着田川。

　　田川冷冷哼了一声："我送给她们干什么？我是准备送回族里，表妹要出嫁了。"

　　"哦，"贾逸有些尴尬地咳了一声，"怎么你手头好像有些拮据的样子？听说幽州田家家境殷实……"

　　"那是以前。"田川没有再说下去的意思，"我们去陈柘家干什么，曹里的人不是已经搜了一遍吗？"

　　"到了你就知道。"

　　贾逸无心再说什么。知道那个掌柜是司马懿的人后，贾逸就已经明白，田川应该与前几日的伏击无关。虽然现在许都内的势力错综复杂，彼此纠缠不清，但有一点是可以肯定的。当晚伏击进奏曹的人，绝对不会与司马懿有关。身为进奏曹的曹掾，世子身前的红人，司马懿没有理由向自己人出手。不管是汉室旧臣，荆州系，就连曹植一派的人都不怎么待见他。若是进奏曹经此一役一蹶不振的话，他也会走向颓势。

　　但对于田川的疑虑，并没有完全消散。毕竟像进奏曹这么个地方，被魏王突如其来地塞进来一个女人，是件很蹊跷的事情。就算是名士之后，这样的人事安排，也未免太儿戏了点。

　　"到了。"田川的声音在耳边响起。

　　陈府的大门上已经蒙了一层灰，而这时离陈柘的死，不过短短几十天的时间。这栋宅子已经变得死气沉沉，陈柘的夫人崔静在进奏曹被伏击之后，悬梁自尽，陈家应该是没什么直系的亲属了。木门上用白灰草草地写着"待沽"字样，应该是亲戚所为吧。贾逸知道，再过一段时间，大概就有人会买下这里。装点一番，抹去旧主人的痕迹之后，这仍是栋不错的宅院。不会有人在意陈柘在这里血溅三尺，不会有人在意崔静在这里悬梁自尽，不会有人在意陈柘的女儿在这里惨死。甚至买下这栋宅院的人，或许都不知道陈柘是谁。

世人是很善于遗忘的，对于普通的百姓们来说，什么皇纲正统，什么汉家天下，都不如吃得好穿得暖重要。那些自以为献身于江山社稷和黎民百姓的人，在他们眼里或许只是个不折不扣的傻瓜。

贾逸轻轻叹了口气，推开了木门。

庭院之中荒草丛生，处处透着一股破败的气息。几个许都尉的差役散散落落地站在其间，看到贾逸他们进来，齐齐施礼。

"什么事？"贾逸问道。许都尉请贾逸来陈府，却并没有说明事由。

"启禀大人，昨日咱们有几个这片区的兄弟巡夜之后，一直未归。都尉大人派我等查看，却发现咱们那几个兄弟都倒毙在了陈宅的后院中。"都伯舔了下发干的嘴唇，"咱们把这个情况上报给了都尉大人，都尉大人觉得陈宅比较微妙，就向进奏曹求助。"

"你们都尉呢？"

"都尉大人身体不适，已经回府了。"

贾逸暗骂一声，眯起了眼睛："带我们去。"

都伯如释重负地吐了口气，小跑着在前面带路。

陈宅确实是个比较微妙的地方，对负责治安缉盗的许都尉来讲，是个烫手山芋。他们很明显是想把进奏曹拉进来，自己好抽身。贾逸虽然心知肚明，但仍乐得接手，毕竟对于进奏曹来说，再烫手的山芋也无所谓。穿过回廊，众人来到了后院，看到了倒毙在地上的四具尸体。

贾逸回头向田川点了下头，道："我们上去看看。"

田川瞪了他一眼，气鼓鼓地说："死人有什么好看的？"

"死人能告诉我们很多东西。"贾逸上前两步，蹲下身，仔细地端详着尸体，还不时地用手在尸身上翻检着什么。

四具尸体看起来很完整，并无肢体残缺，而且现场也并未有大量的血迹。依照这情形来看，这四个差役基本上没做什么像样的抵抗，甚至来不及大声示警，战斗就结束了。四人身上的伤口都是剑伤，而且形状大致相同，应该为一人所杀。贾逸皱起眉头，许都尉的差役虽然算不得什么好手，但能在短时间内连杀四人，需要非常快的身手，至少自己是做不到的。不客气地来讲，能做到如此干脆利落的，当今世上恐怕也没有几个人。贾逸脑中浮现出几位宗师级的剑客，却又摇了摇头。没有依据的猜测，只会浪费时间和精力。

"怎么，他们告诉了你什么？"田川在一旁问道。

"他们死于卯时之前。"

田川愣了一下，却听贾逸继续道："伤口泛白，是因为露水结霜所致。换句话说，他们在卯时露水结霜之前，就已经死了。"

田川翘了翘嘴角："那你能看得出是谁杀了他们吗？"

贾逸沉吟不语，眼角扫过一具尸体，不由得怔了一下。那具尸体的姿势有些古怪，仰面朝天，左手却被压在身后。他快步走了过去，翻开尸体，看到紧紧攥着的拳头。用力地掰开手指，贾逸看到了一小片白色的丝帛。他用手指仔细地捻了下，质地光滑，手感细腻，是上好的材质。这样的丝帛应该是富贵之家才用得起的，断然不会是这名差役所有。莫非是他从凶手身上撕扯下来的吗？

白色丝帛……绝世剑客……陈柘后宅……几个词在脑中不断地闪现，逐渐汇聚成一道亮光。他吸了口凉气，看着破败的陈家后院喃喃道："他怎么会出现在这里？"

书房里没人，曹丕去了鲁阳侯曹宇那里，一时半会儿是回不来的。而且，就算是回来了又如何？自己来书房，已经跟他打过招呼了。甄洛一边安慰自己，一边翻检着那些木简和帛书。司马相如的《上林赋》已经找到了，还有篇扬雄的《长杨赋》没找到。不过甄洛要找的，并不是这两篇赋，而是曹丕的世子印信。

偷东西这种事情，还是第一次做，甄洛的心里有些紧张。如果被曹丕发现的话……大不了大吵一架，又不是没吵过。甄洛撇了撇嘴，反正他也就那点本事，比不上他的弟弟。听婢女们说，有次魏王吩咐曹丕和曹植出城办事，曹丕被城门校尉拦住，只得退回。而曹植却即刻杀了城门校尉，扬长出城。

唉，真不明白，为什么魏王会选了曹丕这个窝囊废做世子，把文武双全的曹植晾在了一边。不过曹植说，魏王仍然对他抱有希望。只要他做成一件大事，世子之位，还是他的。曹丕印信，也是曹植要用的。若是曹植做了世子，会怎么样呢？他会不会还对自己亲近有加？哼，到那时，就算给曹丕知道了，他也不敢吭声。

印信……印信……放在哪里了？

只不过是个印信，有必要藏起来么？真应了他胆小怕事的性格。

甄洛皱起眉头，赌气地坐在胡凳上。都找了半个时辰了，还没找到，真是的。她拍了拍身上的尘土，有种想要离开的冲动。犹豫了一会儿，她又蹲下身，一格一格地摸着书架的底层。突然间，手指触碰之处，有些光滑的感觉。莫非是经常打开的缘故？甄洛用力往里按了一下，听到"啪哒"一声轻响，随即，一个沉甸甸而又有些发凉的东西掉在了手上。

是块玉印，翻过来，"曹子桓印"四个大字映入眼中，找到了！

甄洛轻轻笑了，摊开随身携带的印泥，拿出一块白色的丝帛，小心地将印信盖在了上面。

将印信放回原处，丝帛收入袖中，甄洛心头浮上一种莫名其妙的成就感。

曹植，你让我帮的忙，我可是顺利帮到了。

她脸色绯红，径直走出书房，锁上了门。

这是距离许都四十多里路的一家私铸场，进奏曹根据郭鸿的情报赶来的时候，里面早已空无一人。进奏曹在城北受挫，很多人都乐得看笑话。还有不少人觉得，蒋济这官位，应该是保不住了。而让所有人出乎意料的是，世子曹丕不但没有处罚蒋济，而是又调拨了五百虎贲卫，一百羽林骑。

见过血的猎狗更凶戾，据说这是世子的原话。

不管是什么借口，在世子手下当差，确实是很舒服。这已是许都官场上的共识。

"在陈柘家中发现了什么吗？"蒋济骑在马上，看着进进出出的虎贲卫问道。

"没有，我带了几名虎贲卫，把那里又翻了个遍，没找到什么东西。"贾逸叹了口气，"或许以前确实有些东西，但已经被他拿走。"

"你确定是他？"

"不能确定，但至少有八成的把握。"

"白衣剑客吗……"蒋济摇了摇头。白衣剑客不是个人，是个传奇。有确凿的证据表明是白衣剑客出手的案子，寥寥无几，但风闻西凉牛辅授首、江东孙策遇刺、鲜卑轲比能暴毙都是白衣剑客所为。只是，这么多年了，从未有人知道白衣剑客的真正面目，不知道他年岁几何，甚至不知道他偏向于哪一方诸侯。

"我希望不是他。"蒋济叹气道，"不然的话，这许都的水该有多浑？"

贾逸没有回答，这个问题他无法回答。

"我们的进度太慢了。"蒋济换了个话题。这个私铸场是在第九天的夜里，郭鸿才查到的。那柄断刀确实是在这里锻造的，里面的木箱中发现了一些相同模样的腰刀，但是却没有找到人。这里大概在进奏曹遇袭之前，就已经没了人影。

"仔细搜搜，或许能发现什么线索。"蒋济跳下马，招呼了贾逸一声，

"走，进去看看。"

低矮的土院墙圈起来的地方，足足有好几亩。北面多是些已经被毁坏了的火炉、铁毡，南面是一个宽阔的竹棚，竹棚下面堆放着一些木炭和工具。这里面东西虽多，看起来却并不凌乱。通常来说，放火是最好的毁灭痕迹的做法，但显然这里原来的主人并没有这么做。或许是他觉得进奏曹未必会追查到这里，也或许是他担心大火会过早地暴露这个私铸场。不管出于什么样的考虑，这里保存得还相对完整，至少不会让人空手而归。

"你怎么看？"蒋济问道。

"锻造兵器，木炭用量很大，不可能自己烧制，这算一条线索。工匠们在这里住宿吃饭，要采买大量食物，这也算一条线索。不过用处都不怎么大。"贾逸的情绪有些低落。

"这两条线索可以追一下，但不能把希望全部放在这上面。"蒋济道。

"陈祎那里，有用的消息也不多。"贾逸道，"虽然筛选出了十三个人，但没有进一步的消息。汉帝最近很小心，召见人的时候总是屏退左右，陈祎的人根本没有机会近身。"

"这十三个人里面，有没有特别可疑的？"

"王粲的两个儿子王安、王登，刘廙之弟刘伟，张绣之子张泉，宋忠之子宋季……"

"没有重点人物？"蒋济皱眉。

"我现在看谁都可疑。"贾逸苦笑道，"已经派人把这十三个人全部盯了起来，反正进奏曹现在又不缺人。"

蒋济走进竹棚内，道："曹植那里呢？"

"曹植？"贾逸皱眉道，"他那里……"

"我一直在想，这件事临淄侯有没有参与到里面？上次他打猎遇刺，刚巧咱们在场，以他的性格，会不会怀疑那件事咱们有份呢？"

"大人你的意思是……这次伏击咱们，出自于他的报复？"

"这个仅仅是我的猜测。"蒋济道，"没有任何证据，我也就是跟你说说。"

　　贾逸点头："大人放心，我现在小心得很。还有件事，不知道大人注意到了没有。"

　　"什么？"

　　"伏击我们的人，进退有序，号令森然，我总觉得……"贾逸停了下来，不语。

　　蒋济没有搭话，作为进奏曹西曹署主簿，他上报的是被山贼流寇伏击。但他很清楚地知道，当晚参与伏击的，不可能是山贼这种乌合之众，贾逸说得对，看那些人的作战习惯，倒很像……

　　"是正规的军队。"贾逸忍不住说了出来。

　　"寒蝉能把手伸进部队里的可能性不大，调动正规军队伏击进奏曹，更是不可能。"蒋济顿了顿，道，"除非他本来就是军方的人，你怀疑……"

　　"我筛查了一遍许都城内和方圆百里之内的驻军，在我们被伏击的当晚，并无超过五十人以上的正规部队调动。"

　　蒋济明显松了口气："还好。"

　　"排除了这个可能性，我又想到了另外一个。那些汉室旧臣和荆州系大臣手下，应该不少家将家丁，会不会是他们暗地里组织起来这些人，操练军阵并伏击了我们呢？"贾逸道，"当晚伏击我们的人数，至少在五百人左右。对比我们的折损人数，他们大概有八十人负伤或死亡。"

　　"查了吗？"

　　"正在查，不过这样很难。那些汉室旧臣和荆州系大臣家中原本有多少家将家丁，我们起先并不知道。而且由于这些人家中门禁相对来说比较严，很难掌握他们家中的人数增减。就算他们真的有八十人死亡，均摊到每家，也至多一两个人而已。而在这些人家中，少一两个人根本不怎么明显。"

　　"听你的意思，这样查下去，似乎也没什么意义。"蒋济叹了口气，没有真凭实据，仅凭猜测就对这么多的汉室旧臣和荆州系大臣下手的话，肯定会引起强烈的反弹。而且世子曹丕现在是求稳，精力完全放在了处理政务、防范曹植上面去了，不会同意进奏曹有这么大的动作。

一名虎贲卫打断了对话，快步走到两人身边，压低声音道："大人，发现了这个东西。"

蒋济狐疑地接过虎贲卫手上的东西，细细端详。那是个铜质的圆形小玩意儿，只有手掌一半大小。上面的尘迹已被虎贲卫拭去，刻着的图案若隐若现。是……蝉？蒋济的心猛地提了起来，他快步走到一个水盆旁边，将圆盘清洗干净。是个做工精细的令牌，在一根落尽树叶的枯枝上面，一只蝉静静地停在那里。

"寒蝉。"蒋济将令牌递给贾逸。

蒋济向那名虎贲卫问道："这块令牌是在哪里发现的？"

"一个废弃的火炉中，里面还有些衣物灰烬和被烧坏的兵器箭矢。"虎贲卫回答道。

"你先退下吧。此事不得外传。"蒋济正色道。

"果然是寒蝉。"贾逸叹了口气。虽然早已猜测进奏曹被伏击是寒蝉策划的，但还是有被反复挫败的无力感。

"我们输在他手上两次了。"蒋济仔细地端详着手上的令牌，"寒蝉……这个人当真不简单。"

贾逸道："大人，会不会是故意留给咱们的？"

"你是说有人嫁祸给寒蝉？"蒋济摇头，"可能性不大。若是故意给咱们看的，不应该丢在火炉中，那样太容易被烧毁或者被我们错失。况且，我想不出来，如今的许都城内，除了寒蝉还有谁敢策划这种伏击。"

"那就是销毁的时候，处理得不太干净？只是为什么寒蝉令牌会出现在私铸场，寒蝉来过这里？"贾逸皱眉。

"不尽然，在耿纪谋反的那件案子中，我们查到它是寒蝉的信物，而带着它的人却未必就是寒蝉。有些时候，寒蝉会将令牌交给其他人，用来证明传递的消息确实是他的意图。"蒋济再次摇头，关于寒蝉，进奏曹所知太少。

建安二十三年宛城侯音起兵、许都耿纪谋反，建安十九年伏完谋反、建安十七年荀彧反对曹操加封"魏公"，这些事情都有寒蝉在其中运作。进奏曹从成立之初，就在追捕寒蝉，却从未如愿。最成功的一次，就是挫败耿纪谋反之后，在他的同谋太医令吉本身上发现了寒蝉令牌。当时迫于要稳定人心，进奏曹在并无确切证据的情况下，就上报已斩杀寒蝉。而之后的一段时间里，寒蝉也的确销声匿迹，慢慢地，几乎所有人都以为寒蝉已经死了。

"这件事，先压一下，"蒋济终于作出了决断，"曹植遇刺和我们被伏击，这两件事肯定有所联系。曹植遇刺那个案子只能不了了之，而进奏曹被伏，倒可以大张旗鼓地查一下。"

大块的麦田被烧成了黑色的地块，上面稀稀疏疏地补种了一些大豆，绿色孱弱的豆苗从黑色的土壤中探出头，似乎一阵风就能吹折一般。这是贾逸被伏击的地方，已经过去十几天的时间，似乎不能再发现什么痕迹了。

田川仰起脸，看着远方天地衔接之处，白茫茫一片，似乎还有灰色的村庄轮廓。

"许都……跟塞外完全不同吗？"她喃喃道。

她张开手，任风穿过指尖，拂起衣袂，猎猎作响。

"风在哪里都是一样的。"田川皱了皱小巧的鼻子，"草也是一样的，风往哪里吹，草就往哪里倒。"

她蹲下身，抓起一把混合着草灰的土壤，放到鼻端闻了闻，又抬手撒在风中。前几年，在幽州的时候，只要她心情不好，就会出去游猎。在广袤的天地间，心无旁骛地追捕猎物，能让她暂时忘记所有的不快。可现在，她连游猎的时间都没有，只有在进奏曹站住了脚，才能对得起全族的期望。

在幽州，她自以为做得很出色。但在许都，却觉得连融入同僚都很难。虽然跟书佐和虎贲卫们有说有笑，但贾逸、蒋济都没有将她当作自己人，甚至连那些都尉们，对她都是一副公事公办的上下级态度。

是自怨自艾，还是迁怒他人？田川摇了摇头，从小在幽州长大，她早已明白，想要改变现状，必须自己做些什么才行。一个人想要融入一个团体，首先要做的是证明自己的价值。

一只白色野兔穿过黑色的土地，跑到了田埂上，抬起头好奇地看着田川。

扬手，一道亮光射出，将野兔透颅而过，钉到了地上。田川缓步走过去，拔起长剑，将血迹在野兔身上擦拭干净，重新插回剑鞘。她拎起野兔，熟练地开膛破肚，掏出内脏，剥下兔皮。

"虽然天气渐渐暖了，但交给皮货商，捯饬一下做个皮帽也不错。今年没机会戴，明年总会有的。"她脸上又浮现起笑容。

猎场从塞外换到了许都，猎物从野兔变成了人，虽然变了，但其实没变。田川用手中的长剑在地上刨了个很浅的土坑，将剥了皮的野兔放在里面，又将土覆上。

站起身，将长剑插回剑鞘，田川向许都的方向走去。

又是杨修的信。

这个月，已经收到杨修三封信了。曹植拆开了第三封，大致看了一下。里面说的和前些日子丁仪说的一样，都是劝自己向父王请兵。找来前两封，让身边的长随拆开来看了一下，据说跟第三封一模一样。这个杨德祖，行事还是这般有趣。

嗯，既然杨修也这么说，那到底要不要向父王请兵？前些日子听说曹仁一直在挑选军将，划拨兵甲，可能月底就要开拔樊城了。现在距月底还有二十天左右的时间。如果修书一封，快马呈报远在汉中的父王，一来一回大概需要十五天的时间。时间上是来得及，可自己却不太想去。一来行军打仗是个苦差事，吃穿住行都要跟那些大头兵待在一起；二来如果带兵远驻樊城，就见不到甄洛了。

曹植拿起那张白色的丝帛，上面的"曹子桓印"十分清楚。这东西是甄洛昨天派人送来的，印迹十分清楚，清楚到可以仿刻了。这面"曹子桓印"是曹丕最为特殊的印信，从未出现在任何公文之上。据说是在魏王带兵西出长安之后，曹丕托将作大臣选取能工巧匠雕刻完成。而从雕刻完成之时，总共只印了十六次，印在十六块白绢之上。六块白绢交给了长乐校尉陈祎，存放在六处宫门；剩下的十块则在城门校尉曹礼那里，存放在许都的十处城门。一旦许都实行宵禁，只有手持这面"曹子桓印"的人，在宫门城门之处，由城门司马与白绢之上的印迹相验无误后，方可放行。其他人等，若无印信且意欲闯门者，格杀勿论。不得不说，甄洛送来的这面白帛非常重要。只要按照白帛上的印迹仿造一面印信，日后一旦有事发生，在许都和皇宫内均可畅通无阻。曹丕这个蠢货，自以为城防严密，却从未想到自己的印信会被仿制。也是，这个蠢货整天忙于处理政务，哪会想到自己后院早已起火了呢？

曹植满意地将白帛叠起，放在一个木匣中。

一转眼，又看到了杨修的信。

对了，差点把请兵这事儿给忘记了。

怎么办好？到底是请不请呢……

"启禀侯爷，丁仪大人和丁廙大人求见。"门外的长随高声禀道。

罢了，罢了，只管给父王写封请兵的信吧，至于让不让自己带兵，就听天由命好了。

他拽过一卷竹简，提笔写道："儿臣惶恐，听闻荆州关羽蠢动……"

写这种东西，比写赋容易多了。不消一会儿，一篇洋洋洒洒的请兵信已经写完。曹植喊过门口的长随，道："快马呈送汉中父王那里，对了，顺便让杵在门口的那两兄弟看下，要还是这事儿，就让他们回去好了！"

让人谈虎色变的进奏曹，布置却非常简单。郭鸿背起双手，仔细端详着西曹署内的摆设。房间不大，只有三丈宽、五丈深的样子，靠墙摆了好几张书架，上面摆满了木简。这些木简上，记录着什么秘密？郭鸿又想起贾逸抛给自己的那份木简。上面记录着自己所有的弟子和大部分帮过的人，是的，只要自己一声号令，这些人会倾其所能予以回报。这次查那柄断刀的来路，就是木简上的人办到的。

游侠自朱家、郭解之后，已经大不如前了。虽然还能一呼百应，但也只是在民间而已。想当年郭解结交的是卫青这样的汉廷柱石，而如今一个鹰扬校尉就能逼得自己走投无路。天下大势所趋，如今不管朝廷高官还是升斗小民，大多尔虞我诈勾心斗角，重诺轻生的游侠在他们眼里，已经变成了食古不化的傻瓜。若不是怕贾逸对那份木简上的人动手，怎么会选择听从进奏曹号令呢？引刀成一快，也算是个好归宿。

不知不觉间，郭鸿已经走到了书架前。

这些木简中，有没有那份名单？如果取走的话，进奏曹还有没有其他备份？

"怎么，郭大侠要偷窥进奏曹密件么？"身后响起贾逸的声音。

郭鸿回过头，看到了贾逸站在门口，脸上挂着似笑非笑的表情。

"在下只是想找那封写了两千一百一十四个名字的木简，其他的没什么兴趣。"郭鸿说话很是直接。

"那东西，不会放在这间屋子里的。"贾逸掸了下袖子，"请坐，郭大侠。"

郭鸿不客气地坐在左首边，道："那这栋屋子里的书架上，都放的什么东西？只是些摆设？"

"怎么会是摆设呢，这些都是当朝重臣、豪门世家不欲为外人知晓的秘密。有些木简，如果流落出去，不少人或许会因此身败名裂，家破人亡。"贾逸微微笑道，"郭大侠，你的那封木简，恐怕还没有资格摆在这里。"

郭鸿怔了一下:"贾校尉,你将话说得这么清楚,不怕有人来偷这些木简么?"

"偷? 郭大侠,你别看进奏曹的院子进深只有几十丈,就觉得出去跟进来一样容易。"贾逸收敛笑容,道,"进奏曹成立十六年来,一共有七个人想要偷走一些东西,可惜,他们都永远留在了后院。比如说,郭大侠以前的至交,河北四庭柱韩荣的侄子韩彬。"

"韩……韩彬?"郭鸿脸色有些苍白,"死在了进奏曹?"

"大概就埋在郭大侠的脚下,"贾逸用脚尖点了下青石,道,"不管是受人所托,还是身不由己,韩彬都来了他不该来的地方,做了不该做的事。想必郭大侠不会犯同样的错误。"

郭鸿没有说话,韩彬的身手他很清楚,如果连韩彬都死在了这里,他是绝对没有希望的。进奏曹……以前只知道是个刺探情报、风闻奏事的地方,想不到竟然有如此恐怖的实力?

贾逸笑笑,转了话题,道:"那个私铸场查得不错,蒋大人很满意。"

"那这次召请在下,是又有要务?"郭鸿愣了一下,随即冷笑,"在下当初习得一身武艺,四海漂泊,打抱不平,想不到今日竟变成了进奏曹的一条狗。"

贾逸高声道:"既然大侠这么快就明白了自己的处境,那就好说了。"

郭鸿冷冷哼了一声。

贾逸却又拿出一份木简,丢到了他的面前。

郭鸿皱起眉头道:"贾校尉,在下已经答应了,你何必又来这一套,就不嫌下作?"

贾逸却也不生气,道:"郭大侠,进奏曹向来恩怨分明。你帮进奏曹做事,进奏曹自然帮你做事。你不妨看看木简上写的什么。"

郭鸿拾起木简,密密麻麻的蝇头小字映入眼中:建安二十四年四月初一,长社张雷逼死城中大户苏句,强抢其田产祖宅,郭鸿手刃张雷,将其头高悬城门之上。建安二十四年四月十六，荥阳恶吏董焕收受贿赂，徇私枉法，郭鸿直入县衙，斩之。建安二十四年四月二十三，郭鸿过洛阳，遇贫户数十，施钱三千，以活其命。建安二十四年五月初七……

"这些事是谁做的？"郭鸿仔仔细细地看完木简，嘶哑着喉咙道。

"自然是郭大侠做的。"贾逸淡然道，"郭大侠乐善好施，仗义行侠，英名远扬，进奏曹只不过是记录在册。"

"在下不是欺世盗名之辈……"

"人对事实永远没有兴趣。"贾逸冷冷道，"郭大侠，欺世盗名这个词，没有多少人会写的。"

郭鸿沉默。

"侠之大者，为国为民。郭大侠既然为社稷效力，堪称自墨子之后，古今第一侠者。只不过如今天下尚未一统，宵小贼寇猖獗，不少事都要郭大侠暗中助力，不便于宣扬郭大侠的功绩。经蒋大人授意，进奏曹决定助郭大侠锄奸惩恶，仗义疏财，以正侠者之名。"

郭鸿苦笑，他似乎有些明白了贾逸的意思。

进奏曹是打算长期用他了，人的精力是有限的。做一件事的同时，很难再去做另一件事。游侠郭鸿若是长久停留在许都，可能会引起有心人的注意。如果找人扮作郭鸿，在远离许都的地方行侠仗义，谁会想到郭鸿身在许都？不，也不一定。进奏曹或许不会让自己出面去查什么，那样的话目标未免太大，而且跟正在行侠仗义的"郭鸿"行踪有冲突。不如让自己当个传声筒，通过书信之类的东西，来指挥手下的弟子和朋友去做进奏曹想做而做不到的事情。酒肆、青楼、赌场……这些进奏曹以前的薄弱环节将会得到前所未有的加强。

"郭大侠，待进奏曹挖出那个人之后，你想做什么，没人会去拦你。"贾逸淡淡道，"只是现在，进奏曹需要你的帮助，还请大侠以朝廷社稷为重，放下个人心中执念。"

郭鸿闭上了眼，默认。

目送郭鸿走出大门，贾逸嘴角浮现出一丝笑意。韩彬并没有来过进奏曹，更没有死在这里。韩彬在四年前，死在了东吴境内。既然郭鸿并不知道这件事，贾逸自然很乐得扯个谎诳他一下。这些江湖上的所谓游侠，重诺轻生，平常手段是驯服不了他们的。只有向他们展示强大的力量和残忍的手段，才能让他们有所忌惮。

郭鸿，已经是网中之鱼。

他轻轻舒了一口气，拿出一卷木简，心情却又立刻阴暗下来。在私铸场发现了寒蝉令牌之后，已经着手对汉室旧臣和荆州系大臣的家将家丁进了调查，情况进展得很慢，这个在意料之中，但调查出来的结果，却远远出乎意料。

有嫌疑的，一共有八十六家，目前核定了家将家丁人数的，有七十一家。这七十一家，家将家丁人数并无增减，人员也并无变化。也就是说，调查出来的这七十一家中，没有任何一家的家将家丁参与过那次伏击。

剩下的十五家里，家丁人数本来就不多，如果参与伏击的出自这十五家，是无论如何也瞒不过去的。也就是说汉室旧臣和荆州系大臣的家丁们，并未参与那场伏击。

如果是这样……

既不是许都周围的正规部队，也不是家将家丁，那会是什么人？许都附近哪里有这样的一群人？

"喂，刚才从进奏曹出去的那个人，大晴天还带着斗笠，穿着披风，什么人啊？"田川的声音从门口传来。

"游侠，郭鸿。"贾逸答道。

"怎么，把他收买了？"田川走进来，"呃……这个消息是不是也要保密？"

"何以见得？"贾逸抬头，静静地看着她。

"你当我傻瓜啊，大晴天戴斗笠，穿披风，自然是不想别人认出他是谁，看到他出入进奏曹咯。换句话说，郭鸿被进奏曹收买了，这就是个绝密的消息，对不对？"

"你倒不笨。"

"哈，我不是笨，是不想费脑子想你们那些曲曲弯弯。"田川坐在了贾逸对面，"有发现，要不要听下？"

贾逸看着手中的木简，并未答话。

田川忍不住道："我昨天去了你们被伏击的地方，仔细地勘察了那里的情况。"

"哦？曹里早有人去看过了，你还能有什么新发现？"

"我跟那群笨蛋可不一样，我自小在边塞长大，根据痕迹来追踪猎物这种事，再熟悉不过了。我能根据草木的折痕，脚印的深浅，马蹄的走向，推断出很多东西，足以吓到你。"

"嚯，你是昨天去的吧，离我们被伏击已经有了一旬的时间，你还能推断出什么？"

"关键的是，这一旬之内，并未下雨。"田川得意道，"而且那种地方，死了那么多人，这一段时间除了进奏曹的人，很少有人去。所以，还算保持得比较完整。"

"这么说，你推断出了是什么人做的？"

"那倒没有，不过，我推断出来这些人在伏击了你们之后，大部分都返回了许都。"

"你能推断出他们都进许都城哪里？"

"那……不能。"田川有些尴尬，"其实到了城郊官道，因为平日里人来人往的缘故，已经找不到可以追踪的痕迹了。不过，我们可以问问城门校尉曹礼，看有没有异常。"

"许都城，一天进出数万人次，从这数万人次里挑出来四五百来人？你未免太高估城门兵了。"贾逸扬眉，"你刚才说大部分都回了许都，那剩下的呢？"

"向北去了。"

"北？"贾逸喃喃道，"再往北，不远就是济水，渡过济水之后，还有黄河。为何要向北？如果是汉室旧臣和荆州系大臣的人，不应该南下去东吴或者西蜀吗？"

"依我看，向北的应该是负伤的那部分人，进许都的应该是没负伤的。"田川道。

贾逸点头道："你也算有点用。"

他快步走到房门口，向一旁侍立的都尉道："传令，并州、冀州、兖州一带进奏曹各站，加紧盘查负伤之人，若有发现，立即扣留！"

"喂，不应该先查查进到许都的那些人吗？"田川问道。

"正在查。"贾逸应了一句。如果那些人又回到了许都城内，到底是藏在了哪里，为何找不到他们？如果这群人并不是家将家丁，到底是哪路人马？

眼前一片黑暗，只能听到细微的呼吸声。

张泉端端正正地坐着。他不知道土窑里都有谁，他也不想知道都有谁。有时候他会觉得有些说话的声音耳熟，有时候他几乎能认出正在说话的是谁，但他从来没有在外面跟这些熟悉的声音攀谈过。

那样太危险了。

早在进这个土窑之前，他就被告知了。这个土窑里谋划的事情，足以使人抄家灭门，甚至株连三族，再荒唐的谨小慎微也不过分。说这句话的人，现如今已经死了，连同他的女儿和夫人。他就是张泉未来的岳父，陈柘。

"私铸场被进奏曹发现了。"一个厚重的声音道，"他们的动作快得不可思议。"

"怎么回事，不是说至少三个月内是绝对查不到的么？"另一个尖利的声音道。

"早知如此，当初就一把火将那私铸场烧了。不知道进奏曹在那里发现了什么没有。"嘶哑的声音中满是担心。

"唉，精心布置了那么久，结果就杀了百十个大头兵，真不值得。"

"曹宇的动作太快，来不及杀掉贾逸，这个咱们理解。那个蒋济呢？只带了五十个虎贲卫吧，竟然也没处理掉？"

"咱们的人手太少。"

"太少？伏击蒋济那五十人，咱们用了一百人；伏击贾逸那二百人，咱们用了四百人。两倍，足足两倍，竟然没有全歼他们！"尖利的声音显得有些刻薄。

"打仗这种事，不是只看人数的。"一个声音粗声粗气地接道，"虎贲卫是曹军精锐，都是尸山血海里杀出来的。不光贾逸，那个蒋济也真有两下子，一片宅院让他布置得滴水不进，硬是顶了咱们四个时辰！兵法有云，十则围之，五则攻之，倍则分之。咱们只有两倍的人手，能不留下尸首，全身而退已经很不错了。"

"要我说，还是顾虑太多了。说什么现场绝对不能留下尸首，这才绑住了咱们手脚。要是没这一条，就算拿人命填，我就不信砍不下那两个人的脑袋！"

"那是寒蝉的要求。这次参与伏击的部队，是陛下在许都最后一支部队，若是留下尸体从而暴露的话，岂不是因小失大？"早先那个厚重的声音道。

"唉，本以为就算除不掉蒋济和贾逸，也能让进奏曹元气大伤，一蹶不振。没料到曹丕竟然没有罢掉蒋济的官，还再度增派了五百虎贲卫和一百羽林骑。"

张泉暗地里叹了口气，觉得应该把自己心里的想法说出来："我觉得这次的伏击或许太草率了。不但咱们的目的没有达成，还引起了进奏曹的警觉。从他们的做法上来看，已经把咱们当成了心腹大患。想必诸位最近宅院附近都多了不少眼线吧，他们似乎在打听咱们府中家将家丁的人数。"

"没关系，连我们都不知道是哪支部队参与了伏击，他们能从我们这里查到什么？"

"可是，毕竟是因为这次伏击，引起了进奏曹的监控。"张泉再次强调，"我来参加这次集会，拐了两条街，换了三次马车。在座的诸位如果谁不小心，被进奏曹跟到了这里……"

"没关系，有人专门处理尾巴。进奏曹的人，跟不到这附近。"那个厚重的声音再次响起。

"希望不要影响到咱们的大事。"有人低声咕哝了一声。

"我也觉得，任那些进奏曹的蠢猪去查也没关系，他们一直没查出什么有用的东西。把注意力都吸引到咱们身上也好，寒蝉那边好做事。"嘶哑的声音道。

"对，他们到现在为止，仍然不知道寒蝉是谁，要做什么。"厚重的声音道，"况且，曹丕最头疼的，不是寒蝉，也不是咱们，而是他的世子之位。必要的时候，咱们可以再在曹植身上做点文章，引开他的注意力。"

"汉中那边，不知道怎么样了？"是个陌生的声音，以前似乎从未听到过，新加入的人么？

"不怎么样。玄德公在岐山打了一次胜仗后，两军一直僵持。曹贼犹犹豫豫，还说不好是进是退。"这个人有点凉州口音。

"合肥呢？"那个陌生的声音再度问道。

"吕蒙、蒋钦、孙皎，东吴三大主力齐聚濡须，孙权亲征合肥，战情十分紧急。臧霸的青州军、吕贡的豫州军、裴潜的兖州军、张辽的扬州军都在向合肥集结了。"不温不火的声音顿了一下，"这样一来，曹魏的军力基本上被牵制在了汉中与合肥，中间就出现了一个战略上的漏洞。"

"荆州？"张泉忍不住接话。

"荆州。"不温不火的声音继续道，"目前只有于禁孤军守樊城，恐怕是挡不住勇冠天下的关云长的。"

"如果关云长能打下樊城，从中路突进，对我们来说，是个大好机会。"厚重的声音中有些喜悦。

"现在考虑这个似乎太远了。"一个苍老的声音道，"寒蝉没有下一步的指令么？"

没有人回答。

寒蝉的指令并不是由某个人专门传达的。这土窑里的人，起码有三分之一都传达过寒蝉的指令。寒蝉的令牌在谁手里，谁就是寒蝉的代言人。而传递完寒蝉的消息，按照规矩要将令牌放在这个土窑里。等下一次集会的时候，令牌通常会出现在另一个人手里。

"这次没人手上有寒蝉的令牌？"苍老的声音再次响起。

还是没人回答。

"奇怪，这次寒蝉没什么指令么？"有人忍不住低声嘀咕。

"他没什么事的话，咱们就按自己的来。"苍老的声音道，"陛下那里用度太紧张了，各位要匀出来一些钱……"

大半个时辰之后，土窑里的人一个个地单独离开。张泉最后一个走了出来，外面的天色已经黑了。土窑门口，那个双眼浑浊的瞎子仍然坐在那里。听到张泉走动的声音，他咳嗽一声道："没人了。"

张泉诧异地转身，盯着那个瞎子。他怎么知道没人了，是在装瞎？随即张泉又笑了起来，自己太敏感了，瞎子看不见，还听不见么？

眼前一片荒凉，一望无际的蒿草丛蔓延到天边，蜿蜒曲折的小路毫无生气地躺在脚下。身后的瞎子已经站起身，往土窑里走去，那是他的家。耳听着竹竿嗒嗒敲地的声音，张泉迈开脚步，他的马车在两里地之外等着。张泉既不是荆州系的，也不是汉室旧臣，能加入到这个旨在匡扶汉室的神秘组织里，实在是个异数。若不是父亲当年在宛城之战中大败魏王，事情可能不会发展到这个地步。

自从父亲死后，贾诩对张泉越来越疏远，应该是要和张家划清界限。真是可笑啊，当初父亲正是听了贾诩的计策，杀了曹昂、曹安民和典韦，跟曹操结下了血海深仇，现如今，贾诩能抽身而退，张家却岌岌可危。不过正如寒蝉说的那样，献策的贾诩只不过各为其主，张绣才是罪魁祸首。自己在世子之争时，又看错了形势，选择支持曹植。如今中原已定，到了秋后算账的时候，就算曹操不对张家动手，曹丕也会。与其坐以待毙，不如放手一搏。想当年，张家也是雄霸一方的诸侯，而不是什么待宰的羔羊！

只不过，谋反，抑或是宫变的成功几率有多高呢？张泉有些惆怅。就目前接触的这群人来说，还算是比较精干的，而且谋事非常严密，相对来说要安全得多。宫变这种事，虽然成功与否很侥幸，但还是有成功的希望，至少比什么也不做等死好。况且，还有寒蝉这个神龙见首不见尾的高手在。走了这么远的路，张泉的身上已经微微出汗了。他停下来喘了口气，有些疲倦的感觉。还好，远远地已经能看到马车了。

杨修走到大营辕门，摸了下腰间酒葫芦，又往外走去。

门口的都伯伸手拦住了他，道："敢问杨主簿，您是要前往何处？"

"在营盘里待得憋气，我到对面山坡上坐坐。"

都伯面有难色："杨主簿，夏侯将军有令，若您外出，需派人……"

"为什么，我自己不能出去转转？"杨修歪着嘴角，"怎么，盲夏侯还觉得我是奸细？"

"这个……"

"那，我就在对面那个山坡上，你要是不放心，不妨跟我一起，拿刀架在我脖子上，一旦有什么风吹草动，立马就把我给砍了。如何？"

"末将不敢。"都伯显得很是为难。

"开个玩笑。"杨修嘻嘻笑着，拍了拍那都伯的肩膀，"咱营中的驿卒说要打点儿野味，喝点酒，赌点钱。我也就是想去凑个热闹。喏，他们不是在那边升起了堆篝火？在这里一眼就能看到。要是那盲夏侯找我，你扯喉咙喊一声我就能听到。"

都伯还在犹豫，杨修已经施施然走出了辕门。

月光如水，微凉的风迎面吹来，让人不由得精神一振。魏王在这山谷中已经驻军一月有余，从未换过地方。于禁、张郃这些大将分兵驻扎在魏王军营前方数十里的地方，倒也不用担心蜀军前来突袭。杨修走上山坡，大片稀疏的黍田在夜风下起伏不定，犹如深不可测的水面。远远望见了一堆篝火，他慢步走上前去。

黑胖子关俊正拨弄着篝火，看到杨修，笑道："酒呢？"

杨修甩手，酒葫芦正中胖子脑袋。他也不管叫苦不迭的关俊，伸了个懒腰，在篝火旁舒舒服服地躺了下去。

关俊揉着脑袋，迫不及待地旋开葫芦，喝了一大口，赞道："嘿，好酒，比起一个大钱一碗的黄粱酒好太多了。"

"那是，这是上好的玉露酒，就算在许都也是非富即贵的人才喝得到。"杨修道，"我说，黑胖子，我们是不是见得太频繁了一点？我一个主簿，整天跟你一个驿卒厮混，程昱那老小子会不会起疑心？"

"哈哈，这个我自有分寸。您看这十日内，我们只见了两面，其中一次还是去您帐内取信。而这十日内，您跟一个厨子见了两次拿酒食吃；跟六七个偏将赌了两次钱；跟三五个书佐喝了四次酒……"

"好了，好了，别说了。听你这么一讲，我似乎真是个四处游荡醉生梦死的闲人。"杨修摆了摆手，"说好的野味呢？"

关俊笑道："还没弄呢。"

"没弄？那我们就只坐这里喝酒？而且你只能喝两口。"杨修有些意兴阑珊。

"现在就弄，来得及。不过得请杨主簿配合一下。"关俊笑吟吟道。

"配合？"

"嗯，就在这黍田里走动一下就好。"

杨修站起身，和关俊离了十几步的距离，两人开始在齐腰深的黍田里搂草。杨修拿着剑鞘，横扫着弯下来的黍秆，发出嚓嚓的声音。夜色刚上，还没有露水，黍田里干巴巴的，走起来并不吃力。眼看这成片的黍田马上就要成熟了，到了收割的时候，却无人打理。杨修没由来想起一个月前的那个老农，叹了口气。

"不要急，慢慢来，肯定有猎物的。我们才刚开始而已。"关俊以为杨修有些不耐烦，解释道。

"搂草打兔子，我以前干过这个。"杨修道，"不过我看你弓弩都没有带，等会儿发现了兔子，怎么打？"

"弓弩？那是你们上等人用的东西。"关俊停了一会儿，"若是这次曹操大败而归，我家主公就能在汉中站稳脚步，窥视雍凉。到时候天下三分鼎立，由诸葛先生东联孙吴，两方伐曹，曹魏土崩瓦解指日可待。功成之后，杨主簿就是大汉中兴名臣，必将名垂青史。"

"名垂青史？我要浮名有个屁用啊。"杨修摇头。

"可杨主簿看起来不像是贪图荣华富贵的人啊。"

"你不懂。"杨修笑道。

"嘿，你们这些文人想什么，我这下等人又怎么会猜得透？怎么样，等汉中之战结束了，去益州么？"

"去益州干什么，我得回许都。"杨修一副心事重重的样子。

"回许都？杨主簿，这次曹操若大败而归，势必会搞次大清洗。搞不好会把你们这些有嫌疑的统统杀掉，你不担心自己的处境么？"

"我若是担心自己的处境，还当什么蜀汉细作。我出身世家，就算当个无恶不作的纨绔子弟，又有谁能奈何得了我？"杨修在齐腰深的黍田中踯躅前行，"我要做的事，败则遗臭万年，成亦籍籍无名。只有不贪图荣华富贵，不贪恋红尘美色，不贪占浮世虚名，抛弃了身家性命，背弃了豪门荫蔽，放得下一切的人，才有勇气去做。你说，像我这样的人，是英雄，还是疯子？"

"或许只有疯子，才配称为英雄。"关俊长叹一声，"杨主簿，关某是个粗人，大道理懂不了多少。只是咱们军议司扬武将军法正大人有句话，不知道您听过没有。"

"他说过什么？"

"天下妄称朋友的人虽多，世间却难求得一知己，若是问心无愧，又何惧他人评议？"

"哈哈，此句甚妙！"杨修抚掌大笑。

前方突然传来呼啦啦的响声，黍田中蹿出一个黑影，用极快的速度向远处奔去。

"去！"随着一声轻喝，一道乌光从关俊手中掷出，没入黍田之中。

"去，去，去！"

关俊连声轻喝，几道乌光相继没入黍田，黑影应声而倒。

杨修拔出长剑，快步走上前去，是只野猪，已经断气了。借着月光，他看到这只野猪身上至少插了三四把飞刀。飞刀并不精致，跟斥候所用的飞刀并无两样，只是从伤口的状况看起来，锋利异常。

"好身手。"杨修赞道，"不过你为何要一连掷这么多刀？明明是刀刀毙命的样子。"

"为了保险起见。"关俊拔出飞刀，在野猪的皮毛上擦去血迹，收入腰间的皮囊中，"法正大人说过，机会这东西稍纵即逝，就算是你觉得万无一失，也要多几手准备。因为人的感觉，不会每一次都正确，而机会一旦失去，再没有重来的可能。"

"又是法正……"杨修笑道，"我倒有点想见见他的意思了。"

"等这场仗打完呗，我们有的是时间。"关俊将飞刀捅进野猪柔软的腹部，娴熟地开始剥皮。黯淡的刀锋在皮毛和肌肉之间游弋，一张完整的猪皮顷刻间就被摊到了一旁。

"现在是比较难的部分，要取出内脏。"关俊道，"万一肠子这些东西断在里面，就不好办了。附近没有啥水源，可真是不好清洗。"

"喂，黑胖子，"杨修饶有兴致地问道，"你从军前，是做什么的？"

"我家三代都是屠户。"关俊将刀锋小心地刺入野猪腹部，拉开一道长长的口子。将手伸进去，在里面小心地摸索一番，干脆利落地把所有的内脏都拽了出来。

"看起来也不算很难。"杨修笑道。

"那是因为我手段高明，所以看起来才不难。要是换杨主簿来做，恐怕要猪粪流一地了。"关俊笑道，"不过那句话怎么说的，君子远庖厨。这些所谓的高明，你们士大夫也是不屑一顾的。"

"那是自然。君子喻于义，小人喻于利。奇技淫巧，君子不为。"

"可是，在咱们西蜀可不一样。人人凭本事吃饭，没有人看不起有手艺的人。就连咱们诸葛先生，也频频垂询工坊，过不了多久，大概就会有一批新鲜玩意儿出来了。"

杨修哼了一声道："什么新鲜玩意儿？"

"回头曹操败退之后，我带你去成都的匠作工坊看看。"

"说起来，你为什么如此肯定魏王会败？岐山一役，你们因为有刘宇、王平作为内应，伏击了徐晃，拔了头筹。但刘宇死，王平走，魏营中的细作，还剩下多少？能指望上的，就你我二人了吧？"看关俊并不作声，杨修继续说下去，"我只不过是个游离于核心决策圈外的谋士，你只不过是个奔走在各营区的驿卒，我们有什么能耐，可以左右这场大战？"

"我不知道。法正将军告诉过我，我们会赢。"关俊卸下一条猪后腿，扛在肩上，向篝火走去。

"凭什么？"

"凡战者，以正合，以奇胜。故善出奇者，无穷如天地，不竭如江河。"

"又是法正说的？"

"杨主簿，曹魏一方皆是名臣猛将，天下皆知。他们打过哪些胜仗，打过哪些败仗，谁善谋，谁善断，谁善攻，谁善守，很多人都能如数家珍。可咱们西蜀这一方呢？对于法正将军，你们知道些什么？"

杨修摇了摇头。只知道这个法正也算是个名士，但他在刘璋手下做过什么，倒真说不上来。定军一战斩夏侯，岐山一役伏徐晃。短短数月，法正已名震天下。可是，真正了解他的人又有多少，谁能猜度得出他下一步又会出什么奇招？

关俊用树枝插起猪腿，架在木架上，开始炙烤。猪腿在篝火上吱吱作响，红色的猪肉在火舌的舐舐下，逐渐变色。油脂从肌理间渗出，滴落在火上，发出"嗞啦嗞啦"的响声。关俊掏出一个小粗布袋，捏出一些盐巴，均匀地撒在猪腿上，片刻之后，肉香弥漫。

"知己知彼，百战不殆。"杨修嗅着肉香道，"不过这个理由有些牵强。法正就算能揣摩得到魏军下步的举动，布局设计，但能确保每次都准确无误么？智谋或许在一定程度上，可以使胜败的天平有所倾斜，但在巨大的实力差距之下，任何计谋都起不到决定性的作用。"

"巨大的实力差距？杨主簿为什么这么说？"

"魏王这次率四十万大军亲征，就算除去在岐山中伏的三万人，尚余三十七万之众，还有鄢陵侯曹彰的二十万精兵作为后援。而蜀军呢？至多不过十万之众。这不是明摆着的差距么？"

黑暗中，关俊笑得犹如一只不怀好意的狐狸："杨主簿，谁告诉你蜀军至多不过十万之众？"

杨修激灵灵打了个冷战，如果蜀军是故意放出风声，说只有十万之众的话……

"诡伏存设奇，远张诳诱者，所以破军擒将也。"他喃喃道。

这回魏王恐怕真的不太妙了。

"对了，听说临淄侯曹植的请兵信已经到了曹操手中。"关俊切下一块烤熟的肉，递给杨修。

杨修接过烤猪肉，放在鼻端嗅了一下，闻起来还算不错。他试探着咬了一小口，外焦里嫩，肉汁四溢，齿颊留香。

"杨主簿，你在许都是曹植系的人吧。你觉得魏王会让临淄侯领兵么？"关俊问道。

"魏王的心思谁能猜得透啊。"杨修喝了口酒，有些意兴阑珊。

"那你觉得，曹植带兵，是好事还是坏事？"

"不知道。"

"对于咱们来说，我觉得是好事。曹植不懂军略，又心高气傲。他带兵前往樊城，曹仁和于禁未必会服气他。若守军内部不合，那关将军取樊城就要容易得多了。"关俊犹豫了下道，"杨主簿，你一直在帮曹植争王位，若是他在樊城落败，对他的前景可不算好。"

杨修摇头道："我是一直在帮曹植争王位，可不见得就是为了他好。若是有必要，他就算死在樊城，又有何妨？"

关俊愣了："杨主簿，你这是什么意思？"

杨修落寞笑道："我刚才不是说过了么，你不懂的。"

第五章
试 探

　　曹丕合上一卷木简，心事重重地叹了口气。曹植的请兵信已经发到了汉中，不知道父王会如何处理。如今虽然自己已经坐上了世子之位，但还是不怎么牢稳。在几个兄弟之间，鲁阳侯曹宇与自己相交甚笃，又掌管着虎豹骑，算是力援之一。鄢陵侯曹彰勇武过人，跟父王走得很近。表面上看起来，曹彰似乎对世子之位不怎么感兴趣，只喜欢带兵打仗，不过他到底是胸无大志，还是韬光养晦，谁也看不透。好在曹彰羽翼未丰，只在武将中有一些拥趸，在文臣中却没什么影响，只需稍作提放就好。只有曹植，出言为论，落笔成文，深得父王的宠爱。父王曾经认为曹植"最可定大事"，几乎有意将世子之位传给他，若不是他为人散漫，做事心血来潮，又接连出了几回纰漏，谁知道现在坐在这个位置上是谁呢?

　　曹植，终究为心腹大患。

　　曹丕下意识地又拿起一卷木简，是樊城塘报。

　　于禁禀告，关羽日夜赶造船只，操练水军，恐怕很快就要围攻樊城了。

而目前樊城军力空虚，城防破败，急切需要援军。

他皱起眉头。对于曹植，父王现在到底是什么看法？若是曹植请兵成功，在曹仁和于禁的辅助下，万一打了胜仗，父王会不会改变心意？他只觉得整个人都焦躁起来，起身在房中来回踱步，看来得想个应对之策才好。

"司马主簿求见。"门外传来长随禀告的声音。

曹丕快步走回书案，端端正正地坐下，道："宣。"

司马懿走进书房，道："殿下，蒋济已经查证，许都城郊被伏击一案，确为寒蝉所谋划。"

"这个我知道了，"曹丕摆了摆手，"既然蒋济正在追查寒蝉，仲达你就不用管了。对了，曹植写信向父王请兵了，这件事你怎么看？"

司马懿沉吟道："殿下的意思是……"

"你的意思是？"

"殿下是否担心魏王批准曹植领兵？"司马懿眼观鼻，鼻观心，"其实此事没有殿下想得那么严重。"

"哦，"曹丕的眉毛皱了起来，"仲达为什么这么说？"

"殿下，曹植是个文人，性格放荡不羁，天马行空。行军打仗这种事却要心思缜密，高瞻远瞩。目前魏王在汉中与蜀军相持，张辽等人在合肥与孙权鏖战，荆州实乃中原屏障。如此军事重地，岂会让一个不知兵的人手握军权？依我看，魏王未必会同意让曹植领兵。"

曹丕心中稍微宽慰，道："仲达所言也有一定道理。但须知父王曾经对曹植青眼有加，若是再有人在身旁屡进谗言的话……"

"即便是曹植领兵，对殿下来说，也未必就是件坏事。"司马懿提高了声音，"他的敌手，是兵精马壮的关羽关云长，想要取胜实属不易。就算是给他侥幸取胜，以他的个性，势必会跟手下的大将们争功。而曹仁深得魏王宠信，若是曹植跟曹仁发生了什么矛盾……"

后面的话，司马懿没有说下去，曹丕心里已经清楚了。论辈分，曹仁是曹丕和曹植的叔父。魏营的曹姓将领，几乎人人唯他马首是瞻。曹仁在世子之争时，态度一直不甚明朗，就连曹丕被册立为世子之后，也没有见他道贺。他的眼里，只有魏王，就连宫里那位，他也不屑一顾。如果能让曹仁跟曹植闹翻的话，倒不失为一件好事。

曹丕干咳一声："那就依仲达所见，此事暂且不提。"

他稍作沉思，问道："既然曹植已经向父王请兵，我是不是也要做个姿态，向父王请兵，以示愿解父王之忧？"

司马懿摇头道："大可不必。殿下已是世子，领兵即使胜了，取得军功，仍是世子。但若是战败，则给了那些人殿下统御不力的口实。况且如今殿下肩负重任，若是向魏王请战离开许都，那谁来监国？岂不是给了其他人一个大好机会？"

曹丕点点头："嗯，仲达说得有理。是我有些急躁，乱了分寸。对了，你刚才说的那个寒蝉，是什么事？"

"殿下刚才说蒋济在查？"司马懿眼神闪烁。

"恩，他们有了个大致的方向，也有几个怀疑对象。"

"恕臣下直言，进奏曹西曹署的效率似乎并不怎么高。先前定军山走漏军情一事，至今仍未查明，而且近日又在城郊被伏，我担心他们不是寒蝉的对手。"司马懿低声道。

"只不过一个细作而已，仲达，你是否多虑了？"曹丕疑惑地问道。

"是一个潜伏了十多年都没被抓到的细作。"

"那仲达的意思是？"

"殿下应该对寒蝉多加重视，有必要时，可给蒋济多加派些人手，多压压担子。"司马懿抬头，看着曹丕道。

曹丕沉吟片刻："好吧，我知道怎么做了。"

司马懿起身告退。

曹丕坐着沉默了好久，拿过一卷木简翻了几下，又随手丢到一旁。这两年，跟随曹植的人越来越少，而世子府门前却车水马龙。曹植似乎很不甘心，一直在暗地里筹划着什么，妄图夺回世子之位。只不过，曹植自视甚高，待人孤傲，现在看好他的人已经不多了。死心塌地跟着他的，除了远在汉中的杨修，就剩下许都里的丁仪、丁廙两兄弟了……

门口突然传来细碎的脚步声，长随却没有通传。曹丕警觉地抬头看去，只见郭煕捧着一个漆盘走了进来。曹丕换上笑脸："怎么，又来书房帮我处理公文了？"

郭煕将漆盘放到书案上，是几样精致的点心。

"想得美，老是拉我给你干活儿。"郭煕撇嘴道，"我是看过了吃饭的时候，你还在忙，给你送几样点心来充饥。"

她捏起一块儿梨花雪露放到曹丕口中，蹲下身子轻轻地捶打着曹丕的腿道："你整天都坐在书房，也不出去活动活动么？你那兄弟曹植，经常去打猎呢。"

曹丕皱了皱眉头："曹植经常去打猎？你怎么知道？"

郭煕道："甄姐姐说的啊。"

她随即吐了下舌头，解释道："看我说的话，真容易让你误会。我觉得，甄姐姐可能也是听别人说的吧。"

曹丕嘴角抽动了一下，却并没有作声。

郭煕接着道："我跟甄姐姐说，你整天被这些政务缠身，忙得连吃饭的时间都没有，怎么可能跟曹植一样悠闲呢？唉，这世子之位看起来风光无限，但背后的艰辛谁又能知道呢？"

曹丕轻轻摸着郭煕的头，笑了笑。

"尤其是父王带兵亲征之后，你既要稳住汉帝，监督荆州系和汉室旧臣，还要调配后勤辎重，粮草供给。可是许都里却还有人蠢蠢欲动，暗地里使坏，想办法让你难堪。唉，不知道魏王何时才得胜回朝，你一直这么累，真让人心疼。"

"知道心疼我，就别在我面前搬弄是非了。"曹丕搂起郭煕，让她靠在自己肩膀上，"你有空盘算这些小九九，拐着弯说甄洛的坏话，倒真不如帮我处理这些成堆的公文。"

郭煦脸色绯红，嘟囔着："看你，看透人家心思就看透了呗，非得把话说明白，弄得人家多不好意思。"

曹丕摇头道："在你面前，我还有什么不能直说的。怎么，又在甄洛那里受了委屈？"

郭煦幽幽叹道："唉，甄姐姐调笑我也就罢了。可她屡次话里藏针，辱没妾身家门，实在让人如鲠在喉。"

曹丕也叹了口气。当初他在邺城城破之时，对甄洛一见钟情，忤逆父王，硬是把她娶进了家门。初时因为极为爱怜，对甄洛是百依百顺。可后来却慢慢发现，甄洛的性子，不算是什么贤妻良母。若只是大户之家，也能容得下这么一位任性妄为的主母。但现在自己是魏世子，整天忙得焦头烂额，哪里还有精力、有时间去讨好她？若是有朝一日登上王位，以甄洛的性格，如何能母仪天下？

"甄洛的脾气是差了点，你也是的，没事去她那里干吗？"曹丕道。

"我是听说你把她的蜀锦送给曹植了，而我那里还有大半匹。我想了想，担心她心里不好受，就想把自己那大半匹送给她，谁知道好心换了一顿奚落。反正在她那里，我怎么做都不对。"郭煦柔声道，"我跟你说这些，可不是要你为了我出气。她是正妻，又是世家大族，轻易动不得。你现在又是万人瞩目，若是家宅不合，难免会被人耻笑。"

曹丕没有出声，又笑了笑。

郭煦站起身道："唉，又耽误你时间了，你赶紧处理公文吧。我先回去，让厨子做几样你爱吃的精致小菜，等等再给你烧桶泉水沐浴。你呀，别光顾着忙，累坏了身子，到时候可没人替你。"

曹丕目送她婀娜的身影消失在门外，脸上的笑意渐渐淡去，眼中冰冷如霜。良久之后，他长身而起，将下人全都支了出去，关上厅门。午后的阳光透过门棂的贴纸照了进来，洒在曹丕沉寂不语的脸上，泛不起一点波纹。他淡淡地看着半空中摇曳不定的浮尘，袖手而立。

"蒋济可信否？司马懿可信否？甄洛可信否？郭煦可信否……"疲倦的声音在空旷的厅堂内响起，却无人回应。

一声长叹落地，曹丕的身子竟然佝偻起来。

食铺里依旧人声鼎沸。贾逸背靠着墙壁，端起正冒着热气的肉汤，不紧不慢地喝着。他的对面，坐着一脸难色的长乐卫尉陈祎。

"贾大人，这件事……不好办呐。"陈祎搓了搓手。

"只不过安插进去几个人，有什么不好办？"对于陈祎的反应，贾逸并不意外。

"跟您说实在的，我手下的这班兄弟，虽然大多听我号令，我也能管得住他们，但是，您要是往我手下安插人……这是祖弼管着的。那老头又倔又硬，就算我出面说和，也不见得给您面子。再说了，就算您借着进奏曹的威名，硬安插人到我那里，恐怕他转脸就禀告了陛下。如果陛下觉得咱们逼他太紧，随便寻个由头把您的人给杀了，到时候大家还都没什么办法。那时候，反而让陛下知道我是您的人，恐怕我这长乐卫尉就要当到头了。"

贾逸沉默。汉帝虽然已经失势，但要杀几个禁军士兵，进奏曹能不让杀吗？岂不是正好给了荆州系那些大臣还有汉室旧臣们一个起哄聒噪的借口？

陈祎偷偷瞄了他一眼，接着道："更何况，您就算安插进去了人，名义上归我管，但祖弼去给他们分配岗位，我又岂能拦得住？他随便耍点手段，您的人根本近不了陛下的身，只会被分配去干些粗活累活。"

贾逸苦笑道："一个傀儡罢了，怎么还弄得水滴不进，针扎不透？"

陈祎没有答话。

"罢了，最近在宫里走动的那些人中，有没有什么可疑的？"贾逸问道。

"还不是那些老家伙们，聚在一起发发牢骚。嗯，要说可疑的，有个人最近被汉帝召见了两次，虽然时间都不长，但是倒有点古怪。”

“谁？”

“张泉。”

“张泉？张绣的儿子？我看到名册了，有什么古怪的地方？以前汉帝不是也召见过他么？”

“第一次被汉帝召见之后，张泉就在大街上找到了魏讽，莫名其妙地打了他一顿。”陈祎压低了声音道，“以前张泉为人一直很低调，这次却主动向魏讽挑衅，似乎有些不太寻常。”

贾逸的眼睛眯了起来。陈柏的死，可以说是魏讽一手造成的，在汉室旧臣眼中，他是个不折不扣的虚伪小人。而张泉既不是汉室旧臣，也不是荆州系，打魏讽，很显然是在传递一个信号。是谁要求他这么做的么，算是投名状么？

“而且，”陈祎眼神闪烁，“第二次汉帝召见张泉，说来也巧，曹植当时也在宫内。”

“曹植？”贾逸的声音紧张起来，“他去宫内做什么？”

“不知道，”陈祎摊了下手，“我的人进不到殿内，听不到谈话内容。不过可以确定的是，汉帝、曹植和张泉同在御书房谈了将近一个时辰的时间。”

一个时辰……贾逸看着眼前的肉汤飘逸而起的热气，陷入了沉思。事情，似乎越来越扑朔迷离了。

陈祎走了半个时辰之后，田川出现在了羊肉汤铺的门口。她扫了一眼铺子中的食客，径直向角落的贾逸走了过来。

“那个私铸场的两条线索，都已经查完了。”田川坐在了贾逸对面，捏起一片蒸羊肉就往嘴里塞。

贾逸的筷子利索地敲在她的手背上，田川吃痛松手，羊肉掉进汤碗，溅了自己一脸汁水。

田川气鼓鼓地瞪了贾逸一眼，怒道："小气鬼！"

"不是不让你吃。"贾逸没好气地道，"你至少得先洗洗手吧？"

田川将手伸到食案上，看了一眼，的确是有点脏。她嘻嘻笑了一下，唤过店家要了盆水，胡乱在里面搅和几下，就又端起了那碟蒸羊肉。

贾逸无可奈何地摇了摇头。

田川坏笑道："你讲究个什么啊，在我们幽州，猎物都是直接架在火上烤着吃的，草木灰什么的……"

"这里是许都。"贾逸干咳一声，打断了田川的话，"私铸场的两条线索，怎么样？"

"食材那条线，没什么进展。我带人查遍了许都周围的集市，没有突然出现大批采购食物的生面孔。恐怕私铸场里的人是分散购买食物的，或者是有自己的庄园供给。"

"木炭呢？铸造兵器需要上好的木炭，可不是自己随便烧烧就能弄成的。"

"木炭这方面，我带人走了不少许都附近的炭厂，并没有发现有炭厂直接卖给这个私铸场的记录，"田川眨了眨眼，"不过我却发现了一条有些奇怪的消息。"

"哦？说来听听。"

"上蔡有家炭厂，去年年末在许都接了笔大生意，但运送的船只在渡过颍水期间，不慎发生事故，满船木炭都沉在了河里。"

贾逸眯起了眼睛。

"你也发觉到了，对吧。"田川有些得意地笑了。

贾逸点了点头。

"我是听中牟的一家炭厂掌柜说的，他说其实上蔡的木炭质地并不如中牟的好。而且上蔡的木炭运往许都，路上要渡两次河，不但麻烦，运费也高。他一直嘟囔着，说不晓得为什么许都那家一直有生意来往的大户，突然改了旧例，舍近求远。"

"在哪里沉的船？"贾逸问道。

"已经安排人去看过了。"田川道，"不然怎么会这么迟才告诉你。"

"结果呢？"

"上报的沉船地点，水流确实比较湍急。但那个地方，离平常的渡口足足隔了七里多，运送木炭的船没有理由到那里去。"

"打捞了？"

"打捞了，一无所获。"田川咽下最后一片蒸羊肉，道，"你肯定很喜欢下面这个消息，这是从私铸场里扯起的唯一一根线。"

"那批木炭的买家你也搞清楚了？"贾逸抬眼问道。

"是曹植。"

放眼看去，两旁的山坡都被烧得光秃秃的，到处残留着焦黑的断木和鸟兽的尸体。徐晃在岐山中伏之后，为防西蜀于荒山间再次设伏，魏王下令在驻营周围放火烧山。一场大火漫山遍野，席卷天际，将方圆百里郁郁葱葱的山林烧得干干净净，不少早先逃入深山的山民也陈尸其中。支持西蜀也好，支持曹魏也罢，两军交战是不会在乎升斗小民死活的。不管站在哪边，等着看谁的笑话，在被大火吞噬之时，曹操不会来救人，刘备也不会。

猛虎相争，鹿兔勿近。

这是个很浅显的道理，可惜懂的人并不多。

一队粮车沿着山中小路蜿蜒蛇行，杨修躺在车上，酒壶就放在身旁。他双手垫在脑后，看着灰蒙蒙的天空，随着粮车一起颠簸。许褚骑着匹黑鬃马，朴刀架在肩头，就走在杨修旁边。许褚不聪明，这点杨修很清楚，所以才会跟他的交情比较好。身处乱世，看多了所谓聪明人的下场，杨修觉得有时人还是笨一点的好。有些事，不用想明白，有些人，不用琢磨透。陷阵冲锋，身先士卒，一骑当千，岂不快哉？只可惜……既然有了个聪明脑袋，装个浪荡不羁还可以，装傻却是难得很。

这次押粮，有些莫名其妙。据说是程昱亲自下的手令，让自己和许褚一起押运这批粮草。按说押粮这种差事，根本轮不到主簿和魏王近侍去做的。程昱这老小子葫芦里卖的什么药？是单纯让自己吃点苦头，还是有其他什么意思呢？

杨修闭着眼睛道："你从程昱那里接到军令时，他什么表情？"

许褚挠了挠头："表情？俺没注意到。不过你在笼子里关了那么久，能出来溜达溜达，不也挺好的吗？"

"好，好。"杨修打了个哈哈。

押粮官从后面策马赶了上来，向许褚道："将军，眼看天色已晚，我们不如找个地方扎下营寨，明早再走如何？"

"这里离襄州还有多远？"许褚问道。

"大概有两个时辰的路程吧。"押粮官道，"只是前段路崎岖难行，早先又有山贼出没，不是很太平。"

"继续走。"许褚瞪着眼睛。

"继续……"押粮官犹豫了一下，看了眼躺在粮车上的杨修，"杨主簿，我们只有三百人，还要招呼这几十辆粮车，若是被伏击的话……"

"你别问他，这里俺说了算。继续走，俺来接粮之前，夏侯将军亲自跟俺交代，要俺们无论如何务必要今晚赶到襄州。"许褚说得十分肯定。

"可是……"押粮官很不解，还没见过这么死板的人。

"军令如山。你要是不服，俺先砍了你。"许褚举起了朴刀。

"遵令。"押粮官垂头丧气地退下。

有个傻瓜上司并不可怕，可怕的是这个傻瓜上司还很固执。

"死胖子，盲夏侯是你爹么，你这么听话？"杨修喝了一口酒，笑道。

许褚犹豫了一下，道："杨主簿，你是聪明人，俺是笨人，想法肯定不一样。或许你觉得这个押粮官的话有一定的道理，但夏侯将军的官儿比这个押粮官可大多了，而且夏侯将军跟我交代的时候，说的可是无论如何、务必，那就是说，不管有什么状况，都要赶往襄州。每个人都有自己的想法，都有自己的判断，但行军打仗嘛，就该按照军令来做。就算前方是悬崖，在没有收到停下的军令前，也得大步走过去。不然一人一个主意，全按自己的想法去做，那还不乱套了？"

"得，得。想不到你还挺有理的，你就招呼着粮队吧，我得先睡一会儿，前面万一遇到了悬崖，你跟我说一声，免得我稀里糊涂地跟你一起跳下去了。"杨修打了个哈欠。

天色已经完全暗了下去，队伍中的火把陆陆续续亮了起来。

许褚挠了挠头，瞅了瞅闭起眼睛的杨修，没有说话。欠杨修的赌账快到五千钱，足足大半年的俸禄了。杨修倒义气，连提都没有提过。要说这杨主簿，可是前朝开国大将杨喜之后，祖上出过不少高官名臣，他的父亲杨彪也官居太尉，可真算得上名门望族。但他却跟其他士族出身的文人很不同，没什么架子，也没什么酸腐气。不管贩夫走卒，还是王公大臣，他都是那副嘻嘻哈哈的样子，从来不看人下菜。跟他打交道，舒服痛快。

唉，若不是魏王不怎么待见他，倒是真想跟他结拜个兄弟什么的。回头要是有机会，得找人去劝劝他，别老抱着曹植那棵歪脖子树不放。那个只会吟诗作赋的浪荡公子哥，有啥好帮衬的？总是鼻孔朝天，一副老子天下第一的样子，看着就想上去踹他两脚。比起和和气气的世子曹丕来说，曹植就是一副二世祖的样子，据说他还跟世子妃甄洛有点不明不白……许褚咧嘴笑了起来。本来在豪门世家里，这种龌龊的事情已屡见不鲜。但世子妃就有点过头了，须知魏王百年之后，这世子妃就是王妃了。要是王妃跟小叔子有染，这曹家的脸该往哪里搁啊。也不知道世子听没听到过这流言，嘿嘿，要是世子恼羞成怒想干掉曹植，俺老许提了朴刀上去就砍了他脑袋！当年在邺城砍了许攸，魏王也没怪罪过俺，现在就算砍了曹植，大概也不会有什么事。

"报将军，前方有大树倒下，挡住了去路！"那个啰嗦的押粮官气喘吁吁地从前面赶来。

142

"哦，停下，让俺去看看。"许褚从马上跳下，手提朴刀向前走去。

说是大树，其实已经被前几天的山火烧成了黑炭。借着月光，黑乎乎的树干上似乎有些白痕。许褚瞪大了眼睛，却还是看不清楚。

他从一个兵士手中夺过火把，照亮了树干，是白灰写下的一行字。

"念。"拉过身边的押粮官，许褚瓮声瓮气道。

押粮官颤抖的声音在飘忽不定的火光中响起："许褚……死于……此木下……"

听得一声呼哨，四下里突然火把骤起，数不清的人影从四面涌出，掺杂着乱糟糟蜀地口音的鼓角之声振聋发聩。

"他娘的，被埋伏了。"许褚没好气地骂了一声，向身边兵士喝道，"发什么愣啊，叫醒杨主簿，让军士们聚拢起来，保护粮车！"

说话间，蜀军已经冲进了粮队，开始短兵相接。杨修不等人喊，早已翻身站了起来，他举目极力远眺，还看不到襄州城墙，看来援军是指望不上了。四周的蜀军仍在不断涌来，也不知道到底有多少。

"死胖子，不要守粮车，带人反攻！"杨修大声喝道。

许褚嘿嘿笑道："对，这他娘的才和俺脾气！"他跳上马背，招呼了几十名骑兵，大声喝道，"莫慌！大家伙儿跟着俺，把这些蜀地的狗崽子都送到阴曹地府去！"

许褚用力一荡缰绳，横刀纵马疾驰向前。战马长嘶，刀光炫目，在蜀军中犹如蛟龙飞舞，遇者纷纷倒下。迎头遇上数十名蜀骑，策马向许褚冲来。许褚哈哈大笑，舞起朴刀，单人匹马杀进蜀骑群中，刀光闪处，蜀骑纷纷落马，各各倒退，转眼之间竟已杀出重围。许褚拨过马头，扬刀策马，大喝一声又返身杀进包围圈中！魏兵看到此景，大为振奋，纷纷大声鼓噪呐喊，本来因为陷入伏击而低沉的士气，竟然在转瞬之间高涨起来。很快，战斗场面开始了微妙的逆转。眼看战场之中，许褚挥舞朴刀，杀得畅快淋漓，已无人敢跟他交手，策马所到之处，蜀军纷纷退让。

杨修点了点头，狭路相逢，勇者胜。只有先丢下粮车不管，杀退蜀军，才能保下粮车。不然的话，把有限的军力分散到几百辆粮车附近，只会被逐个宰杀。

就在此时，杨修却看见月光之下，一骑白马却从远方直向许褚奔驰而来。两骑相向长驱，犹如两支脱弦利箭，"叮"的一声相撞于茫茫夜色之中！紧接着，许褚竟然往后退了一步。杨修皱起眉头，蜀军之中，还有这等好手？他抽出长剑，在周围士兵的簇拥下，往前走了十多步，看清了那名身材挺拔的骑将。

银甲白马，左枪右剑，面色如玉。

杨修低声道："糟了，莫非是蜀中名将，常山赵云赵子龙？"

他趋身又向前几步，大声喝道："死胖子，小心！是赵云！"

许褚一愣，随即哈哈大笑："痛快，痛快！想不到今日能与七进七出长坂坡的赵子龙一战。来，来，让我取下你的项上人头，拿回去换酒喝！"

赵云淡淡一笑，却并不答话。

许褚双腿一夹马腹，策马而至，手中刀光如练，直劈而下。

眼看刀光已至，赵云却微微侧身，躲过刀锋之后随即反手回刺，长枪上红缨漫天飞舞，将许褚整个人笼罩其中！

许褚暴喝一声，收刀破空，将赵云长枪荡开。赵云却身形一转，顺势将荡开的长枪抛到左手，枪尖一弯，直刺许褚面门。

许褚仰身避过，双脚一夹马鞍，策马上前，将赵云坐骑撞了个正着。

两马齐声嘶鸣，双双卧倒，许褚纵身而起，裹挟刀光飞身向赵云扑去。

赵云轻点马鞍，从马上飘然而落。许褚紧随而至，挥舞朴刀向赵云砍来。赵云右腕运枪，从下斜上，将直刺胸膛的刀锋格开。与此同时却欺身而进，左腿飞起，直袭许褚面门。

许褚吃了一惊，打从娘胎出来，从没见过这样的枪法！所谓一寸长一寸强，运枪之术务求要跟对手保持一定距离，赵云这枪法竟然忽远忽近，根本就不合套数。

心急之余，许褚连忙收刀，回斩。赵云却微微一笑，左腿顺势向下，狠狠踢在了许褚腰眼之上。许褚痛得额头上立刻渗出豆大汗珠，向后踉跄退了几步，深吸一口凉气。看来赵云能七进七出长坂坡，绝不是浪得虚名。这天马行空而又招招致命的枪术，虽然匪夷所思却真是要命之极。

赵云站在对面，银甲长枪，伸出手做了个邀请的姿势："许仲康，你不是要取赵某项上人头么？"

身边的乱军还在激战，眼看魏兵已经越来越少了，这趟押粮的差事已经铁定搞砸了。如果能砍掉赵云的脑袋，也不失将功补过。许褚混不吝的脾气又上来了，奶奶的，头掉了不过碗大个疤，俺怕什么！

他抓起朴刀，横扫而去，红缨闪动，长枪犹如毒蛇缠上朴刀，许褚只觉得一股大力从刀柄传来。他冷冷一笑，却突然松开双手，紧紧攥住赵云持枪的右腕，发力将他拉向自己，随即全身跃起，眼看右膝就要狠狠砸在赵云的胸膛之上！

赵云左臂下沉，刚卸下许褚右膝，许褚右拳便迎面而至。赵云眉头一皱，松开长枪，身形借力转了个圈，避开了许褚拳头。

长枪脱手！要的就是这个效果。许褚心中大喜，抽出腰刀正欲挥斩，却见赵云左脚又起，踢起一片黄土，铺头盖脸向自己袭来。

管他娘的！许褚发一声喊，闭起眼睛只管一刀劈去。

只听"当"的一声，许褚却摇摇晃晃地向后退去，胸前一道深深的伤痕迸出一片血雾。

手上的腰刀已经断作两截，抬眼看去，赵云手持三尺青锋，正淡笑着看着他。

"青釭剑。"杨修喃喃道，转头向身边士兵大声喝道，"抢人！"

身边数十名士兵蜂拥而上，一股冲向赵云，一股七手八脚地去抢许褚。出乎杨修意料的是，赵云似乎并不打算赶尽杀绝，他退后几步，由得魏兵抢回了许褚。

赵云跨上一匹战马高声喝道："许褚重伤落败，我家主公刘备有好生之德，尔等只要弃粮，赵某就放你们一条生路！"

许褚已被扶上战马，听到赵云这么说，忍住剧痛喝道："放屁！放屁！大家伙儿别听这小白脸的！来，来，来，俺再跟你大战三百回合！"

杨修低声叹道："死胖子，退吧，敌众我寡，这仗咱们败得不亏。"

许褚吸了口气，怒道："屁！输就是输，赢就是赢，什么亏不亏的。杨修你放俺下来，放俺下来！俺和这小白脸还没分出胜负！"

杨修抽剑，在他的马屁股上狠狠拍了一下。战马吃痛，向合围圈外狂奔而去。杨修喊了声"撤"，带着魏兵如水般败退。

飞扬的尘土拂过脸庞，杨修的脸色凝重异常。事情的发展，第一次远远超出了他的预计。程昱为何安排他参与粮草押运，赵云为何会亲自劫粮？既然蜀军已呈胜局，赵云为何又故意放自己走？狗屁的好生之德，这么明显的放水，程昱能不怀疑吗！

回营之后，要怎么做？

帐内一灯如豆，将沙盘映射得影影绰绰。程昱俯身之上，仔细地观察着山脊走势。许褚负伤而回，粮队被劫，损失了五千石黍米。刘备，刘备……谁曾料想，一个卖草鞋的落魄汉室宗亲竟坐大成了这个样子。早在四年前，主公收服了张鲁，当时是刘晔还是别的什么人，曾经进言顺便取了刘备。而那时主公却发出了"人就是苦于没有满足，已经得到了陇西，还想得到蜀吗"的感叹，以至于养虎为患。不知道主公那时的心里在想什么？此时此刻，心里又在想什么？

"程昱，你还记不记得四年前，我们就在这里。"身后响起老人耐人寻味的笑声。

程昱只是微微欠了一下身，仍旧瞪大了昏花的眼睛，看着沙盘。

"我知道，朝中对于我收服了汉中之后就折道而返，一直有很多议论。"曹操似乎很有回忆的兴致，"陈群说我顾虑后方安危，能做到见好就收；华歆说我是故意让刘备坐大，以免麾下将士骄纵；还有那个崔琰……说我鼠目寸光，终难成帝王霸业，后来被我砍了。程昱，我记得你当时什么也没说？"

程昱叹了口气："主公，你老了。"

"怎么讲？"

"只有老了的人，才会一味地追忆过去。壮年之人，眼里可只有将来啊。"

"喔，你这么一说，我还想起了一件事。当年撤军之时，我曾经在阳平关的门楼上放了一把剑，对你们说不出五年，必将携此剑踏平蜀中。"曹操戏谑地笑道，"今时今日，想必那把剑已经锈了吧。"

"有这种事？臣不记得了。"

"老啦，你也老啦，这种趣事都记不得了。这次如果能打下阳平关，就去看看那把剑还在不在。嗯，一把锈剑配上把老骨头，倒是蛮合适的。"

程昱转过身，举起油灯道："主公，容臣冒昧问一句，你当时究竟怎么想的，为何不一鼓作气拿下刘备？"

曹操并未回答，而是丢给他一封竹简："植儿那混小子竟然写信请兵前去荆州，依你之见，准否？"

程昱看也不看，将竹简放在沙盘边上："主公，公子植确实不是领兵的合适人选，如今国家正值多事之秋，还望三思。"

"一个时辰之前，我已回复过了，准他带兵，六百里加急直送许都，现在想追都追不回来了。"曹操道。

程昱不语，继续去看沙盘。

"为何不问？"

"主公这么做，自然有主公的道理。"

"还记得多年前，关于世子的册立，我问过贾诩。他晾了我好半天没说话，问他，他却说在想袁绍和刘表。哈哈，真是个有趣的家伙。"曹操的脸色却逐渐忧虑起来，"想我身为宦官之后，以步卒五千起兵，将诛董卓，北破袁绍，南征刘表，现在九州百郡，十有其八。如此家业，却没有一个合适的人接手。"

"主公，臣以为世子丕……"

"拍马屁的话，就不要说了，我知道你孙儿现在是世子府的人。与植儿比起来，丕儿确实更适合做曹家的家主。但你要记住，只有我死之后，他才会是魏王。"曹操叹道，"植儿……若是生在寻常富贵家……"

"主公，公子植并不是生在寻常富贵家。"程昱头上沁出汗珠，但仍在力谏。既然已经站在了曹丕的船上，只有拼死撑船了。

"所以，我才会准许他请兵，即刻奔赴樊城。"曹操声音平静。

"主公的意思是……"程昱心中一惊，猛地想到另一种可能。

"丕儿这个世子的位子，是争来的，不是我给的。其实所谓世子之位，只要是我的子孙，能者居之。但是既然已经争出了结果，又为何不服？先前植儿遇刺，众说纷纭，有人跟我吹风，说是丕儿在铲除异己，想要取我而代之。嘿，丕儿一向行事沉稳，又有司马懿辅佐，怎么会犯下如此错误？若是他要铲除植儿，还不一举致植儿于死地，会仅仅派了两三个刺客？"曹操起身，走向屏风之后，不带任何感情的声音传了出来，"你说得对，眼下国家正值多事之秋，岂能让兄弟阋墙之事，动摇了我曹家根基。给植儿领兵的机会，是看他最后的表现。若是能配合曹仁，立下军功，那还有可用之处。若是妄图挟军自重，就算关羽杀不了他，还有曹仁。"

刺鼻的金创药味儿在军帐中弥漫，火盆里的木柴烧得噼啪作响，将变幻的光影跳跃着投射在杨修的脸上，更增添一股压抑的气息。

"死胖子……"他看着眼前躺着的许褚，喃喃地说了一句。

血虽然已经止住了，但许褚还没醒来。是死是活，全看天意，军中的大夫丢下这样一句后就离开了。

天意吗？

老天何时开过眼？

杨修起身，没有时间在这里伤春悲秋，他还有更重要的事情要做。

掀起军帐的布帘，杨修深吸了一口气，大踏步地向军营中心的大帐走去。路不长，杨修走得很平和，伴随着均匀的呼吸，每一个脚步都踩得很扎实。

路的尽头，到底是什么？

他不知道。

他只知道，只有一次的机会，生或死，都在那个人的一念之间。

这么做，到底明智与否，杨修也并不确定。但是枯坐干等，并不是他的风格，与其坐以待毙，不如放手一搏。

快到了，杨修揉了揉脸，解下腰间佩剑丢在一旁，猛地冲上前去。

"程昱，你这个老小子，敢他妈的害我！我宰了你！"他大吼着，冲向魏王的大帐。眼看离大帐还有十几步，斜刺里闪出来两个黑影，干脆利落地将杨修放倒。

"放开我，你们这些夯货！"杨修脸色涨红，嘶声吼道。

大帐布帘一掀，程昱皱着眉头走了出来。他看了眼在尘土中挣扎的杨修，淡淡道："扶他起来。"

虎豹骑将杨修拎起，架在半空中。杨修身上沾满了尘土，头发凌乱，双腿乱踢，一副狼狈模样。

"怎么，你没死？"程昱站在帐前，问道。

"呸！你全家死绝了，我都不会死！"杨修吐了一口唾沫，恨恨地骂道。

如果是平时，程昱早就让人架走了杨修。但今晚，他却并没有这个的意思。杨修明白，是大帐里的人想要听到他们的对话，而这番对话，从某种程度上来说，决定着自己的生死。

"杨贤侄，你押粮中伏，是你自己不慎，我还没有拿你问罪，你却先来找我？"程昱道。

"你以为我是傻子么？"杨修冷笑道，"许褚和我，一个是魏王近侍，一个是随军主簿，是押粮的合适人选么？军中还有那么多辎重军需上的军将，为什么非要点我们两个的差？你当我不知道你安的什么心吗！"

"说下去。"程昱不动声色。

"既然点了我们两个的差，你就该明白，许褚和我到底谁适合当主官。可你偏偏又借夏侯惇之口，令许褚为主官，务必天黑之前赶到襄州。结果我们在路上就被西蜀伏击了，还他娘的是赵云！你觉得我会以为这是巧合吗？"

"杨贤侄，你觉得是我故意走漏了消息给西蜀么？"

"不是你，难道是我么？你不就还怀疑我是西蜀奸细么？怎么，被那个刘宇骗得还不够惨，徐晃那三万人算是白死了？"杨修讥讽道。

"我现在确实仍旧怀疑你，但是杨贤侄，就算我怀疑你，你觉得我会让许褚陪你一起送死么？"

"嘿嘿，你设计害我，当然还有其他的原因。"

"哦？还有什么原因？"

"你孙子跟着世子曹丕，你自然是世子的人。我呢？我是公子植的人。为了确保世子曹丕顺利上位，借现在大战之际，下手铲除了我，岂不快哉？只不过啊，魏王还健在呢，程昱，你是不是太心急了点？"

程昱笑。

"笑个屁啊！许褚现在还躺在军帐里，不知道能不能活过来，你就不怕魏王治罪么？"

"赵云为什么不杀你？"程昱淡淡道。

"赵云他知道我是谁么，他去劫粮，为什么要杀我一个不入流的随军主簿？你以为他跟你一样，喜欢把人剁吧剁吧切碎了吃肉干？况且当时许褚都被砍成重伤了，他也没下狠手，你要怀疑许褚也是奸细吗？你要怎么样才能相信老子不是西蜀奸细？"

程昱不紧不慢道："不错，当初是我故意放出粮队的消息，安排你和许褚去押粮。但我并没有要借刀杀人的意思，不然的话，就由你自己押粮了，还派许褚去干吗？"

"那你什么意思？"

"有消息说，刘备已经到了阳平关。派你们押粮，其实是为了验证这个消息。"

"我呸！我们去押粮，怎么能验证刘备到底在不在阳平关？"

"我军缺粮的消息早在六天前就散布了出去，除了你们押运的军粮外，其他最近的军粮也要十多天后才能送到。为确保万无一失，魏王派了近侍许褚押粮。"

"这就是你给西蜀挖的坑？"杨修的语调已经偏于平缓，"你确定刘备会上当？"

"若是粮队被劫，势必对我军士气打击很大。这个饵太香了，刘备就算怀疑这个消息的真实性，也会试一下。只不过，押粮的主将许褚素有'虎痴'之称，要确保劫粮成功，只能派遣上将前来。而刘备身边，能与许褚匹敌的，眼下就只有赵云了。也就是说，只要赵云现身劫粮，那刘备就必定在阳平关附近。"

杨修不语，静静地看着程昱。

"许褚虽然武力超群，但只是匹夫之勇，为了不至于让他窝窝囊囊地死在这次试探上，我才派了你协同。果然，你没让我失望。在你的指挥下，许褚虽然没能全身而退，但也留了一条性命。"

"接下来呢，你要怎么做？"

"我派了张郃带领一小队人马，扮作蜀军模样，尾随赵云军后，大概几天之后，我们就能知道刘备的确切位置了。"程昱停了下来，"到那时，主公就能登上阳平关的城楼，取回那把锈剑了。"

"然后用那把锈剑砍了刘备的狗头？"杨修嘴角歪了一下，"引蛇出洞，釜底抽薪么……程昱，你人越老心眼儿越坏了嘛。这么说来，是我错怪你了？"

"杨贤侄，你在营中如此喧闹，我大可禀告主公，将你军法从事。但上次因刘宇而将你羁押，在你父亲杨彪面上不怎么好看。这次我就还你个人情，不再与你计较。还望你好自为之。"程昱转身，拂袖进帐而去。

杨修揉了揉鼻子，混不吝地叫道："反正你怎么说都有理，这次我不跟你计较，下次再碰到你害我，我可不跟你说这么多，直接脱靴子揍你个老小子。"

转过身，脸上轻狂的神色迅速淡去，一丝凝重浮现上来。幸亏衣服够厚，不然的话，程昱肯定会发现自己出了一身冷汗。暂时过关，杨修在心里舒了一口气。他现在很怕死，还有太多的事要做，怎么能随随便便地死在这里。

程昱仍旧在怀疑自己是奸细，杨修很明白这一点。如果程昱打消了疑虑，按他的性格，根本不会跟自己解释这么多。为何程昱要将计划全盘托出，或许，这又是一次对自己的试探？应该不会吧……如果这次的计谋能成功，西蜀无主，必定会分崩离析。程昱就算是要再次给自己下套，也犯不着透露这么重要的消息吧。

那他的意思到底是什么？

比起这个疑团，他还有个更大的困惑。这次押粮，自己没有透露出任何消息，关俊去了许都送信，根本不在营中。那走漏消息的，是另一个仍未接头的西蜀间谍吗？法正安排了一条线，是刘宇，刘宇死后，关俊补位。而另一条，却是寒蝉安排的，一直潜伏得很深，甚至根本没有跟自己搭上。杨修知道，这种间谍，一般被称为暗桩，不到万分紧急的情况下，是绝对不会露面的。

这个人，会是谁呢？能够知道程昱的布置，显然他在曹营中的地位并不低。

算了，这个现在就不要空想了。眼下最紧要的问题，是关俊去了许都送信，还没回来，那么，要如何把这里的消息送到刘备那里？

只身犯险的话，且不说不知道如何跟刘备搭上线，自己连大营都出不去。可是如果不把这个消息送出去的话，刘备会不会因此……西蜀如今分为三派，一派是刘备的嫡系，以关羽为首；一派是荆州系，以诸葛亮为首；还有一派是蜀系，以李严为首。若刘备被俘或者被杀，刘备之子刘禅尚幼，定不能服众，三派势力发生内讧的几率很大。内忧外患，西蜀指日可破。然后呢，转而扶持东吴吗？难，军力、人口、财力、地利上东吴都不占优势。若西蜀不亡，还可以互相借势，联手抗曹，若西蜀已亡，仅仅靠长江天险，是抗衡不了曹操的。

杨修苦笑，程昱把这个消息透露出来，大概就是想逼着自己铤而走险吧。

不知不觉，已经快走到了大营门口。远远看去，似乎防卫并不怎么森严，只有几个兵丁懒懒散散地或坐或卧。这个时候，如果骑上一匹快马，或许可以轻松冲出去。转头想一下，自己似乎太多疑了，经过刘宇那次和押粮这次的考验，说不定程昱早已经打消了对自己的疑虑。

凉风拂过夜色，杨修打了个大大的喷嚏。

"嘿，一定是程昱那老小子在骂我。算了，算了，没兴致出营喝酒烤野味了，回去找人赌钱去。"杨修打了个哈哈，转身向自己的营帐走去。

很多时候，那些看起来的所谓机会，都是陷阱。一只经验老道的狐狸不会看到了危险才做决定，它能凭直觉嗅到危险的味道。杨修不想冒险，因为他清楚地知道冒险的代价。既然身陷险境如履薄冰，怎么还能心存侥幸？

他伸了个懒腰，顺着火盆映出的小路走了几步，突然心头浮现出了一个念头。他停住脚步，昂着头，看了会儿墨黑的天空，突然向营盘暗处冲去。几乎同时，身后闪出几道身影，飞一般地冲向杨修身形消失的地方。

营门口那些兵丁也一扫疲态，挺起长枪，将营门口堵死，警觉地盯着杨修消失的方向。黑暗中传来几声此起彼伏的呼喝，那几个身影又重回到光亮处，似乎并无收获。耳听得铿锵有力的金属摩擦声，一个身着全副盔甲的挺拔武将走了出来。

"跟丢了？"冷郁的声音不急不缓地响起。

"禀夏侯将军，发现了杨修往营区深处逃去的踪迹，但我等怕是调虎离山之计，只分了两人前去追捕，剩下的人又返回了营门。"

"嗯。"夏侯惇面无表情地点头，大刀金马地站在原地。

不消一会儿，杨修被推搡着走了回来。

他笑吟吟地道："啧，啧，原来是盲夏侯啊，敢情我在营盘里转悠了大半天，竟不知道这么多人跟着我。"

"夜已深了，你要去哪里？"夏侯惇冷冷开口。

"找茅厕啊。"杨修挖着鼻孔道。

"为何突然奔逃？"

"因为急嘛。"

"虎贲卫喝止了你，为何并未停步？"

"他们在我身后大呼小叫的，说的什么也听不清，我还以为这几个夯货要跟我抢茅厕呢，还不赶紧跑快点？"杨修嘿嘿笑道，"盲夏侯，程昱安排你们跟着我，是不是怕我在大营里迷了路？"

夏侯惇上前几步，"呛啷"一声抽出长剑，架在杨修脖子上，冷冷道："杨修，你以为我不敢砍了你？"

杨修歪着头，笑道："盲夏侯觉得我现在该怎么做，抱着你大叫英雄饶命吗？嘿嘿，杨某本来也想这么做，但是你身上好臭啊，几天没洗澡了，应该有不少跳蚤吧，我可不想被染上。这得好好琢磨一下。"

夏侯惇淡淡道："杨修，想不到你一介轻浮之辈，也有如此胆力，我先前倒是小看了你。"

"好说，好说，盲夏侯你反正只剩一只眼睛了，小看人是正常的。"

夏侯惇刀刻一般的脸上并无表情，反而收剑入鞘，道："杨修，我不杀你，你该喝酒喝酒，该赌钱赌钱去吧。"

言毕，他示意虎贲卫一起离开。

杨修摸了摸脖子，道："怎么，盲夏侯你主持军纪，就由得杨某在军营中浪荡？"

夏侯惇头也不回，挥了挥手，自顾自地离开了。

154

杨修沉默，仰头望向天空。灰蒙蒙的雾气悬浮在空中，阻挡住了视线。"大雾弥漫啊……"他喃喃道，"真不是个好兆头。"

　　走进军帐，杨修稳了下心神，借着油灯的亮光坐到了榻前。榻上的许褚仍昏昏沉沉地睡着，粗重的呼吸声此起彼伏。杨修摸出腰间的酒葫芦，意兴阑珊地抿了一口，叹了口气道："死胖子。"

　　既然情报送不出去，那刘备是死是活，就听天由命吧。杨修又抿了口酒，看着许褚发愣。看起来这次押粮，是程昱的一箭双雕之计。如果西蜀对此次粮草运送视而不见，那么程昱就可以推断西蜀是得知杨修也在押粮队，投鼠忌器才放弃了伏击，从而能按照这个借口把自己给拿下。结果西蜀派出了以赵云为首的劫粮队，让程昱推断出刘备很可能就在阳平关附近。是西蜀的疏忽吗，还是这个诱饵太香？是的，军粮耗尽是兵家大忌，若真的借由这次劫粮，让曹营军粮不济，曹魏只有退兵。到时候西蜀趁着曹军士气低迷之际，予以追击，仍是一场大胜。如果换作自己是刘备，就算觉得很可能是陷阱，也要试上一试。只可惜，这一试，暴露了自己的所在。

　　程昱说派了张郃尾随赵云，张郃为人稳重，性格内敛，如果没有什么意外，现在大概已经摸清了刘备的所在。莫非刘备气数真的到此为止了吗？

　　杨修又重重叹了口气，灌下一大口酒。

　　世道变了，人心不古，到头来这天下间，仁义还是折服不了强权吗？若是大汉被曹魏取代，只怕维系了近五百年的仁、义、礼、智、信这五常终将被人遗忘。日后，这天下的百姓或许都会觉得强权者拥有天下是天经地义的，而所谓的仁者、智者、贤者都是用来装点门面的饰物。

　　五百年来，从秦皇嬴政到太祖刘邦再到世祖刘秀，就连篡政的王莽，都是选了儒学作为国教。但是魏王曹操，嘿嘿，当初的"乱世之奸雄"、"宁可我负天下人，不可天下人负我"、唯才是举的三道求贤令，曹操将儒家置于何地？说的做的，明明就是法家！若是曹魏当权，五百年的儒家传承啊……莫非真要发生变革了吗？

历史的转折点，莫非真的就在这里？

历史，历史。哈，哈，哈，杨修仰着头，竟然笑出了声。他又灌下一大口酒，竟然有了些许的醉意。他清楚地记得，多年前跟祢衡谈起过历史。那家伙说，所谓的历史，只不过是个任人打扮的娼妓罢了。成王败寇，历史从来都是由胜利者书写，或许商纣王没有那么十恶不赦，周武王没有那么英明神武。当时自己还跟祢衡争论，吵得脸红脖子粗。现在想来，说不定也有些道理。历史，不过是不同的人按照不同的需要对相同的事情进行不同的歪曲罢了，时间越长，原貌越模糊不可见。有多少人，多少事，悲欢离合都被泯灭在历史的滔滔浊流之中，泛不起一个浪花。

所谓的历史真相，到底如何呢？比如现在的汉帝刘协，比起前几个皇帝，算得上一个明君了。但是大权旁落，他又能有什么作为？策划了几次宫变，结果都没成功，眼看帝位就要不保了。若给魏王曹操夺了帝位，恐怕史书上还是会把他写成个昏君庸君吧。

再说魏王曹操，杀孔融、杀崔琰、杀边让、杀荀彧、杀祢衡……多少儒家名士，都死在了他的手里，这样的王权霸者，绝不会推崇以仁义立天下的儒家。若曹操掌控天下，那儒学大概会被贬为旁门左道，孔孟圣人大概会被指成枉理邪说之徒吧！

如今汉家积弱，有希望匡扶汉室的，就只有偏居西蜀的刘备。不管这大耳贼是真皇亲还是假国戚，是真仁义还是假道德，既然竖起了汉家宗室的旗号，他必定要将儒家这面大旗扛到底。就算日后给他打败了曹操，攻进许都，暗地里废了汉帝，自己登基，也得推行儒学。毕竟他打的旗号就是中兴大汉！

只要儒学能大行天下，管他谁坐天下。

杨修又举起酒葫芦，却发现已经空了。

"世人皆说我是个浪荡轻浮之人，好酒、嗜赌、小聪明、爱显摆，就连订好的亲事，都给人推了。"他脸上布满了恶作剧式的笑容，"如果百年之后，有谁翻起尘封的史料，从蛛丝马迹中发现了我的真面目，那还不把他吓上一跳？"

许都，进奏曹。

"魏王老到昏了头吗？"贾逸看着手中的帛书，怒气冲冲，"曹植带兵去樊城、打关羽？他不怕被关羽一口气打到许都？"

蒋济紧皱眉头，不发一言。

"我刚拿到这份情报的时候，还以为搞错了，专门去确定了一下，确实是魏王的手迹。现在曹植应该收到了回信，正满心欢喜地准备出征。"贾逸环顾四周，压低了声音道，"大人，我们要不要做些手脚？"

"国家正值多事之秋，你我皆应战战兢兢，如履薄冰，切不可鲁莽行事。"蒋济缓缓摇头。

"大人，非常之时当行非常之策。"贾逸道，"陈祎说曹植近日接连拜见汉帝，而且田川也查明私铸场所用的木炭是经他府上购买。他要干什么还不清楚吗？如果让他带兵前去樊城，恐怕……"

蒋济叹了口气，道："夺嫡之争，稍有不慎就是抄家灭门，你我就不要在里面搀和了。我们的主公不是曹丕，也不是曹植，是魏王。你要牢牢记住这一点。既然魏王准许曹植带兵，那就由得他去带兵。我们还是得把注意力放到寒蝉这上面来，郭鸿那边有消息，说张泉刚才去了留香苑那里，你等下有空的话去看看。"

"留香苑？青楼？"贾逸皱眉道，"那倒是个好地方。"

"你最好带上几个人，万一有事，也不至于太被动。"

"那怎么成，带着虎贲卫去青楼太扎眼了，恐怕一眼就被看出来了。"贾逸沉吟一会儿，"要不，我带上田川？嗯……可以让她穿男装。"

"也好。"蒋济点了点头。许都城之内，应该不会有人大着胆子伏击进奏曹的官员。

出了蒋济的房间，贾逸瞥了眼右手边司马懿的房间。

没有人。

最近不知道这位世子面前的红人在忙什么，已经好久没见他在进奏曹处理公务了。曹植带兵啊……现在最坐不住的大概就是世子曹丕了吧，司马懿会献上什么奇计呢？这倒很值得期待。

贾逸迈进了厢房，看到田川正伏在一张长案上，阅读着厚厚的木简。

田川似乎感到了什么，抬起头，看到了贾逸。

"我在看以前的案卷，里面有不少绕来绕去的案子，看得人脑袋都痛了。"她张开嘴，像个傻瓜一样地笑了。

"走了，有事儿。"贾逸道。

"嗯？"田川有些迷糊，"你是在跟我说话，让我跟你一起出去？"

"少废话，快点。"

"诶？是谁前段时间说不相信我，要我证明自己来着？"田川伸了个懒腰，挑衅地看着贾逸，"现在喊我一起出去，是纯粹的人手不够了，还是证明你已经相信我了？"

"你算暂时洗脱了嫌疑。"贾逸眼光瞟向一旁，突然有点儿后悔叫上田川。

"那么说，某人现在把我当同伴了？"

"嗯，算是吧。"

"那对于同伴，某人是不是应该有相应的态度？"田川得寸进尺，摇头晃脑地道。

"我只等你半炷香，不想去的话就还留在这里看案卷吧。"贾逸甩手而出。

田川"唰"地蹦了起来，急道："我去我去，等等我！唉，总算能出去转转了。对了，我看这些案卷里有几个你经手的案子。嗯，原先听这些书佐们把你夸得神乎其神的，我看也就那么回事。就说石阳闹鬼的那个案子吧，我看了一半就猜出来真相了，你还……"

"去换套衣服。"贾逸打断了她的话。

田川低头看了眼身上的白色深衣，不解道："换什么衣服？这可是正正经经的女装。"

"换套男人衣服。"贾逸嘴角浮现一丝浅笑。

"换男装？为什么？"

"我们要去妓院。"

留香苑虽然处于繁华的东城，但位置却真不怎么好。最热闹的长街走到末尾，又拐了几个弯，才能看到留香苑。迎面而入的是扇暗红色的门面，看起来比进奏曹宽不了多少。门口也没什么人，就连个知客都没有，如果是不知底细的人，会以为这是哪户人家。一个商贾模样的人经过贾逸身边，低低地说了声："张泉的马车，半个时辰前刚离开。"

这是郭鸿的人。

贾逸环顾了下四周，对田川道："你去对面这家酒肆那里等着我，我先进去看看。"

"怎么又不让我进去，那你喊我来什么意思？"田川瞪了贾逸一眼，歪着头看着留香苑的招牌道，"再说……我还没进过妓院嘞。"

"如果万一里面有什么状况，你不要管我，直接赶回进奏曹禀告蒋济大人。"贾逸想伸手拍拍她的脑袋，又觉得有些不妥，只好拍了一下她的肩膀，"不过应该也不会有什么状况，你安安心心吃蒸肉就好。"

贾逸背起手，走进了留香苑的门内。

出乎意料，里面仍旧一个人也没有，四下里显得静悄悄的。贾逸犹豫了一下，稳住心神，四下打量。没有雕梁画栋之类的华丽布置，处处透着股书卷的味道。贾逸有些不屑地摇了摇头，这家青楼的老板虽然有些心思，但未免有些过于做作了。青楼就是青楼，就算开在了这样僻静的地方，就算布置得像书院一样，还不是青楼？

一个书童模样的人迈着碎步低着头从后堂走了出来，一开口竟然是女子的声音："对不起，客官，我们今日不待客。"

贾逸歪着头看着眼前的人，的确是少女，只有十三四岁的模样，姿色也算中上，穿了书童的儒士服后，竟然别有一番韵味。不待客……就这么回去，那岂不是白来了一趟？

他故意做出粗野的样子："不待客？不待客你开什么门？你们的头牌姑娘呢？给大爷喊出来，唱个曲听听。"

那少女显然是把他当成商客之类的人，冷笑了一声，讥讽道："这位客官面生得很，大概不懂留香苑的规矩。"

贾逸索性坐在左首的长案之后，眯着眼睛问道："嚯，青楼还有规矩？说来听听。"

"这许都城内，不是只要有钱，就能见得到我们留香苑姑娘的。我家主人说过，咱们留香苑不是一般的青楼，咱们的客人不是王公贵族，就是文人骚客。浑身铜臭的凡夫俗子，恕不接待。"

"那你的意思是，我就是浑身铜臭的凡夫俗子了？"贾逸假装怒道。

少女语调刻薄："看客官的打扮，也算不上浑身铜臭，您手里能有几个钱？咱们这种地方，您这种穷鬼来得起吗？"

贾逸起身，大骂道："混账，小小一个婢女，会说人话吗？让你家主人滚出来！"

话刚开个头，就见后面屏风处一闪，一个青衣长随走了出来。他看了贾逸一眼，皱着眉头道："公子在后面有事和人商谈，听得这边吵闹，让我出来看看。知画小姐，是这人在闹事？"

那少女得了人撑腰，仰起头看着贾逸道："听到了？还不快滚！等下公子怪罪下来……"

"公子？什么狗屁公子，老子不吃这一套！"贾逸大声吼道，"你嘴里再不干不净，老子把你这留香苑给拆了！"

"哟，好大的口气。"那少女掩嘴笑道，"只怕等下打断了你的手脚，割掉了你的舌头，看你还说不说得出这番话。"

那个青衣长随闻言即跃身而起，已经扑到贾逸身前，扬手，竟然有刀光闪现。贾逸一惊，根本想不到大白天在许都城内，这长随竟然敢动刀子。他闪身避开，搭上长随肩膀，一个空手夺白刃，将匕首给下了。

他掂量了一下匕首，很沉，而且做工精致，分明是能工巧匠用精铁打制的。这种匕首，不是大富大贵之家，根本不可能用在长随手上。而且看这长随的口音做派，似乎并不像是张泉府上的人。贾逸心头闪过一丝疑虑，在这留香苑中的，是张泉么？会不会是郭鸿的人看走了眼，又或者是郭鸿使的诈？

那长随没想到轻而易举被人下了匕首，恼羞成怒，转身张开手指，往贾逸眼睛插来。贾逸冷哼一声，不再手下留情，矮身躲过拳头后，一拳狠狠打在他的下巴上。耳听得骨骼碎裂的声音，那人摇摇晃晃地倒了下去。

"在这许都城内，你竟因一言不合，就手持利刃，意欲取人性命，你眼中还有没有王法？"贾逸走上前去，向躺在地上呻吟的长随问道，"你家主人是谁，竟然如此猖狂？"

长随并未答话，倒是一旁那个叫知画的少女向屏风后跑去。贾逸暗道一声不好，刚想紧随而上，屏风后就冲出了六七个人。

"这下麻烦大了。"贾逸低声叹道，往后退了两步。

知画跟着走出来，脸色因兴奋变得涨红，手指着贾逸道："杀了他！"

两个长随抽出匕首，冲向贾逸。贾逸退到一条长案之后，待两人快要冲到跟前，右手撑着长案纵身而起，一个飞踢踢倒一人，随即回身一个肘击重重打在第二个人胸膛上，电光石火之间，已将二人放倒。

这里闹出了动静，田川那个笨蛋应该感觉到了吧，现在是不是回进奏曹报信去了？刚才门口似乎有人经过，嚷嚷着杀人了，是去报官了吗？这几个长随功夫不错，下手狠毒，是不是张泉在这留香苑里，有什么见不得人的勾当？闹得越大越好，如果许都尉介入，张泉总不能不出来吧。

他眯起眼睛，淡淡道："这里离都尉府还算蛮近的，依照我的经验，许都城内殴斗，都尉府的人得报后，大概一炷香后就会赶来。"

"等官府？官府也救不了你！"知画咬牙切齿，"接着上啊！杀了他！"

"小小年纪，戾气竟然如此之重。"贾逸摇头，手持匕首，向前迈了几步在地上划了一道直线，气定神闲地说，"一炷香，一炷香内，敢过此线者，莫怪在下！"

一个长随狞笑道："你一个人能打过我们四五个？"他大摇大摆走到线边，刚一脚迈到直线上方，贾逸已然出手！

携腕、挎拦、背摔，三个动作一气呵成，众人还没看清楚，那大汉已经被贾逸摔倒在地，紧接着贾逸右臂一展，刀光直没入长随手掌。

那长随手掌被钉在地上，痛得迭声惨叫，满眼都是恐惧，却动都不敢动。

贾逸缓缓起身，冲着眼前的长随们微笑道："还有谁？"

被贾逸目光所及，长随们都下意识地退后一步。虽然平时见惯了殴斗，但出手如此迅捷，下手如此准确的，还是首次见识！

知画脸色阴沉，尖声叫道："上啊，他只有一人！你们不怕公子责罚吗？"

三名长随一起拥上，贾逸一脚踢中最前面的那个长随的膝盖，只听"咔嚓"一声，那人已倒地抱腿呻吟去了。冲在第二的长随挥刀向贾逸刺去，贾逸一个闪身欺进他怀中，右臂成肘，砸中他的咽喉。而第三个长随却拧身向前，一把长刀已经堪堪横扫向贾逸右臂。贾逸脚尖急转，刀光贴着身子直斩而下。他正欲出拳，击向对方，却见一道亮光疾射而进，将第三个长随透胸而过。

回头，却见田川气喘吁吁地跑了进来："好险，好险，差点赶不上。"

"你怎么进来了？"贾逸奇道。

田川没回进奏曹报信，反而进来就杀了对方一人，要是这留香苑里还有高手，进奏曹的两个校尉恐怕就要都不明不白地落在这里了。

"他们这么多人，你自已撑得住吗？"田川的脸色因为紧张而变得通红，"怎么样，我们是杀进去，还是赶快逃跑？"

眼前只剩下了这个十三四岁的知画。她叉起腰，咬紧了嘴唇："跑？你们能跑得了多远？只要你们跑不出许都，公子就能把你们碎尸万段，满门抄斩！"

要么不做，要么做绝。蒋济大人曾经这样说过，就算眼前这个侍女是张泉的人，那又如何，进奏曹何时怕过这些所谓的名门世家。

贾逸身形晃动，眨眼之间已经欺到身前，一把扼住知画的喉咙，冷冷道："在下一介武夫，不懂什么怜香惜玉。你小小年纪，就如此歹毒……"

"放手！"耳边传来一声怒喝，只见张泉满脸怒气地走了出来，而他的身后，赫然竟是曹植。

两人对视一眼，张泉遽然一怔，失声道："进奏曹的贾逸？"

贾逸猛地警觉起来，张泉和自己素未谋面，怎么会认识自己？自己离开许都已有三年，回来只不过是短短几个月。现在在许都城内，校尉这个官秩的武将足足有二三百人，张泉为何能一口叫出自己的名字？

"进奏曹？"曹植不耐烦地重复一下，道："怎么哪里都能看到你们，是我那兄长授意你们跟着我的？"

贾逸不亢不卑地作了个揖，道："禀侯爷，下官以前听朋友说起这家青楼，今天偶然路过这里，就进来转转，不想却惊扰了您。"

曹植看了看躺在地上的那些长随们，摇头道："我这些跟班，都是你打伤的？"

贾逸低头道："下官跟这位知画姑娘争执了几句，不想其中一位长随竟然手持利刃，欲图下官性命。下官迫不得已，才出手反击。"

"你说谎，是你先说要砸了留香苑的！"那个叫知画的丫头叉着腰，咬着牙叫道。

"那也是你们先动手的！"田川教训道，"大人们说话，你小孩子插什么嘴！"

"公子，就是这个疯婆子，把陈福杀了！"知画转向曹植告状。

曹植沉吟道："贾……逸，对吧？说实话，我对你们进奏曹并没什么好感，反正不过是我那兄长养的一群狗罢了。不过，既然是我的手下动手在前，我就不跟你们计较那么多了。你们滚吧。"

贾逸眼睛眯了起来，这曹植在搞什么名堂？他正要开口，却听见门口马蹄声响，许都尉府的人已经到了。一个都伯跳下马来，持刀冲进房内，却一个踉跄站住了。身后涌进来十多个甲士，也都停在了门口。犹豫了片刻，那个都伯冲曹植作了个揖，道："下官参见侯爷，不知这……"

"你想得罪我，还是想得罪进奏曹？"曹植负手问道。

"这……"那都伯为难地看了看曹植，又看了看贾逸。

"既然谁都不想得罪，那就滚吧。"

"下官遵命。"都伯倒也识趣，转身就走。

贾逸看着都尉府的人离开，打了个哈哈道："在下是个笨人，侯爷要干什么，不妨明说。"

曹植哼了一声："怎么？"

"许都城内，人人都说侯爷自负才高，盛气凌人，睚眦必报。贾逸不过一个小小的鹰扬校尉，不但打伤了侯爷六七个手下，还欠了一条人命。侯爷就这样轻轻松松放下官走了？未免跟传闻不符。"

曹植愕然笑道："贾逸，对吧？你说话倒有趣。人人都说本侯爷自负才高，盛气凌人，睚眦必报，这点不假，本侯爷就是这样的人。不过本侯爷虽然气量小了点，却并不是一个纨绔子弟。今天若是你先动手，管你是进奏曹还是什么，我不会让你活着离开这里；但今天是我的人先下的狠手，我就不跟你计较那么多了，你赶快滚吧。"

"下官……"

"你有完没完，我一个侯爷，跟你一个校尉有什么好说的？"曹植转身就要回房。

"不知侯爷打算如何处理这些手下？"贾逸高声喊道。

"嗤，你管得倒多。这些人自然是抬回府中，好好休养。不管他们是对是错，终归是我的人，为我出头，我不会亏待他们。"话音未落，曹植人已经走过屏风。

张泉看了贾逸一眼，低头匆匆跟上。知画恨恨得咬牙，跺了下脚，心有不甘地小跑跟了进去。

贾逸转身，扯起田川，快步走出留香苑。

"曹植也不算很帅嘛，还说什么浊世佳公子，也不过如此。"田川笑道。

"你回去吧，我还要去别的地方。"贾逸道。

"诶，为什么又要我先走，你想干吗？"田川愣了一下，"喊，我可没那么好骗，你是不是想把我打发走，然后自己做什么？"

"你回进奏曹，把今天发生的事情禀告给蒋济大人。我去办点事，随后就到。"

"随便你。"田川翻了下白眼，拍着贾逸肩膀道，"功夫不好就悠着点，别老是神神秘秘的样子，不然到时候胳臂断了你哭都来不及。"

贾逸笑笑，转向另一个路口，跟田川分道扬镳。

一刻钟后，贾逸已经坐在了留香苑对面的酒肆里。支走了田川，甩掉了身后跟踪的人，从后门进了酒肆，选了这个靠窗的位子。要了壶清茶，他开始盯着窗外的留香苑。一个时辰过去，眼看天色渐晚，却还没有动静，贾逸不由得有些焦灼。他的视线转过留香苑门口，投到了不远处。那里蹲着一个懒洋洋的乞丐，再往前不远的拐角，是一个忙碌的胡饼摊。都是郭鸿的人，比起进奏曹的暗探，郭鸿的人显然更有市井气息，更不容易露出马脚。

从留香苑出来，贾逸一直觉得有些不对劲，张泉对自己的熟悉，曹植对自己的态度，还有留香苑的反应，都有些不对劲。他找到郭鸿的人，安排布置了一番，自己坐在了酒肆二楼。贾逸觉得留香苑里，一定隐藏着什么秘密。但既然曹植还在里面，是万万不能贸然冲进去一探究竟的。只有等，虽然不知道等到的会是什么。

一辆马车慢慢从长街那头驶来，贾逸眯起了眼睛，借着落日的余晖仔细打量。马车并不起眼，车身也没有什么装饰，上面的小窗盖着竹帘，看不清车里到底有人没人。马车在留香苑门口停下，车夫跳下，向四处来回张望。确定没什么异常之后，他冲里面打了个招呼，挡在了车前。

从贾逸的角度看去，马车停的位置很是刁钻，挡住了大部分的视线，根本看不清留香苑门口的状况。留香苑先走出了两个长随打扮的人，站在了马车两头，向四处张望。紧接着，里面又影影绰绰地出来了两个人，准备上车。马车对面的乞丐和胡饼摊都没有动，应该是也看不清状况。贾逸的眼睛眯了起来。

毫无预兆地，与留香苑隔了十多丈的小巷里突然冲出一匹枣红马，后面还跟了一个气喘吁吁的少年，惊慌失措地大声喊道："让下让下，马惊了，让下！"

留香苑门口的人一怔，还不知道如何反应，枣红马已经冲到了跟前。眼看就要撞上门口的两人，留香苑里猛地冲出来一名布衣大汉，跃起踢向枣红马，竟硬生生将枣红马踢了一个趔趄，斜撞上了马车。

好身手！贾逸不由得暗赞一声。只是，既然曹植身边有这样的高手，为何刚才并未出手？马车和枣红马双双倒地，后面追马的少年也已经跑到了留香苑门口。他慌张蹲下身，在枣红马身上抚摸了一番，站起来号啕大哭着拽住了那个布衣大汉。

那大汉不耐烦地推了少年一把，挥拳要打，曹植和张泉却从里面走了出来。但见曹植不耐烦地说了句什么，大汉随即丢给了少年一块碎银，打发少年离开。紧接着，曹植和张泉又转身回到留香苑内，先前出来的两个人也跟着走了进去。

贾逸的手在颤抖，发烫的茶水溢出木碗，溅到手腕上，却浑然不觉。

"看到了不得了的东西呢……"他喃喃自语。

起身，将几枚大钱放在茶案上，贾逸随手抓起一顶斗笠罩在头上，快步走出酒肆。虽然这种事早有模模糊糊的流言，但亲眼所见，仍让他震惊不已。是离得太远，自己看错了吗？

长街上依旧冷清，鲜有行人，贾逸拐到一条小巷，靠着墙壁，静静地等着。过了大概两炷香的工夫，一个少年的声音在拐角那边响了起来："老爷可有什么要问的？"

"你身后有没有人跟踪？"

"没有，小人绕了几条小巷，没有发现尾巴。"

"你认不认得后来从留香苑里走出来的那两个男人？"

"不认得，不过看起来像是大官。"

"好，既然不认得，那你今天就没看到过他们，如果日后再遇到了他们，你也从未见过他们，明白吗？"

"明白。"

"那，除了先前出来的那两个长随模样的人，中间出来的那两个人，就是身材比较瘦、个子比较矮的那两个人，长什么模样？"

"老爷，那两个人虽然穿的是男装，但我一眼就看出来了，那是两个女人，而且其中一个长得非常好看。"

贾逸叹了口气，没有说话。

少年继续道："那个长得非常好看的女人，大概有三十多岁的样子，另一个大概十多岁。我在这条街上住了十多年，留香苑的每个姑娘我都认识，但这两个女人，我从未见过，她们不像留香苑的姑娘，倒很像是大户人家的女眷。"

"何以见得？"

"年轻的那个，虽然摆出一副趾高气扬的样子，却显得有点肤浅凶戾，像是贴身丫鬟之类的。长得好看的那个，手指雪白纤细，举止优雅，应该是大户人家的夫人。小人只是觉得有些奇怪，为何大户人家的女眷，会出现在妓院里……"

贾逸打断了少年的话："那个三十多岁的女人，是不是鹅蛋脸型？右眉角上，是不是有颗小痣？"

"是的，老爷。莫非您认识那位夫人？"

"你不需要知道太多。"贾逸语气凝重道，"今天你见到的所有事情，都没有发生过，你明白么？"

拐角的少年没有回答，显然不知道到底发生了什么。

贾逸继续道："你连夜去运来赌场，找秃头老五，就说是郭鸿让你去的。在他那里，你领上一千大钱，直接去寿春。"

那边犹豫了一下，道："小人在许都多年……"

贾逸厉声道："住口！我不管你到底明白不明白，明日之后，只要给我在许都看到你，立刻让你身首异处！听到了没有？"

"……听到了。"

贾逸轻声道："郭鸿说你在许都城内无亲无故，了无牵挂。你拿了一千大钱之后，先在寿春站住脚。如果有什么难处，只可书信与运来赌场的秃头老五联系，万万不可踏入许都。而且，从今以后，你在许都城内的这十多年生活，绝对不能向第二个人提起，听到了没有？"

"听到了。"少年低声答道，似乎明白自己卷进了一桩不得了的事情之中。

贾逸应了一声，转身往巷子深处走去。他知道，走出小巷，右转上了官道，再左转走上一盏茶的时间，就到了进奏曹。只是，把这个消息禀告给蒋济大人后，蒋济大人会如何处理？恐怕只有埋藏于心中吧。这种事，放在平民百姓家里，都算是大事了，何况发生在曹家？他苦笑着摇了摇头，本以为能等出来什么消息，谁知道等来的却是个烫手山芋。

那个三十多岁的女人，是世子妃甄洛。

两名虎贲卫持枪而立，严禁任何人接近。离他们五六丈远，是房门紧闭的西曹署。

"你能确定？"蒋济皱紧眉头。

"大人，我虽然只在魏王大宴宾客时见过世子妃几次，但世子妃乃天下绝色，就算时隔三年，仍让我印象深刻。况且从留香苑出来的那个妇人，右眉角上也有一颗小痣。天下间怎么会有两个如此相像的绝色美人？"

"好糊涂的世子妃！"蒋济摇头。

贾逸道："世子整天忙于政务，哪有那么多心思花在女人身上？临淄侯曹植却相貌俊朗，行事洒脱，又有大把的时间去吟诗作赋，在女人眼里，自然魅力无穷。世子妃被小叔子的魅力所倾倒，也算是情理之中。大人，这事要不要禀告世子？"

蒋济道："家丑不可外扬，你不怕世子杀你灭口？"

贾逸犹豫了一下，道："回来的路上，我想了很多，我总觉得，今天下午看到的不仅仅是曹植私会甄洛这么简单。大人，你想过没有，如果说曹植跟甄洛在留香苑偷情，那张泉为什么会在那里？"

"你是说……"

"前几日汉帝召见过张泉，当时还有曹植在。如果说张泉已经倒向了汉帝，那曹植呢？"

"曹植？作为曹家人，他会倒向汉帝？"

"若是册立世子无望，会不会恼羞成怒，想要借助汉帝，扳倒曹丕？"

蒋济沉吟半晌："且不说曹植这样做荒唐不荒唐，这许都城内，谁有这么大的能耐说动他？"

"或许有一个人。"

"寒蝉？"蒋济脸色阴沉下来，"如果真如你所猜测，那曹植遇刺，岂不就是一个幌子，你知道这意味着什么？"

贾逸仍自顾自地说道："如果曹植跟寒蝉早有勾结，那一切的疑点就迎刃而解。定军山军情泄露，自然是曹植知道军情后泄露给寒蝉，又通过寒蝉传给了刘备。而那些消失在了许都城内，伏击了我们的人，很可能就是曹植侯府内的军将。"

"这些都只是你的揣测，并无证据。"

贾逸点头。

"把如此重的罪名安到一个侯爷身上，是什么后果，你想过吗？"蒋济正色道，"而且这个侯爷，还是在世子之争中落败的曹植。"

"大不了就是满门抄斩。"贾逸满不在乎，"还好我父母双亡，只剩下我一个了。"

"就算你有这个觉悟，进奏曹也不可能……"

"这个我清楚。"贾逸道，"如果事败，全是我一人所为，大人并不知情。"

"你要怎么做？"

"麻烦大人向世子引荐。"

蒋济沉默良久，道："可以。"

贾逸正坐，收敛面容："谢大人。"

第六章
棋 子

　　"程昱对我早有疑心，你和我见了这么多次面，会不会也在他的监视之内？"杨修躺在黍田里，仰望着灿烂星空。

　　"先前已经说过了，你平日里闹腾得很，见的人也很多，我其实并不怎么显眼。"关俊道，"再加上我行事非常小心，起码到现在为止，还没有发现被盯上。嘿，就算被盯上了又怎么样？大不了一死。"

　　"你不怕死？"

　　"不是怕，而是很怕。但我总觉得，这世上还有比活着更重要的事。"

　　杨修不语，他想起了死了的刘宇："怎么你们西蜀的人，都是不要命的疯子？"

　　"正因为有了我们这些不要命的疯子，我们才能以弱胜强。"

　　"得了吧，热血这种东西，只不过是那些身居高位的权贵们让升斗小民心甘情愿送死的蛊惑。你们要蠢到什么时候？"

　　"嘿，杨主簿，我们西蜀可不一样。就算是我们升斗小民，死得也有价值，也有尊严。就算我这种低阶的间谍，死后也会全家免除徭役，发放抚恤，荣登乡间英烈祠，受邻里尊崇。"

杨修没有反驳，而是沉默了一会儿："只可惜……现在张部大概已经突入刘备的营寨了。"

"杨主簿为什么会这么有把握？"

"起先你去了许都，我知道了程昱之计后，本想要冒险出军营送信，却在门口被堵了回来。现在十天过去了，我却进出军营自如，自然是魏王已经确定了刘备所在，调集了大军前去攻伐。"

"有赵云将军在，张部不足为虑。"

"赵子龙七进七出长坂坡，确实威名了得，但只凭匹夫之勇，就能独挡万军？你的自信到底是哪里来的，"杨修皱眉道，"莫非……阳平关伏有重兵，赵云劫粮，又是一起连环计？"

"杨主簿，程昱之所以用计试探我家主公所在，是以为己方有绝对的优势兵力。但是，用石头砸鸡蛋，和用鸡蛋砸石头，是两种不同的结局。"

"谁是鸡蛋，谁是石头，恐怕现在还不好说。"杨修摇头，"你们连胜两次，已经把法正当成了神来信任。这种莫名其妙的崇拜是最可怕的，人不是神，人总会出错。"

"嘿，杨主簿多虑了，咱们西蜀……"

"你今天刚回来，恐怕还没收到消息。我听说这次突袭阳平关，张部那一万人只是先锋，主帅却是夏侯惇，总共调遣了八万兵力，刘备那里能有多少人？"

关俊怔了一下："这么多？"

"你以为是程昱中了法正的连环计，谁知道程昱是不是想将计就计。"杨修脸色凝重，"战场之上，瞬息万变，就算做到了知己知彼，谁又能真正做到百战百胜？"

两人都默不作声。

过了很久，关俊道："杨主簿，有句话我本不应该问的。营中可有另外的人联系过你？"

"另外的人？你是说寒蝉的那个暗桩？没有，除了你和刘宇，再没有人联系过我。有时我想，这个所谓的暗桩，到底存不存在。"

"怎么会不存在？"关俊笑道，"定军山一战，军情就是由他传给寒蝉，又传给了我家主公的。"

"哦？你是说，这个暗桩虽然一直没联系过我，但在这种关键时刻，肯定会把消息送到刘备那里吗？"

"我觉得是。"

杨修突然站起了身，手搭凉棚，望向土坡下。

如水的月光之下，但见一骑绝尘而来直奔军营寨门，红色角旗在夜风中猎猎作响。

"是捷报。"杨修道，"看来是夏侯惇赢了。"

关俊强笑道："不见得，也有可能是为了安稳人心。"

"不要再自欺欺人了，现在要确认的，就是刘备是不是还活着。"杨修起身，拍了拍身上的尘土，"不管结果如何，我希望你记住，我们不是为了谁而活着的。自古以来，舍生取义的英雄很少，以死报主的傻瓜却太多。所谓忠，不是要忠于人，而是要忠于道。"

"你……说的，我不太懂。"关俊声音低沉，"像我们这种升斗小民，只有把希望寄托在大人物身上，命运才会有转机。"

"可是所谓的大人物，"杨修幽幽地叹了口气，"通常都是冷酷无情的，他们又怎么会在意升斗小民的死活？"

捷报通传，夏侯惇首战大胜，击败蜀将张翼，重伤张著，斩两千蜀军。若不是赵云沿汉水列下弩阵，用箭雨逼退追军，想必这时候刘备的人头已经在夏侯惇手中了。还好，刘备没死，魏军在战略上并未取得绝对优势。那接着，仗会怎么打下去，是夏侯惇大军乘胜继续南下？以曹操一贯的个性，会这么做吗？

杨修挑亮了油灯，却闭起了眼睛。

乱世奸雄，做事常常出于旁人意料。

"杨主簿，杨主簿！紧急军策会，由程昱大人亲自主持，请您马上赶到。"帐外传令兵的声音很急促。

"知道了。"杨修应道。来了，这是个机会，或许可以让这剩下的三十多万魏军，全军覆灭。

他干咳一声，吹灭了油灯，走出军帐。外面月朗星稀，天高气爽，夜色正好。

跟在传令兵身后走了大概一刻钟，到了军策例会的营帐。杨修的思路已经整理得比较清晰，他自认为已经抓住了曹操的心思。就算军策会上曹操不在，想必这一番说辞经由程昱之口，传到他耳朵里，也是受用得很。

传令兵掀起军帐布帘，把杨修让了进去。

一盏油灯，一个人。

杨修站住了。

只有程昱，军帐之内再没有其他的谋士。

"哟嗬，程老大人，如此深夜您用紧急军策会这个借口把我诳来，要干什么，该不会是把酒夜谈吧？您要知道，杨某人可不好男风。"

灯光之下，程昱温和地笑笑，开口道："贤侄，魏王已经准了临淄侯曹植协同曹仁领兵，援助樊城于禁，这件事你知道吧？"

"当然知道，前后算起来，我写了大概四五封信劝他向魏王请兵。嘿嘿，这里面可是有杨某人一份大功来着。"

"那对于樊城那边，你有什么想法？"

杨修斜了程昱一眼，席地而坐，道："程老大人怎么问起樊城了，汉中这边不要紧吗？你看你来汉中，接连吃了几次败仗，您就一点都不觉得害臊吗？"

"贤侄说话倒是挺直接，不过，刚才夏侯惇那里总算传来了捷报，

174

虽说小胜，也算胜了。"

"胜？斩两千蜀军，击退张翼，伤了张著，连刘备的头发也没捞到，就算胜了？"杨修挖着鼻孔，"丢了六千石的粮食，害得许褚到现在还昏迷不醒，这么大的代价，只换了蜀军两千条人命、伤了一个不入流的军将，您也好意思说胜，您的老脸，看来真是越来越厚了。"

"杨贤侄，"程昱的语气仍很温和，"在这种事情上，老夫不愿与你争执。临淄侯曹植马上就要带兵前往樊城，魏王命我问策于你，若是你能说出些真知灼见，很有可能会派你随他前往。"

杨修愣了一下，程昱问计樊城，这是他完全没想到的状况。

若是随曹植远赴樊城，自然是坚守不出。所谓上兵伐谋，东吴与西蜀之间的矛盾可以大大利用一番。荆州原本就是东吴觊觎之地，早前被刘备先行夺取，一直到近年还纠缠不清。关羽为人刚而自矜，跟东吴相处得很不愉快。据说前些时候原本刘备答应将南郡划给孙权，但关羽却将孙权派去的接收官员全部驱逐出境。

眼见嫌隙越来越明显，只需要稍加挑拨，鼓动孙权夹击荆州，即可解樊城之围。孙权与刘备不同，刘备野心颇大，一直想要攻取中原。而孙权，充其量就是个守土之志。就算让孙权占了荆州，也没有什么大碍，反而让刘备丢了财粮富庶的荆州，大大削弱了实力，未尝不算一件好事。

"怎么样，杨贤侄可曾认真思考过樊城战局？"程昱眼神闪烁。

"没有。魏王又没给我双份的俸禄，我操那心干吗？"杨修嘿嘿笑道。

"哦？我还以为依杨贤侄才思敏捷，就算未曾关注过樊城战局，也会信口胡诌一番，想不到你说得这么干脆利索。"程昱道，"既然你无良策，那你跟不跟临淄侯曹植前去樊城，还是两可之数。"

"嘁，我又不是你的狗，让我去哪儿我就去哪儿。樊城也是一群大头兵，跟这里有什么区别？这边打败了还能跑，要是到了樊城，万一被关云长那个红脸汉给围了城，我想跑都来不及。"

"既然如此，杨贤侄请回吧。"程昱做了个请的手势。

杨修大摇大摆地走出了军帐。程昱为何突然问起这种不痛不痒的问题，是因为怀疑自己的身份，想要把自己调离汉中吗？不会，依照程昱的性格，他只会把自己留在身边，等找到了证据，杀了自己。嘿，若不是自己老爹是汉室重臣，人脉很广，程昱说不定早就劝魏王把自己砍了。

还是说，魏王对曹植又有了希望？

樊城啊……

嘿嘿，去那里做什么，真帮着曹植打关羽？留在这边多好，如果运气好，就能帮着刘备把曹操灭在汉中。到时候，刘备就可以借收复雍凉二州之势，整备骑兵，进逼中原！

杨修突然打了个冷战。若自己不是因为在汉中有要事要做，留在汉中的念头不那么执着，作为曹植最为亲密的谋士，曹植领兵出征，不应该热血激昂地要求随军吗？其实早在前几天，夏侯惇尾随自己的那晚，程昱应该就已经对自己的疑虑很深了。现在又搞这种陷阱，大概是再一次确定自己的嫌疑了。

这样想来，那屏风的后面，很可能正坐着曹操呢！那自己的表现可真是烂透了，刚好掉进了坑里。杨修摇了摇头，是因为太过于想要留在汉中，却表现得太反常了。对了，前段时间就感觉到了，除了自己和关俊，曹营中应该还有奸细，而且应该是级别不低的奸细。只不过这个奸细却一直没有跟自己搭过线，到底是谁呢？

杨修长长地吁出一口气，似乎要吐尽胸中的郁结。

在进入军帐之前，他一直以为程昱要问的是汉中。对于汉中的形势，杨修已经经过了深思熟虑，张郃、夏侯渊虽然有所小胜，但既然刘备没死，曹操大概要撤了。

若刘备死了，西蜀群龙无首，曹操必然趁势挥军南下，夺回汉中，打下成都。但如今，只不过一场小胜而已，并未伤着刘备元气。与其在此处继续僵持，不如早日返回长安。就算是先把汉中让给刘备，也比合肥、樊城、汉中三处作战强得多。这次小胜，是撤军的最佳时机。蜀军新败，不会大肆追击；魏军小胜，也不会因撤军而影响士气。

而杨修的计划，就是在曹操撤军之时，通知刘备设伏，将三十七万魏军送入地狱。

只不过，看现在程昱对自己满怀戒备、不断试探的样子，怎么可能探听出来真正的撤军路线呢？

杨修摸出腰间酒壶，抿了一口。虽然挂了个西蜀军议司武卫将军的名号，却并没有发挥太大的作用。跟西蜀搭上线，已经八年了。这八年间，杨修所做的，除了提供一些对曹魏不满的大臣名单和一些不怎么重要的情报之外，几乎没有做过什么。

杨修怀疑，西蜀是不是安排了很多像自己一样的棋子，在大多数时候，看起来就是个闲子，一旦事态变化，就成了要命的杀着。就像自己，曹植在世子之争落败之后，西蜀军议司立刻加强了跟自己的联系。在随军到了汉中之后，又安排了单对单的联系人。刘宇、关俊，这两个人无疑是西蜀军议司中的精英。刘宇是个死间，交换的是徐晃那三万魏军性命。至于附带的成果，就是洗白杨修嫌疑，却很不成功。程昱无疑是条嗅觉敏感的猎狗，一旦咬住了猎物，绝不松口。

那么，既然自己已经成为了程昱的心头刺，留在营中还有什么作用？况且，依曹操那种"宁可我负天下人，不可天下人负我"的心态，会不会在没有确凿证据的状况下，杀了自己了事？

许都，进奏曹。

郭鸿摘下斗笠，放在了长案上，面无表情地看着贾逸。这些日子，他深居简出，只有在接到进奏曹密令之后，坐着马车出趟门。以前那种快意恩仇的日子，已经越来越远了。

不过虽然极少出门，但许都城内发生了什么事，郭鸿还是清楚的。就像前些日子，他的一个弟子参与了进奏曹的行动，在秃头老五那里领了一千个大钱之后，就此消失。郭鸿没有问，也没有让人去查，他很清楚，既然进奏曹没有告诉他，那证明这件事不该他知道。自从知道进奏曹掌握着那个两千多人的名单之后，郭鸿一直就很小心。不该知道的事情不去打听，这是做傀儡的本分。

"不知郭大侠认识不认识临淄侯府的人？"贾逸的话似乎暗藏杀机。

"临淄侯？曹植？"郭鸿心中一惊，想起了那个人，随即摇头道，"在下只不过是个浪迹天涯的游侠，怎么会攀得上侯府的高枝？"

"高枝你攀得上攀不上，进奏曹不知道。但是临淄侯府里的那位荆州籍的厨子，不是你饮过鸡血的好兄弟么？"贾逸似笑非笑，"你看，郭大侠，事情就是这么巧。本来进奏曹也不想麻烦你，可找来找去，似乎只有你最合适了。"

郭鸿沉默不语。

"郭大侠，进奏曹只是想让你约你那好兄弟一起喝喝酒，叙叙旧。"

"然后呢？如果魏王想要转立曹植为世子，就下毒谋害他？"郭鸿瞪着贾逸道。

贾逸失笑道："郭大侠怎么想那么远，张口闭口就是灭门之罪。放心，进奏曹不会让你和你的兄弟身犯险境。况且，世子的心胸也没那么狭窄，手段也没那么毒辣。"

"那你要我找他干什么？"

"暂时还不知道，只是想让你跟他先搭上线。"

"不知道？"郭鸿看着贾逸，想起了那个消息，"听说曹植马上要跟曹仁一起整兵南下，去樊城了。他一离开许都，我那兄弟还能做什么？"

"你的问题太多了，只管等我的消息就好。"

"原来进奏曹是世子系的。"郭鸿没有抬头。

"你现在也是世子系的。"贾逸笑了，对于郭鸿的误解，他并不在意，"你可以尽快约他见一见，提前打个招呼，不过此事一定要机密。"

郭鸿起身，走到门口，却忍不住苦笑了起来："想我游侠郭鸿，前半生光明磊落，纵横天下，此时却做的都是些鸡鸣狗盗之事，真是可笑，可悲，可叹。"

"郭大侠，率性而活诚然令人向往，但人生在世，总是要做一些身不由己的事的。"贾逸道。

刚送走郭鸿，厨子便端上了晚餐。麦饭、牛肉羹，还有一碟烧青菜。贾逸脱去了官服，懒懒散散地拿起了筷子。刚夹起一筷青菜，门就被"嘭"的一声推开，田川闯了进来。

"喂，喂，你为什么一个人躲在房里吃饭，怎么不跟大家一起吃？"田川抓了一只鸡腿，冲贾逸张牙舞爪。

贾逸没好气地白了田川一眼，道："田校尉，你好歹是个校尉，又是个女人，怎么能整日里跟那些虎贲卫和书佐混在一起，成何体统？"

田川愣了一下："怎么，不能跟他们一起吃吗？我在幽州……"

"这里是许都。"

"端着架子活，不累吗？"田川毫不在意地坐了下来，盯着贾逸长案上的牛肉羹，"好像很好喝的样子。"

贾逸叹了口气，将牛肉羹递给她："寒蝉这案子完结后，你不如向世子禀告一下，调离进奏曹吧。"

"这里蛮舒服的啊，除了你，又没人管我。"田川将鸡腿往牛肉羹里蘸了一下，啃得有滋有味。

"你身手还算可以，但终究是个女人，女人呢……"

"女人怎么了，你是不是觉得女人应该像大小乔那样才好？"田川瞪着眼睛道，"我倒觉得辛宪英和王异挺威风的。"

贾逸笑笑，没有说话。

田川怒道："你笑什么，看不起我是吧。"

贾逸不客气地道："以你的身手，冲锋陷阵倒还不错，可以学学东吴那位孙尚香。要说辛宪英和王异嘛，恕我直言，你脑子太笨，人又太直，恐怕这辈子是没啥希望了。"

田川默不作声，将啃了一半的鸡腿放到了菜碟里，端起了那碗麦饭，扣在贾逸的脸上，然后捧腹大笑。

贾逸平静地抹去脸上的麦粒："比如你现在的这个举动，胸无城府，闻贬即怒，跟辛宪英和王异哪一点像？你还是退出进奏曹的好。"

田川做了个鬼脸，道："要你管！"

贾逸道："等下我要出去一趟，你去不去？"

"你最近怎么总喜欢喊我跟你一起出去？"

"我怕没我看着，你到处乱跑，死得不明不白。"

"嘁，你死了我都不会死，说吧，要去哪里？"

"世子府。"

祖弼躬着身子走出库房，坐在了石亭中，静静地看着满园残破。这园子不大，但是由于人手不足，已经很长时间没人打理了。以前的珍贵花木早已被疯长的荒草所覆盖，放眼望去，满园的萧瑟破落。

四百年大汉荣光，时至今日，已经黯淡了许多。但祖弼绝对不相信这会是大汉的终结之时。想当年，王莽篡汉，建立新朝，也只不过经历了十六年，就被光武皇帝刘秀取而代之。而大汉朝从武帝刘彻之时，就已经罢黜百家，独尊儒术。历经三百多年，三纲五常君君臣臣的伦理观念早已深入人心。祖弼不信，只不过短短几十年的乱世，就会让人忘了什么叫作仁、义、礼、智、信，就会让人忘了什么叫作皇纲正统。

如今的皇帝陛下，才思敏捷，又历经辛苦，若是能重掌天下，肯定会是个明君。现在么，只差一个机会而已，如果寒蝉的计划顺利……

身后响起了脚步声，祖弼转身，看到皇帝和皇后两人走进花园，他干咳一声，上前庄重行礼。

"祖大人，你年老体衰，这种繁琐的礼仪以后就免了吧。"皇后曹节脸上布满笑意，温和地道。

祖弼摇了摇头："娘娘，这套宫中礼仪，是当年高祖皇帝之时，叔孙通大人制定，经历了四百年……"

"好啦。"刘协摇了摇头，"祖爱卿就不要说这些往事了，今天天气还不错，我和节儿在花园里转转，你有什么事吗？"

"微臣有要事启禀陛下。"

"说吧。"

"陛下，是要事。"祖弼仍旧低着头。

刘协无奈地看了曹节一眼。曹节掩口笑道："那你们君臣商讨政事吧，郭煦说她偷偷让人夹带了些蜜饯进来，我去看看。"

等曹节走远了，祖弼才直起腰，将一根竹管放入刘协袖中。

刘协皱了皱眉："又是他的消息？"

"是。"

"你宁愿相信一个素未谋面的人，也不愿相信节儿？"刘协道。

"她毕竟是曹家的人。"

"当初她们三个姐妹入宫，你就开始怀疑她们。这么多年过去了，其他两个不说，节儿的为人你还不清楚吗？"刘协摇头道。

"陛下，微臣之所以相信寒蝉，是因为寒蝉这些年做了不少事，而这些事大多都对您有利。皇后娘娘呢，她又做过什么？"

刘协沉吟良久，道："你有没有想过，我能坐在皇位上这么久，或许跟她有些关系？"

祖弼摇头："陛下，恕微臣直言。娘娘虽然心地良善，但在曹家根本说不上话。您也知道，这些日子因为宫中用度紧张，她跟曹丕还吵了一架，结果却没有一点儿好转。况且，她虽然贵为皇后，但跟曹贼毕竟血浓于水，如果这等大事被她看出了端倪，她又怎会忍心眼睁睁看着曹家失势，满门抄斩？微臣想要瞒着她，也是为她好。"

刘协没有说话。

祖弼跪下道："陛下，您肩负着中兴大汉这般重任，应当慎之又慎。再者，儿女情长本就不应为帝王所重。当年高祖为逃脱追兵，三次推惠帝和鲁元公主下车；受楚霸王项羽胁迫，则答烹太公而分羹。如此这般，才创立了我大汉四百年基业，为帝王者……"

"别说了，我知道了。"刘协打断了祖弼的话，"你起来吧。"

祖弼没有起身，却将头伏得更低："陛下，时至今日，像我们这些汉室孤臣，已经不多了。而且，这次或许是我大汉最后一次复兴的机会。微臣恳请陛下以江山社稷为重，做一个无情无义的铁血君王，该舍弃的舍弃，该牺牲的牺牲。我们这些人，注定要用尸骨为陛下铺就重掌天下的血路，虽然可能活不到陛下君临天下的那天，但我等，虽粉身碎骨，却万死不辞。"

刘协看着祖弼的满头白发，眼角隐约有泪光闪烁。他转过身去，幽幽地叹了口气。这种场面，看过多少次了？建安四年，车骑将军董承受衣带诏，组织"七义灭曹"，结果事败。董承、吴子兰、种辑、王子服等人被诛灭三族。当时董承的女儿董贵人还怀有身孕，自己向曹操求情，却仍被腰斩弃市。建安十九年，皇后伏寿联络其弟都亭侯伏典，密图曹操，谋泄，曹操诛杀伏氏宗族百余人之后，又命华歆带兵闯进宫中，斩杀皇后伏寿和两个皇子。建安二十三年，司直韦晃、少府耿纪……

罢了，罢了，想这些陈年往事何用？身为大汉皇帝，承载了太多人的希望。只不过，从这些年的尸山血海走过来，已经感觉很累了，中兴大汉，有可能吗？我会不会是大汉最后一个皇帝？

刘协摇了摇头，是的，祖弼说得对。至少，还有这一次机会。既然坐在了这个位置上，就应该做这个位置上的事。这世间的很多事，没有对与不对，只有做与不做。身处庙堂之上，自然身不由己。

远处，皇后曹节手上捧着一个漆木盒子，从库房里走了出来。刘协示意祖弼起身，自己迎向了曹节。

"祖大人向你禀告完要事了？"曹节掩口笑道。

"能有什么要事，还不都是些劝我要自省自重，奋发图强的老话。"刘协笑了笑，"祖弼这人，真是迂腐之极。"

"嗳，皇上，你可不能这么说。祖大人虽然不怎么待见我，可他确实是个好官。"

"是的，这我知道。"刘协回头看了眼已经离开了花园的祖弼，低声道，"可惜，我却不是个好皇帝。"

曹节眼睛低垂，沉默了一会儿，突然举起了手中漆木盒子，道："来，皇上，尝尝这个。"

"什么东西？"

"刚才不是告诉过你了吗？"她吃吃笑道，"是郭熙偷偷夹带来的蜜饯，我刚才在库房里吃了一颗，真的好甜。"

"郭熙？曹丕的妃子吗？哈哈，只有你们这些女人才会喜欢这种……"

曹节将一颗蜜枣塞进刘协嘴里，依偎在他怀里道："你尝尝嘛，好久没吃过了，真的好甜，难得郭熙妹妹有心。我在世子府里跟我那吝啬的弟弟大吵一架后，她总会时不时地夹带些东西送进宫里。"

刘协扳过曹节的肩膀，认真道："节儿，让你跟我受苦，委屈你了。"

曹节笑着打了他一下手："看陛下说的，我贵为皇后，怎么是委屈了我呢？"

刘协笑笑，却将曹节搂得更紧了。

对不起，或许日后，为了汉室中兴，我不得不将你们曹家，诛尽九族。

贾逸带着田川，站在世子府前厅中，在等。

已经等了一个时辰，田川早已闲不住，这里看看，那里看看，到最后忍不住去摸铺在地上的那张虎皮。

贾逸却一直站着，甚至连姿势都没有变过。他知道，身份地位的悬殊，让他不得不等。他更知道，这或许是世子来观察他有没有耐性的一种试探。成大事者，有哪一个不沉稳的？

世子府中，看起来很是朴素。白墙，杨木家具，皂布卷帘，唯一能入眼的，就是挂在墙上的两幅长绢，上面书写的分别是贾谊的《过秦论》和班固的《两都赋》。

这两篇赋，贾逸自然是读过。但看绢色明暗不一，字体各有千秋，贾逸却禁不住有些犯嘀咕，莫非这两篇汉赋都是真迹？要知道，随便哪一款真迹，都可换得千亩良田。

贾逸不由得想起了临淄侯曹植，虽然没进过侯府，但也听人提起过。临淄侯府内，装饰得犹如人间仙境，就连房中锦帐，都是轻柔光滑的上好蜀锦。尤其是内室前的那一袭珠帘，更是用大小一致的上百颗南越珍珠串成。不过奢华归奢华，临淄侯府内却没有一幅字画，让人不免有些唏嘘。都说曹植文赋天下一绝，但家中却处处透着一股肆意浪荡的轻浮之气。据说有人问过他，他却笑着对那人说，自尧舜起，还没有一幅字画有资格挂在他府中。才高八斗，自然值得骄傲，但骄傲到这种份儿上，就未免显得狂狷了。

相比之下，还是曹丕更得人心，就算他是装的。这世道，真小人比伪君子更讨人厌烦。

终于响起了不疾不徐的脚步声，世子曹丕绕过屏风，走了出来。他看了看站在原地的贾逸和蹲在地上抚摸虎头的田川，笑道："坐，坐，别拘谨。"

贾逸挪了一下，发现脚早已经麻了，他咬着牙往最近的长案走去，却发现田川已经抢先坐在了那里。贾逸暗地里叹口气，只好往下一个长案走去。

曹丕看着他僵硬的动作，脸上的笑意更浓了："我忙着处理政务，竟然把两位忘了，你们等急了吧。"

田川起身向曹丕行了个礼，嘟囔道："殿下能先给杯水喝吗？快渴死了。"

曹丕笑笑，竟然亲自给二人斟水。

田川躬身接过茶碗，一饮而尽，贾逸却没有动。

184

曹丕笑道："怎么，贾校尉不渴？"

贾逸沉声道："下官听蒋大人说过，世子待人温厚，尤其体恤下属。蒋大人每次来世子府，世子总会用上好的东吴茶片招待。今日有缘拜见世子，又得世子亲自斟茶，下官却看到茶碗中只是白水，并无茶叶。"

田川连连向贾逸使眼色，小声道："你发什么疯啊，怎么这样跟世子说话？"

曹丕摆摆手，示意田川不必紧张，接着笑道："怎么，贾校尉觉得自己应该喝上好的东吴茶片吗？"

贾逸摇头："下官不是觉得应该喝，而是想喝。"

曹丕转头看着墙上挂着的长绢，道："你就是贾逸？这墙壁上的赋，你刚才看了好几眼，怎么，也读过么？"

贾逸道："回禀世子，这两篇赋，下官通读过，但还不甚明了。"

曹丕一笑："那你觉得这两篇，哪篇要好一点？"

这两篇赋，都是传世名作，各有千秋。至于说哪篇要更好一点，当世不少宿儒都争论不休，无法定论，这个问题要贾逸这个武官来回答，确实难了点。

贾逸犹豫一下，道："下官更喜欢《过秦论》。"

曹丕一怔，他本料想贾逸会选声名更为显赫的《两都赋》，却料不到选了《过秦论》。他奇道："贾校尉怎么会选《过秦论》？"

贾逸答道："早先父亲跟叔公交往甚密，我有次偶然听到他们提到了《过秦论》。叔公说了一句话来评论《过秦论》，下官印象颇深。"

"什么话？"

"秦人不暇自哀，而后人哀之；后人哀之而不鉴之，亦使后人而复哀后人也。"

"秦人不暇自哀，而后人哀之；后人哀之而不鉴之，亦使后人……"曹丕脸上笑意退去，将这句话默念了好几次，心意怅然。

两人一起沉默，良久之后，曹丕站起了身，直接走进了后堂。

田川吐了下舌头，冲贾逸道："你看你，起先犯浑让世子生气了，刚才又云里雾里说了一大堆，世子不高兴走了吧？"

贾逸不语，起身也向后堂走去。

田川愣了一下，道："你干吗？"

贾逸回头，笑道："自然是去见世子，你还得等我一下。"

田川撇了下嘴："喊，去吧，去吧。我看你一准儿被世子骂出来。"

转过屏风，走出前厅。贾逸看到曹丕背对着他，站在一座石亭之中，正看着满园的牡丹。听到贾逸的脚步声，曹丕头也未回，问道："贾校尉，你看这满园牡丹如何？"

此时已经是五月了，大多数的牡丹都已开败，只剩下了绿枝。听说魏王非常喜欢牡丹，世子也很喜欢牡丹，如果说自己也喜欢牡丹，很明显是个太过中庸的答案。贾逸略一沉吟，道："回禀世子，牡丹虽然为花中之王，雍容华贵，但终究是俗气了一点。"

"哦？那贾校尉喜欢什么花？"

"回禀世子，下官不喜欢花。"

曹丕转过了身，面无表情道："贾校尉这个答案很特别。"

贾逸拱手道："下官是一介武夫，对花花草草没什么兴趣。"

曹丕笑笑："建安二十一年，贾校尉在石阳悦然酒肆喝酒，席间有人谈到了花，将牡丹的种类、花色娓娓道来，好不精彩。而贾校尉却嗤之以鼻，说大丈夫应当习武治文，为国献力，整日里论花吟草，浑浑噩噩，好没出息。不知这件轶事，贾校尉可还记得？"

贾逸喉头滚动了一下，暗道一声好险。若是刚才顺势回答自己也喜欢牡丹，岂不成了心口不一的小人？此时，大概已经被送出世子府了吧。

曹丕继续道："不用在意。蒋济说你来见我有大事禀告。在你来之前，我自然会将你调查得清清楚楚。这个是咱们进奏曹做惯了的营生，你应该也明白。"

"下官知道。"

"你带了田川来，为什么？"

"回禀世子，田川是魏王征辟的人。"

曹丕的表情微微有些变化，他看着贾逸道："有些时候，话不妨说得明白一点。"

"田川知道下官来了世子府，魏王想必也知道下官来了世子府。本来依照下官的品秩，不能直接向您禀报什么事，但下官既然这么做了，就等于告诉了魏王，下官已站在了世子这边。"

曹丕道："你觉得有必要这么做？你觉得父王会在意一个小小的进奏曹属官在世子之争中的站队吗？"

贾逸低着头道："魏王在意不在意，下官并不知道。但对于下官来说，这次表明了态度的站队，却是非常紧要。这意味着下官已将身家性命押上，再无退路。"

"说来说去，你究竟要向我禀报什么事？"

"殿下，这里说话方便吗？"

"能听到的人听到也无妨，不该听到的人是进不到这里的。"

"殿下，您还记得今年春上，临淄侯曹植遇刺一事吧。"

"记得。怎么，这案子不是一直没什么进展吗？难道进奏曹又有线索了？"

"下官怀疑此事为临淄侯曹植自己安排的。"

曹丕转过身，吐出了两个字："荒谬。"

"魏讽，天下名士，原本跟汉室旧臣走得很近。后来他看形势不对，立刻转了做派，接连干了好几件出格的事。今年初春，他告发挚友陈柘醉酒后妄议朝政，殿下下令杀一儆百。这件事殿下记得吧。"

"记得，那又如何？"

"临淄侯曹植遇刺，刺客用的羽箭是魏讽府上的。"

"蒋济不是说这是寒蝉的栽赃吗？"

"上个月，魏讽无缘无故在东市上被张泉打了一顿。然后，我安排的内线告诉我，汉帝在次日召见了张泉，同时进宫的，就有临淄侯曹植。三人在宫中密谈了一个时辰。而这个月，在留香苑里，我又看到了曹植和张泉。"

"你到底想说什么？"

"曹植，恐怕已经跟寒蝉、汉帝他们成了一丘之貉。"

"岂有此理。"曹丕道，"他身为曹氏子弟，已经封侯，岂会做这种自毁前程的事？"

贾逸把心一横，索性说破："殿下，曹植是想向您报复。他一向自视甚高，在世子之争中落败，脸面全无，必定心生恨意。而且，若是魏王百年之后，您登上王位，他的日子岂能好过？若是能将您拉下世子之位，就算轮不上他做世子，他也会心甘情愿。"

曹丕突然怒喝道："大胆！你竟敢挑拨我兄弟二人关系！"

"殿下！帝王之家的夺嫡之争，从来都是毫无退路，不死不休！您若是心生怜悯，恐怕到时候沦为阶下囚的，会是您！而且……"贾逸抬头，看着曹丕的双眼道，"甄洛的事情，您知道吗？"

曹丕转过头去，用异常平静的语调问道："挑拨完兄弟情谊，接着又要中伤世子妃？"

"殿下，世子妃穿着男装，去留香苑里见过曹植。"贾逸继续道。

"何时？"

"就在曹植和张泉密会那次。"

"哈，你的意思是，张泉也知道？"

"不但张泉知道，殿下您又岂能不知？据我暗地里调查，世子妃自从去年起，开始以各种借口，频繁出府。我不相信殿下一点都没有察觉。"

曹丕的声音很冷："既然你觉得我知道，为何还要告诉我？"

"我想您知道我也知道。"贾逸把话说得很拗口，"殿下既然隐忍不发，必定有难言的苦衷，如果殿下不方便，或许下官可以出手。下官在临淄侯府，有内线。"

188

曹丕猛地转过身，似笑非笑地看着贾逸："虽然蒋济在我面前夸过你不少次，你还是让我出乎意料。从家中丑事入手，确实是条飞黄腾达的捷径。只不过，你不怕我杀你灭口？毕竟像甄洛这种事，知道的人越少越好。"

"我的嘴一向很严。"贾逸道。

"这件事，还有谁知道？"

贾逸想起了蒋济，但他并没有一丝犹豫，而是应声答道："只有下官知道。"

"其实甄洛也没什么错，才子佳人当是绝配嘛。"曹丕竟然笑了起来，"若是我们都生在寻常富贵人家，或许我就将甄洛让给了我那兄弟。"

曹丕的语调一转，淡淡道："但是，我那兄弟是不是也想得太多了，既然要了美人，又何必再贪图江山？父王历经数十年寒苦，才创下了如此基业，若是交给一个盗嫂欺世的浪荡之徒，他老人家怎么会放心？"

贾逸没有说话，静静地听着。

"贾校尉，甄洛这人其实还算不错，有了什么好东西，总喜欢送给临淄侯府一份，说是送给她的弟媳。哈哈，可当真是姐妹情深啊。最近她知道曹植领兵出征，就准备送去一坛上好的金露酒。贾校尉，你想想办法，务必让我那兄弟在出征前，喝到这壶酒。不，不但要喝到，还要喝到尽兴。"

贾逸怔了一下，脸色变得苍白，却大声道："下官明白！"

曹丕哑然失笑，道："你明白什么？你不明白，我说让他喝到尽兴，就是喝到尽兴，你不要想太多了。"

贾逸只觉得有些糊涂，想要问，却又有些犹豫。

曹丕扬声道："我记得，汉律上有这么一条，大军开拔之际，若主帅违反军纪，要被当场革职。"

贾逸轻吁了一口气："下官明白。"

从世子府里出来，贾逸的心情竟然轻松起来。

此次冒险，收获简直太多了。不但得到了世子的肯首，算是进入了世子的嫡系，还意外地让世子想到了父亲。

临出世子府，世子隐隐约约地说有些事时过境迁之后，会发现以前的做法未必都是对的。只要案子是人办的，不管过去了多少年，一朝天子一朝臣，总有回还的余地。虽然这段话乍听之下，显得莫名其妙，但贾逸却很清楚，世子在说父亲的事。当年司马懿陷害父亲渎职贪墨，结果被判弃市。如果能借助世子的权势，换回父亲的清名，那是再好不过了。即便当时扳不倒司马懿，但只要假以时日，终究还有希望。

"看你笑得多猥琐，怎么世子要收你当男宠吗？"田川双手抱在脑后，大大咧咧道。

贾逸回头看了她一眼，也许是心情使然的缘故，竟然觉得她也蛮可爱的。他从怀中掏出一个精致的小瓷瓶，递给田川："给你了。"

田川狐疑地接了过来，在耳边晃了晃，道："什么东西啊？"

"上好的东吴香片，世子给的。"

田川没好气地白了他一眼："喂，你不是还要我调离进奏曹吗，怎么你自己又跑去攀了世子这个高枝？"

"我和你不同，我有所求，再说我本来就是一块污泥，搅合在这摊浑水里是再合适不过了。但你呢？一个姑娘家，为何要过这种刀头舐血的日子？"

"喊，还不是魏王……"

"别扯什么魏王了，魏王征辟你，只因为你是田畴的女儿。田畴尚可三番五次地拒绝出仕，你难道不能吗？我看魏王征辟你，只不过是做做样子，显得他体恤名士之后。从他给你的官职上来看，就是这个意思。进奏曹这种地方，校尉这个官职是你的起点，大概也会是你的终点。我想不明白的是，你看起来并不像是醉心仕途、贪恋权贵的人，那么，你到底是因为什么来进奏曹的？"

田川眨了眨眼："那是一个很长的故事，你有耐心听？"

"你有耐心说，我就有耐心听。"

田川抬头，语气有些低沉："当年我们家族因为逃避战乱，迁居幽州。我父亲田畴有点名气，还算是挺好用的。不管是地方的那些官老爷，还是过来过去的兵老爷，对他还都算尊敬。他活着，一直没有人找我们的麻烦。但他死了之后，嘿嘿，当地的那些官老爷们可一点面子都没给我们留。赋税、徭役分得越来越重，摆明了欺负我们。族里不少原本殷实的人家，都莫名其妙地吃了官司，弄得一贫如洗。后来，我表兄因为跟官差起了争执，失手打死了人，结果被判了个斩立决。族里的长老们都觉得，没有人在朝中做官，就算是当地大族，官府也不过当你是一只肥羊。这世道，如果没有权势，没有虚名，还有万贯家财，不啻于抱了一兜黄金还在大街上乱跑的傻子。那句话怎么说来着，叫什么什么无罪，什么罪来着？"

"君子无罪，怀璧其罪。"贾逸叹了口气。

"喔，大概就是这个道理吧。族里当时正商量着，要各家出钱给谁买个官做，但这几年来大家都被盘剥得太紧了，实在凑不出像样的款项。刚好魏王征辟名士之后，我虽是父亲的独女，但既然不用花钱，那就应征呗。"田川皱了皱鼻子，笑道，"后来到了长安，魏王看到我，吃了一惊。大概女人出来做官，他都没想到吧。嘿，反正他的招贤令只说了征辟名士之后，这名士之后是男是女他又没说，能怨得了谁？他笑着问我，想到哪里做官，我就问他，哪里的官最让人害怕。"

"那必须是进奏曹了。"贾逸也笑了起来。

"魏王说我父亲帮朝廷平定乌丸，是大功一件。可惜我哥死得早，父亲又屡次拒绝出仕，就顺着我的意思，把我安排到了进奏曹。嘿，我一到进奏曹，就给外派幽州，还加封了个昭信校尉的官职。"

"然后呢？"

"然后？嘻嘻，我到了幽州，那些官老爷们一个个慌忙前来拜见。

进奏曹，昭信校尉，嘿，虽然品秩不高，掌管的可是刺探情报、巡查缉捕这些要权，那些官老爷们如何不怕？两个月，两个月的时间，我就把幽州那帮子贪官污吏们给咔嚓了一多半，哈哈，真是痛快！"

"这么有魄力？你不怕有人反咬一口，告你公报私仇？"贾逸皱眉，如果自己也能把司马懿……

"嘁，我早就告诉你，我虽然很直，但并不笨。杀掉的人，自然是铁证如山。现在的官儿，哪有经得起查的？就比如说你，那次在大牢里，要挟勒索魏讽的那一百两黄金，就能依汉律砍了你，知道不？"

"咳咳，你可别吓我。那一百两黄金，三十两我给了长乐卫尉陈祎，五十两给了陈柘的夫人崔静，二十两分了进奏曹的虎贲卫和书佐们，我自己可是一两便宜都没占。"

"管你把钱用到哪里去了，反正你勒索疑犯钱财，超过了三千钱，按律即是当斩。"

"我说田校尉，你是不是把汉律都倒背如流了？"

"那是自然。"

"佩服，佩服。"贾逸忽然觉得，世子抽田川跟他做搭档，并没有什么别的深意，或许只是害怕她把幽州的官员都杀完了这么简单。

贾逸抬头望天，今晚的夜色很好。微风拂过寂静的长街，吹起身上的衣襟，浮浮沉沉。

黑暗中，几乎听不到一点声音。张泉竟有种错觉，似乎窑洞里的人都已经死了一样。他舔了舔发干的嘴唇，吞下一口唾沫，等着刚才那人的声音再度响起。

"汉中那边，曹贼快要撤军了。"厚重的声音响起，"寒蝉的计划，到底是什么，要是曹贼回到了许都，那还有什么希望？"

"我们不必知道计划是什么，只要知道自己该干什么就好。"是个苍老的声音。

"不知道计划，难免有种晕头苍蝇的感觉。大家都是一条船上的，还怕谁泄密吗？"尖刻的声音响起。

"知道计划的人越少越好。"

"嘿，别到时候我们死都不知道怎么死的。"尖刻的声音道。

"为皇帝陛下牺牲，是我们的福分。"

尖刻的声音哼了一声，并未再度发话。

"曹植这几日就要领兵南下了，等他离开许都，计划就要开始了。诸位在这段期间，一定要小心行事。据说进奏曹把最近频繁进宫的人都给监视了起来，大家要小心，别在紧要关头生事。"

"喊，进奏曹有什么好怕的，这都几个月了，他们查到了什么？哈哈，一群废物而已。"

"不要得意忘形，"苍老的声音似乎有些忧虑，"大家还是小心为好，这次若不是进奏曹中有我们伏下的暗桩，事情不会进展得这么顺利。而且，我总觉得，进奏曹似乎在暗地里谋划着什么。"

张泉在黑暗中开口："进奏曹现在有份名单，诸位似乎都在名单之上。他们现在不动手，只不过没有借口罢了。"

"那不是把我们所有人都摆在明面上了？"尖刻的声音道。

"算来算去，朝中的汉室旧臣、荆州系的就我们这些了。他们能弄出份名单，也算理所当然。不过大家不用担心，进奏曹并不知道我们要做什么，什么时候做。只要我们先动手，他们没有机会。"苍老的声音安慰了众人，又转了话题，"曹植请兵成功了，这几日应该就会带兵南下。只要他离开许都，寒蝉必定会有些动作的。"

尽管已经跟曹植打过了交道，张泉却还有些担心："说起来，曹植到底靠不靠得住？他可是曹家人。"

"呵呵，这等王公子弟，自视甚高，其实却蠢得要命。他想的是如何把曹丕拉下世子之位，根本不知道我们要做什么，他已经完全在寒蝉的掌握之中了。"

第七章
圈 套

　　"你这死胖子，刚一醒，就酒肉伺候着，大夫没告诉你要忌口吗？"杨修靠在帐柱上，懒洋洋地说。

　　许褚赤着上身，厚厚的白布裹着被青釭剑砍伤的地方，还隐隐渗出血色。他一手拿着条烤得流油发亮的猪腿，一手拎着坛清酒，又吃又喝，忙得不亦乐乎。

　　"死胖子，看来魏王倒蛮重视你的。你昏迷的时候，他来看过你好几次。"杨修抿了口酒，道。

　　许褚吞下喉咙里的猪肉，一愣："俺就一夯货，死了就死了，哪能惊动他老人家呢？等会儿，俺得去向他告罪。"

　　"死胖子，你整天为他出生入死，他来看看你，也是应该的。别动不动就感动了，那样多没出息。"杨修瞥了许褚一眼。

　　"唉，杨主簿，不是俺说你，魏王能跟咱们一样吗？他是大人物，一人之下，万人之上的。他不来看俺才是对的，他整天那么忙，怎么能因为俺分心呢？"

"继续吃吧，死胖子。你就一辈子做奴才的命。"

"嘿，知道自己是做奴才的命，那也是俺的本分。杨主簿啊，你就是太傲气了，才一直升不了官，你要是肯学学人家……"

杨修从食桶里拎出一条猪腿，丢给许褚："子曰，食不言寝不语。你该吃就吃，哪儿那么多废话？"

已经过去了几天了，营里却一点动静都没有。本来以为在程昱的那次试探之后，肯定会有动作，但没想到这几天自己能过得这么安生。洗脱嫌疑，杨修没这个奢望。他知道程昱就犹如一只嗅觉敏锐的猎狗，是不会轻易放弃猎物的。这老小子到底想干什么，是在等自己露出马脚吗？为了小心起见，杨修这几天跟关俊的联络很注意分寸，但并没有断掉。反正他有大量的书信要寄，如果突然不跟关俊联系，倒显得有些突兀。

曹植带兵前往樊城，跟曹仁一起抵抗关羽，这的的确确是件好事。在寒蝉的操控下，曹丕和曹植的矛盾已经彻底对立起来，只要魏王一死，两兄弟肯定会大干一场。在此之前，最重要的就是保存曹植的实力，当然，能掌握军权那是再好不过了。至于魏王，如果这次汉中之战，能够按照自己的预想来发展，那魏王也就离死不远了。

门帘一挑，走进来一个身披盔甲的将军，冲杨修点了下头，径直坐到许褚身边。许褚慌忙丢掉猪腿和酒坛，伏身拜下："许褚见过张将军。"

张郃摆了摆手："你有伤在身，不必多礼。"

杨修调笑道："怎么，张郃将军既然当了先锋，不直杀进蜀中腹地，却来了个回马枪，跑回了大营？您是不是先前在定军山败了一仗，如今连吃奶的力气都使上了，还没抓到那个卖草鞋的，心灰意冷了吧？"

张郃摇头，无奈道："早知道杨主簿在，我就换个时候来看虎痴了。"

杨修打了个哈哈："怎么张将军还怕我这个手无缚鸡之力的儒生？"

"我不是怕你，是怕你那张嘴。"张郃道，"你们杨家世代公侯，大多仪态威严，行事端正，可偏偏到了你这儿，唉……"

"我爹也经常骂我是不肖子，张将军要是有空，不如调查一下，看我到底是不是亲生的。"

"你这是说到哪里去了。"张郃有些尴尬。

"嘿嘿，开个玩笑嘛，张将军。"杨修道，"我看你回来了，那盲夏侯呢，回来了吗？"

"夏侯将军应该也在路上了，大概这两天就能到吧。怎么，杨主簿找夏侯将军有事吗？"

"哈，我找他有什么事啊。他要是一回来，还得掂把大斧像傻子一样巡营。到那时，喝酒赌钱都没人敢来。"

"原来杨主簿是操心这个。"张郃哭笑不得，"据说夏侯将军暂时不会回营。"

"不回营，那他干吗，给魏王去搜罗附近好看的人妻吗？"杨修嘿嘿笑道。

"杨主簿，你怎么这么说话！"许褚忍不住插嘴。

"死胖子一边去，你负责魏王宿卫，他整天干的那些事儿，你还不清楚？"

许褚憋红了脸，却无话可说。

张郃道："杨主簿，祸从口出，您还是小心点。夏侯将军不回营，是要去趟凉州。"

"去凉州干吗？"

"魏王有令，要夏侯将军将武都的民众迁出，到扶风、天水这一带落户。"

"这种事还要盲夏侯亲自去做？"杨修翻着白眼，"那跟刘备打仗谁招呼着，你上吗？"

张郃似乎欲言又止，道："哪里会轮到我这个败军之将。夏侯将军也就是去部署一下，登记户籍、迁徙安居这些事，自然有手下的人去做。"

"原来如此，不过就算是这样，盲夏侯也得十几天才能回来吧。喂，张将军，今晚有空吗，不如一起喝酒赌钱如何？"杨修笑眯眯地道。

"免了，免了。"张郃连连摆手，"我还有事呢。"

他冲许褚拱了下手："兄弟，有空再来看你。"说罢像躲着杨修一般，转身出了军帐。

杨修瞥了许褚一眼，发现他还弯腰恭送张郃，就冲他屁股上踢了一脚："看你那德行，见了个将军，就跟见了爹一样，猪腿都扔了。"

许褚拾起丢在地上的猪腿，在身上擦了擦，低头就是一口。

"啧，啧。"杨修摇了摇头。

许褚咧嘴傻笑，含糊不清地道："张将军可是天下名将，咱就一小小的近侍官……"

"得了吧，啃你的猪腿，老是把自己放得那么低，你就不觉得恶心啊。"杨修闭上了眼。张郃回来了，夏侯惇回来了。看样子自己的推测是对的，魏王无意在汉中纠缠，应该是要撤军了。既然他派了夏侯惇去迁徙武都的民众，极可能是要从上方谷这个方向撤军。不过这个只是自己的猜测，以程昱现在对自己的防范程度，不管去谁那里套取情报，都是风险极大的事情。很可能前脚刚问完，后脚虎豹骑就到了。不过这么好的机会，还是不能轻易放弃，只有一个办法了，虽然不能得到切实的消息，但至少可以更加有把握一些。

篝火烧得啪啪作响，木架上的野鸡已经散发出诱人的香味。

杨修坐在篝火旁，百无聊赖地用枯枝扒拉着旺盛的火苗。此时此刻，关俊正在邮驿令的军帐里忙活，找那些发往各个部队的军令。既然没办法探听出确切的撤退路线，只能从各个部队的军令上分析了。

大军调动，并不是一股脑全都撤走，哪支部队做先锋，哪支部队殿后，哪支部队征集粮草，哪支部队负责辎重，都要全部安排好。只要掌握了大多数部队的动向，就能大致分析出撤退方向，这还算是比较靠谱的。

办法是个好办法，最起码比较安全。邮驿令的军帐，基本上没有什么守卫，而关俊又是个驿卒，出入那里很正常。接下来，就看关俊的运气如何了。

杨修闭起眼睛，让那跳动的火光洒在脸上。

春秋之时，百家争鸣。圣人当时还不是圣人，还曾经被人骂作丧家之犬。后来，秦国横扫六合，统一天下。始皇帝却发了昏，不但焚书坑儒，还将法家的李斯擢为丞相，搞什么以法为教，以吏为师，企图以严刑峻法治国。结果呢，嘿嘿，天下动荡，两代而亡。接着高祖刘邦起事，斩杀楚霸王项羽，夺得天下。这位出身无赖的皇帝原来认为，自己是马上得天下，《诗》《书》都毫无用处。幸好当时的儒生陆贾著书，论述秦失天下的原因，用以劝诫。可能是陆贾的说法起了作用，刘邦开始意识到儒学的重要。后来，高祖刘邦从淮南经过山东，非常隆重地祭祀了孔圣人，并封孔圣人九代孙孔腾为"奉祀君"，开了帝王祭孔的先河。虽然后来的文景二帝时期，奉行的是道家的无为而治，但在民间儒学终究还是人心所向。在武帝之时，儒学终被奉为国教。

三百年儒学兴盛，时至今日，可惜了……

杨修重重地叹了口气。现在这世道，人心丧乱，道德沦丧，三纲五常早已被人丢到了脑后。子弑父，臣胁君，屡见不鲜。割地而据的军阀里面，就数曹操势力最强。但看曹阿瞒的行事之风，并不尊崇儒家，却隐隐有些法家做派。若是再这样下去，就算给曹阿瞒夺了天下，还不是又一个秦始皇？到时候，所谓的华夏上邦，跟周围那些不知廉耻不懂礼仪的蛮子，还能有什么分别？

杨修站起了身，手里握着那根末端已经被烧黑了的枯枝，茫然地走了两步，却发现四周都是黑压压的黍田。脚下的土地松松软软的，在夜色的掩饰下，犹如一张上好的帛书。

他抓紧了手上的枯枝，点在地上，似乎想要写点什么。

稍稍沉吟之后，他的嘴角浮起一丝浅笑，丢掉枯枝转身大步离去。

"……髣髴兮若轻云之蔽月，飘飖兮若流风之回雪……"甄洛捧着手上的帛书，脸色绯红，只觉得心慌意乱。

"洛儿觉得这篇赋如何？"曹植面带微笑地看着甄洛。

"……这……这真是写给人家的？"

"嗯，不过还没有写完。"曹植微微皱眉，"总觉得不甚完美，有不少地方还需要斟酌。"

"这已经是我读过的最好的赋了。"甄洛将帛书叠起，小心地放入袖内，"你是今日出征吗？"

曹植脸上的笑容随即隐去，不情不愿地点了下头："嗯，是今日。本想给父王写封信，做下姿态，想不到这么轻易就让我领兵了。唉，这次外出，还不知道几时才能回来。"

"这是好事，你若掌了兵权，看曹丕还能加害你吗？"甄洛撇了撇嘴，"最好是立下军功，让魏王刮目相看，重新立你做世子。"

"哪有那么容易啊。"曹植笑笑，"不过我答应你，若是他日我做了世子，你还是世子妃。"

甄洛害羞地低下了头。

曹植往酒樽里面倒满了酒，笑道："早就听说世子府里珍藏的金露酒了，却一直没有尝过。洛儿你拿来给我送行，曹丕他也舍得？"

"他能舍得才怪，是我当着司马懿的面出言讥讽他，他面子上不好看，才让我拿来的。"甄洛犹豫了一下，道，"前些日子，在留香苑那件事，究竟是不是意外，怎么进奏曹的那个人走后，恰好就有惊马。我看曹丕好像有些怀疑我，前些日子，看得我好紧，整天这事儿那事儿，还让郭煕变着法子缠着我，不让我出来。"

曹植愣了一下："当初……张泉是提议要查一下，后来没找到那个少年，也就不了了之了。曹丕他……没有为难你吧？"

甄洛哼了一声："他要是有那个魄力就好了，整天笑眯眯的，看着就窝囊。今天我冷着脸告诉他，你要出征了，我这个做嫂嫂的再不上门看看弟妹，算什么样子？结果他连拦我都不敢拦。"

曹植脸上浮出笑意，端起酒樽一饮而尽。

甄洛忽然想起了什么，问道："前些日子，你让我带给你的那个印信，到底是做什么用的啊？"

曹植摇摇头，一脸神秘："我今天带兵走后，过些日子，这许都城内会有场大乱，曹丕难免要落个无能怠懒的风评。到那时，父王一怒之下，肯定会废了他的世子之位，你等着看吧。"

甄洛又将酒倒满，道："你这么做，父王会不会怀疑你？"

曹植哈哈大笑："那个时候，我应该正赶往樊城，怎么能怀疑到我？"

"你不在许都，那谁去办这件事啊，是丁仪、丁廙两兄弟？他们一脸酸腐相，能办得成吗？"

曹植竖起一根手指，得意地摇了摇头："这件事妙就妙在这里。我的人一个都不会掺和到这件事里，就算日后查起来，也查不到我身上。"

甄洛笑道："你都把我弄糊涂了。"

曹植神秘道："寒蝉，你听说过吗？"

"那是什么？"

曹植含笑不语，觉得整个人都轻飘飘的。哈哈，这金露酒果然不一般，这才喝了几杯就飘飘然了，真不愧是世间珍品。眼前的甄洛越发显得娇媚动人，他一手攀上甄洛凝脂般的香肩，一手端起酒樽，又是一饮而尽。

"来，洛儿，你也满上，我们对饮如何？"

甄洛笑道："你少喝点吧，等下不还要随曹仁一起出征嘛，别喝醉了……"

"喝醉？"曹植哈哈大笑，"我的酒量你又不是不知道，就这么小小的一壶金露酒，我怎么可能喝醉？"

他将酒樽举到甄洛唇边，笑道："美酒佳人，若不开怀畅饮，岂不是人生一大憾事？"

贾逸坐在马车上，手指将厚厚的车帘挑起一道缝，警惕地看着临淄侯府的动静。大军已在许都城外集结完毕，百官也都在等着送行，可随军出征的临淄侯曹植，却一直还没出来。眼看曹仁已经三次派人来催促，但就是不见曹植出门。

　　应该是得手了。贾逸嘴角浮上一丝浅笑。曹植若不是发生了状况，就算再怎么狂狷不羁，也不敢如此行事。听得远方传来急促的马蹄声，未几，一队铠甲明亮的骑士疾驰而来。是曹仁，曹仁亲自来了。

　　贾逸放下布帘，黑暗立刻吞没了整个马车车厢。他在车板上轻轻敲了三下，马车开始不急不缓地动了起来。

　　"那包迷药到底是什么，怎么会这么厉害？"郭鸿在黑暗中问道。

　　"麻沸散。"

　　"麻沸散？"

　　"一个姓华的大夫炮制出来的东西，喝下去之后，就算有人在你身上开膛破肚，你都不会觉得疼。今天曹植是醒不过来了，嘿嘿，曹仁可没什么好脾气等他，少不了会把这件事上报给魏王。带兵南征？大军开拔之际，带兵的人却喝得酩酊大醉，这样的人，魏王能放心让他带兵？"

　　"我那个厨子兄弟……"

　　"放心，郭大侠。你那个厨子兄弟，按照进奏曹的指示，早在前一天就把麻沸散涂在了酒樽上，根本没接触过那壶金露酒。而且，麻沸散化在酒中，不但喝不出来异味，过后的症状跟宿醉也差不到哪儿去。酒是世子妃送过去的，曹植就算怀疑，也只会怀疑世子，怎么可能怀疑到你那个厨子兄弟身上？"

　　郭鸿不语，只是沉默。

　　贾逸伸手，拍了拍郭鸿肩膀，道："郭大侠，我知道您心里不怎么舒服。不过这种日子，应该快到头了。"

　　"到头？什么意思？"

　　"事关机密，我不能告诉你太多。"黑暗中，贾逸的眼睛闪闪发光，

"你只需知道，这种日子，不会再有多久了。"

有了贾逸查出来的这些事情，顺着他的直觉，进奏曹接连十几天不眠不休地刺探情报，汇总分析，事情到了现在，其实已经非常明了。种种迹象表明，曹植已经跟汉帝走到了一起，而在他们之间搭桥的那个人，十有八九就是寒蝉。

汉帝、汉室旧臣、荆州系这些人，无非是想要扳倒曹操，重新夺回大权。而曹植，是想要将曹丕拉下世子之位。两者之间，着实有些利益重叠。虽然在根本上，他们的利益是相互冲突的，但对于这些孱弱的阴谋者来说，团结一切可以团结的力量，对付共同的敌人，是眼下他们唯一的一条路。

而这条路走到哪里会分道扬镳，他们暂时还顾不上考虑。

先前的曹植遇刺，应该是寒蝉一手策划的，苦肉计而已，让魏王对曹丕产生疑虑。以陈柘夫人为饵，伏击进奏曹，应该是寒蝉为了摆脱进奏曹的追查。

寒蝉……寒蝉到底是什么人？他与汉帝、曹植和刘备都有联系，做了不少事。从这些事的结果来看，应该是偏向于汉室的。如果他是忠于汉帝的，汉帝应该知道他的真面目。但十几年来他却一直并未露面，从陈祎那里得到的消息，汉帝似乎也不知道寒蝉是谁。贾逸有些无奈，影影绰绰，鬼鬼祟祟，这个寒蝉到底是谁？潜伏了这么多年，做了这么多事，如果仅仅是为了匡扶汉室，是不是太过于小心了一点？

贾逸没由来想起前几日看到的一卷木简。那卷木简上提到，似乎寒蝉这个叫法，早在战国时期就出现过。鬼谷子、庞涓、孙膑……草草扫了几眼，贾逸没再看下去。都是已经死了几百年的人了，寒蝉怎么可能活到现在？应该是重名无疑。

车厢外响起了嘭嘭的拍击声，是约定好的暗号。贾逸掀起门帘，看到了一旁策马并行的田川。他问道："怎么样？"

"曹仁怒气冲冲地出了临淄侯府，看样子曹植是真起不来了。喂，我有些不懂啊，就算那公子哥喝得不省人事，把他用被单一裹，扔马车上不就得了吗，不照样能把他送到樊城去。"

贾逸哈哈笑道："大军出征，你以为是你们族里出去打猎吗？出征前，有一堆的仪式要办，祭礼、殉阵、衅鼓这些都是必不可少的！你想想，几万人列阵城外，随军出征的副帅却喝多了起不来，这难道不算天大的笑话吗？"

田川白了他一眼："看你幸灾乐祸的样子，真幼稚。"

贾逸有些尴尬地收起笑容，干咳一声道："你去下城郊看看情况吧，我先送送郭大侠。"

他刚放下门帘，却听见郭鸿叹了口气道："贾校尉，我们这么做，到底是对是错？这种偷鸡摸狗的事情，郭某还是第一次做，总觉得……"

"郭大侠，"贾逸有些不耐烦，"君子无所不用其极。做事，不要看手段，而是看结果。只要结果正确，就算手段低劣，那又有何妨？"

曹丕已经收到了消息，此刻他的心情很是平静，看了眼伏在堂前的司马懿，他缓缓道："是我做的。"

"殿下糊涂。"司马懿轻声道，"这样做，只会让魏王对殿下产生猜忌。贾逸为了自己的前途，蛊惑殿下，陷殿下于险境，当杀。"

"这不是贾逸的主意。"曹丕沉声道，"我知道你跟他有仇。不过贾逸的行事做派，很符合我的心性。以后你们两个也算是同僚，我不希望你们因私仇而产生内耗。"

"属下不敢。"

曹丕停了一会儿，道："留下曹植，并不仅仅是我怕他掌了兵权，还有更加重要的事情。如今这许都城内，汉帝、寒蝉和他已经拧在了一起，眼看正谋划着什么大事。如果蒋济那里进展顺利，最好能将他们一网打尽。不然的话，到时候如果曹植人在樊城，又怎么往他头上栽赃呢？我这位好兄弟，为了把我拉下马，简直是疯了。竟然想借助汉帝的力量，这种蠢事，他也干得出来？他也不想想，若是让汉帝重掌天下，哪里还有我曹家人的活路？"

"殿下，曹仁已经带兵先行，将曹植丢在了许都。消息传到汉中，魏王那里，难免会怀疑是殿下动的手脚。"司马懿低声道，"听说……曹仁亲自带人前去催促时，发现曹植和甄洛在大堂上相拥而眠，他才……"

曹丕冷笑："仲达，曹仁会不会把看到的这些，禀告给魏王？"

"不会。若是曹仁想要将看到的禀告给魏王，肯定会首先向殿下打个招呼。甄洛，毕竟还是世子妃。"

曹丕沉默。甄洛现在已经由临淄侯的夫人亲自送了回来。这位侯爷夫人说，甄洛是跟自己对饮，不胜酒力，醉了。哈，还真算得上贤良淑德，自己丈夫在自己家跟别的女人不清不楚，她还能若无其事地帮他掩饰。

"我打算把曹仁看到的东西，禀告给父王。"

"殿下，我觉得这样做，反而会画蛇添足。"

"哦？仲达为何这么说？"

"魏王对于曹植醉酒一事，肯定会进行详尽的调查。这个时候，殿下还是保持沉默的好。对于魏王这种枭雄来说，自己发现的真相，比别人告诉他的真相，更加值得相信。"

曹丕犹豫了一下，算是接受了司马懿的劝告。

司马懿接着道："世子打算如何处置甄洛？"

"自然是让她继续安安生生地做她的世子妃，这点肚量，我还是有的。"曹丕淡淡道。

司马懿突然道："殿下，有句话，不知道当不当讲。"

"仲达，你我之间，还有什么不能说的？"

"这几年，殿下是否一直都在谋划着什么？"司马懿看着曹丕的眼睛道，"进奏曹是魏王设立的，虽然归殿下管辖，但毕竟不是殿下的直属嫡系。况且，虽然进奏曹设立以来，立功不少，但在缉拿寒蝉一事上，却并无多大成效。殿下平时对进奏曹查处寒蝉的力度，并不怎么关心，如此疏忽大意，不像殿下一贯的作派。"

"说下去。"曹丕的眼角弯了起来。

"吴质、陈群、朱铄和我，被世人称为殿下的四友，但这两年来，殿下除了给我吩咐些事情外，其余三人几乎没办过什么差事。我觉得，这事情有些蹊跷。"

"那你怎么想的？"

"对于寒蝉，对于汉帝，对于曹植，甚至对于魏王来说，我在想，进奏曹是不是仅仅是殿下的一个幌子，而真正杀着，是吴质他们。"

曹丕沉默，面无表情地看着司马懿。

司马懿全然不惧，眼睛平视，似乎在看着曹丕，又似乎在看着很远的地方。

良久之后，曹丕哈哈大笑，道："仲达，你未免想得太多了。"

"还请殿下恕罪。"

曹丕微笑道："这样吧，就这几天，我想办个家宴。曹宇、你、吴质他们几个都要来，哦，还有那个贾逸，也要过来。你们两个之间的旧仇，我希望能借着这个机会化解掉。毕竟以后，你们是要一起共事的。"

远处传来敲更的声音，曹植挣扎着起身，吃力地睁开眼，迷迷糊糊地看着眼前的景色。天色已经完全暗了下来，大厅中没有一个人，怀中似乎还留有甄洛的体香。他扶着长案，摇摇晃晃地站了起来，头疼欲裂，浑身无力，充满了宿醉的感觉。

看样子，已经错过大军出征的时间了吧。曹植看着满地的狼藉，没来由地升起一股怒火。他抓起一个酒樽，狠狠地摔在墙上，四分五裂。想不到那壶金露酒的酒劲竟然这么大，只不过一壶酒，就醉成这个样子。身边的那些仆役们，也不说劝劝自己，一个个都是废物！他坐在了地上，满心焦躁。如果给远在汉中的父王知道了，岂不得大发雷霆？这曹仁也是的，就算自己喝多了，把出征日子往后挪不就行了，为什么非得今天出征，这下曹丕还不乐得看自己笑话。他怒气冲冲地喊道："来人，人都死哪里去了！"

没人回应。

整个侯爷府静悄悄的。

微凉的夜风拂过大厅，吹熄了火烛，平添一股肃杀妖邪的气氛。曹植打了个冷战，踉跄着向门口走去，却意外地看到角落里站着一个身穿白色绸衣，用白帛覆面的人。

他颤抖着声音，问道："什么人？"

那人并没有回答，而是看着他，幽幽地叹了口气。

曹植大惊，嘶声吼道："人都死了吗，来人！"

那人撩起衣襟，雪亮的长剑犹如毒蛇一般贴上曹植的脖子："别喊了，中堂里的人，都死了。"

"死了？"曹植脸色苍白，道，"是你杀的？"

"不是我，是曹仁。"

"曹仁？他为什么要杀我的人？"

"我是寒蝉的人。"白衣剑客收起长剑，亮出了令牌。

曹植往后退了两步，借着月光，看清了那块令牌。是块铜质的圆盘，在一根落尽树叶的枯枝上面，一只蝉静静地停在那里。

"大胆！"曹植喝道，既然是寒蝉的人，就没必要放低姿态了，"你深夜到此，还对本侯爷如此无礼，你不怕本侯爷不再与你合作吗？"

白衣剑客又退回黑暗之中，低声道："曹操乃天下枭雄，生的儿子曹丕阴险狡诈，曹彰勇武果敢，曹宇仁厚干练，嘿嘿，想不到到了你这里，却是个自以为是的蠢材！"

曹植大怒，刚要出言反驳，那人却接着道："你连曹仁为什么要杀你的人，都不想知道？"

曹植冷笑："这个不用你操心，本侯爷自有分寸。"

"分寸？"白衣剑客讥讽道，"你有分寸？那侯爷你告诉我，你有分寸的话，为何在大军开拔之际，喝得酩酊大醉；你有分寸的话，为何光天化日之下，和世子妃相拥而眠？曹仁为何要杀了你在大堂中的仆役，是因为他都替你丢人！这等丑事若是传了出去，他身为曹家人都觉得羞愧难当！"

曹植怒极反笑："你算什么东西，有资格教训我？"

"侯爷，"白衣剑客拖长了声音，"据我所知，你平时酒量还算不错，今天为何仅仅一壶就醉倒了，你不觉得蹊跷吗？"

曹植愣了一下，金露酒是第一次喝，谁知道酒劲会那么大呢？不对，这人的意思是……莫非酒里下了药？怎么可能，酒是甄洛亲自送来的，还跟自己一起喝了，怎么会有问题？莫不是曹丕那个蠢蛋……

"寒蝉怀疑，你被人下了迷药，而下迷药的人，有可能是甄洛。"

曹植冷哼一声："洛儿不可能害我。"

"此事事关重大，若是甄洛下的迷药，那她交给你的印信到底是真是假，还尚且存疑。我们起事之前，务必要把这件事弄清楚。"

"你叫寒蝉放心，洛儿肯定不知情。若我真是被耍了，也是那个蠢蛋曹丕在司马懿教唆下干的，洛儿绝对不可能参与。"

白衣剑客沉默了一会儿，显然对曹植的话并不是全盘接受。曹植心里也明白，这事处处透着蹊跷，但他却不愿意去怀疑甄洛。

汉帝因为宫中供给和诸多事由，早已对曹丕颇有微词。而且曹丕对汉帝的态度并不恭谨，比曹操有过之而无不及，若假以时日，只怕汉室江山不保。那些汉室大臣们通过寒蝉跟曹植搭上了线，商议了一个计划，准备在许都城内制造一起大乱，把曹丕拉下世子之位，扶曹植上台。而曹植要做的，仅仅是盗取曹丕印信，骗开城门，让汉室大臣的旧部们进入许都城内，放火劫掠。许都若发生了这么大的事，曹丕的世子之位自然是保不住了。事成之后，曹植做了世子，必须答应对方两个要求：一是要增加对宫中的供给，二是要有生之年只做权臣，不谋皇位。

这个计划，对曹植来说，很有利。寒蝉保证过，只要开了城门，当场就会把城门官兵全给杀了。那样的话，也就没人知道出现过曹丕的印信，根本牵涉不到曹植这里。无论事成事败，曹植都不会有半点损失。

"你们的胆子也未免太小了吧，"曹植打了个哈欠，"只不过是骗开城门，放把火而已，别整天疑神疑鬼，风声鹤唳。"

白衣剑客冷冷道："你错过了这次带兵的机会，那么起事之时，你应该还在许都。寒蝉命我来，告诉你计划有变。"

"这么快你们就有了新计划？"曹植有些惊讶。

"曹丕与你的关系，虽然表面上还算融洽，但你们彼此不和，是路人皆知的事情。这次你未能领兵出征，也极有可能与他有关。寒蝉觉得，起事之时，只要你也在许都，就算他手上没有关于你参与了此事的证据，也很有可能会把你也拉下水。如此一来，世子之位，或许会落在曹彰身上。"

曹植犹豫了一会儿，道："那要我做什么？"

"许都大火之时，请你前往世子府，邀他一起巡城灭火。到时候，我们在城中的旧部，可以趁乱杀了他。"

曹植猛地摇头，道："不成，不成。我和他虽然不和，但还落不到骨肉相残这个地步。"

"那你就坐以待毙？从大秦至今，夺嫡之争，落败的有几个能善终的，就算曹丕是妇人之仁，你与我们联手在许都城内杀人放火，把他拉下世子之位，你觉得他能轻轻松松地放过你？就算他放过了你，他手下的司马懿、吴质呢？当年江东霸主孙策，何等英雄，却死在三个门客手上，前车之鉴，当以为戒！"

曹植沉吟不语。

"还有甄洛，曹丕不死，甄洛如何处之？"

曹植猛地抬头，向白衣剑客身处的黑暗处看了一眼，咬牙道："好，就依你们的意思去办。你们什么时间动手？"

"要等寒蝉。"

"什么？"

"寒蝉传来消息，西北偏北最近会有件大事，许都起事，一定要放在这件大事之后。"

"汉中，父王那里？"

"大概是。"

"大概是？"曹植忍不住讥讽道，"怎么，你不是寒蝉的人吗，这点消息都拿不准？"

"所谓的计划，并不是一成不变的。只有随着形势不断修订的计划，才有执行的价值。而且，以侯爷的性格，似乎不便告诉你太多的消息。"

曹植没有发作，反而有些迷惘："寒蝉……究竟是谁？据说他行事诡异，从未以真正面目见人。虽然我与寒蝉见面数次，但中间都隔着一扇屏风。有时屏风后传来的是个老人的声音，而有时又是青年，还有一次，竟然是个少女。"

"总之，我们要等他的消息，在这期间，你最好不要轻举妄动。"

"还要等多久？"

"你应该庆幸，你还有要等的东西，"白衣剑客转身走出大厅，"虽然等待的过程很无聊，但它至少可以帮你挨过很多个难熬的夜晚。"

粗略地分析了关俊从邮驿令军帐里偷出来的那些塘报，杨修确定了自己的看法。曹操已经安排好了退路，北上武都、上方谷，走陇西、天水撤往长安。夏侯惇已经北上去迁移民众了，准备对西蜀追击部队进行坚壁清野。

关俊连夜又把那些塘报送回了邮驿令军帐，天不亮就已出营找暗线传递情报了。就在他走后，不到一个时辰，大军北上的军令就传遍了整个大营。让杨修在意的是，虽然是撤退，但整个大营却退得有条不紊。营中的东西，该带的带，该烧的烧，该留的留，都有不同的人去做，看不出一点慌乱的样子。而且，就连各个营区撤退的顺序也早已定好，甚至谁和谁一起走，都安排得妥妥当当。

杨修这些文职官员，是当天下午开始撤退的，由张郃护送。一路上，张郃总是有意无意地出现在杨修的视野中，不远，却也不近。杨修知道，这是程昱对他的特殊关照。嘿，幸好我够机灵，撤军情报已经由关俊送了出去，不然的话现在肯定急得跟得了痢疾一样。杨修摸出腰间的酒壶，灌了一口。他很满意，看他们这支部队现在的撤军路线，正是他推测出来的那条路线。

过不了几天，曹操就会发现自己一头扎进了蜀军张开的口袋中。三十七万条人命啊，杨修闭起了眼睛。记得很早之前，游学天下，曾经跟着一个猎户进山。在山里，那个猎户不小心被条毒蛇咬到了左臂。没有犹豫，猎户果断挥起砍刀斩掉了左臂。对着目瞪口呆的杨修，猎户虚弱地说，如果犹豫着要不要保胳膊，那毒液会迅速侵蚀全身，到时候别说胳膊保不住，性命都没了。是了，毒蛇螫手，壮士断腕，岂不惜其肌骨？所存者大也。为了人间正道，总要有人牺牲的。只要儒学兴盛，道德礼仪再度为王公贵族庶民百姓所重，三十七万条人命的代价，是值得的。

杨修抬头，看了眼在山间小路中蜿蜒前行的队列。士兵们都沉默着，衣甲兵戈相碰而发出的轻微响声不绝于耳。记得许褚说过，他最喜欢的就是这种声音，这种声音让他意识到自己所处军队的力量。

杨修似乎又想起那死胖子扶着沉甸甸的黍穗，一脸可惜的样子。他又叹了口气，再过几天，恐怕连自己在内，绝大多数人都要埋骨异乡了。也好，你们虽身为军人死去，但你们的后代或许可以不再拿起武器。

魏王军帐。

程昱束手站在一旁，眼观鼻，鼻观心，沉默不语。坐在上首的魏王自收到许都塘报之后，已经沉默了大半个时辰。身为随军副帅，曹植却在大军出征之际烂醉如泥。曹仁几度催促，最后不得不登堂上门，却杀了几个仆役之后，率军先行。

曹仁在大堂中看到了什么，他的塘报上没写。曹丕上午传来的塘报上，没写。进奏曹下午传来的塘报上，也没写。只有大半个时辰之前，由许都城内的魏王府传来的塘报上，语焉不详地提了一下：疑植与世子妃有染。而曹植，竟然到了现在，连一封书信都没送过来。是了，这几封塘报上路的时候，他大概还在大堂上搂着甄洛昏睡吧。

"朽木，不可雕。"魏王轻轻吐出了口气。

程昱低头。曹植出了这回事，对于他来说，自然是有利。但他明白，这件事有些蹊跷，影影绰绰地跟世子还有些关系。

"你怎么看？"魏王瞟了眼程昱。

"主公怎么看？"程昱轻声反问道。

"怎么，你孙子跟了丕儿，你连话都不敢说了吗？"曹操看着程昱，笑了。

程昱的腰弯得更深了："臣不敢。主公认为这是世子设下的圈套？如依常理来推断，世子担心临淄侯曹植拥兵自重，很可能会从中作梗。主公若想厘清事情真相，可授令进奏曹彻查。"

"进奏曹？"曹操摇了摇头，"进奏曹分东西曹署，东曹署司马懿已经站在了丕儿那边，西曹署蒋济虽然并未倒向丕儿，但他手下的贾逸已经的的确确成了丕儿的人。"

程昱喉头滚动了一下，没有再说话。

"看来我还是对植儿期望过高了。"曹操道，"如果是自己喝醉，他就是个不知轻重的浪荡公子；如果是丕儿设下的圈套，他就是个茫然无知的糊涂侯爷。你说，我把曹家基业交到这种人手中，能放心吗？"

"主公，恕臣直言，临淄侯可能算是个好文人，但应该不会是个好王爷，更加不会是个好皇帝。"程昱轻声道。

"皇帝？"曹操嗤笑道，"你们这群人，整天想着法子旁敲侧击地劝我称帝。"

"主公横扫天下，平定战乱，救黎民于水火之中，堪比秦始皇嬴政；大魏境内歌舞升平，民众安居乐业，繁荣昌盛，堪比汉文景二帝……"

"好了。"曹操挥手，截断了程昱的话，"我老了，但还不蠢。别为了转移话题，就说这些阿谀奉承的话。许都的事，就这样吧，让丕儿自己处理。植儿就算再闹腾，想来也翻不起什么波澜。"

他顿了顿，脸色变得严肃起来："杨修那里，已经准备妥当了？"

"主公放心，杨修、关俊都已在我们的控制之中。"

曹操仰起头，自嘲地笑道："刘备这个家伙，还真是小看了他。当初他来投奔我，你就看透了他，劝我杀了他。可惜郭嘉说正值用人之际，杀刘备会让天下义士裹足不前，结果最后放虎归山，成了心腹之患。"

"世人皆骂吕布为三姓家奴，可刘备前前后后却依附过七个地方豪杰；世人皆称主公为绝情枭雄，可刘备却几次于战乱中弃妻妾子女不顾；世人皆称袁术为窃汉之贼，可刘备却打着汉室宗亲的旗号割地而据……"

"程昱，你这话有失偏颇。刘备只不过是个破落的汉室宗亲，到他这一代，只能贩卖草鞋草席为生。天下大乱，群雄逐鹿，他既然心有大志，为何不能揭竿而起？当年诸侯会盟，讨伐董卓，只有他的实力最为低微。不，应该说他根本就不算一路诸侯。既然威望、钱粮、人脉、地盘上他都不行，那他称霸天下的路，比其他人来说，更不容易。但是，几十年过去了，当年的那些诸侯现在没剩下几个了，他却能占据荆州、益州，经营得风生水起。从这点看，说他是一代雄主也不为过。"曹操闭起眼睛，"至于指责他的那些话，成大事者，何拘小节？"

程昱道："主公说得是。"

曹操沉吟一下："杀了杨修之后，你去见见他父亲杨彪，把个中缘由都给他讲清楚。就说为了顾忌他杨家的脸面，他儿子到底干了什么，是不会让世人知道的。杨修，嘿，他杨家世代忠烈，名望比袁绍家还大，他也算是才华满腹，机敏过人，只可惜却太疯了。"

天色已晚，部队在一处山坳里扎下了营寨。杨修站在山坡之上，极目远眺，看到的却只是郁郁葱葱的山林。已经撤军三天了，一路上走得平平稳稳，并没有出现什么异相。按照原本的计划，最多再有两天，魏军就要钻进口袋了。眼看计划即将成功，但杨修却总觉得心神不宁。关俊早在一天前已经回营，但张部跟得太紧，几乎没有沟通的机会。

　　杨修的右手扶上了腰间的长剑，茫然四顾。不对，事情有些不对。就算是分批撤军，各个部队之间总要有快马来回传递消息的。但自己所在的部队，却几乎不见跟别的部队有什么交流，只是一个劲儿地闷头行军。而且，这三天来扎营的地方，完全没有旧营的痕迹。按惯例来说，大军行军，各个部队之间的距离较远，通常部队总要选取前面部队的宿营地扎营。一方面来说，附近的地势地形适合扎营的通常就那么几个地方，另一方面也是为了节省木料和人力。

　　有些奇怪，这些细微的迹象，似乎印证了一个事实：自己所在的这支部队，是在孤军北上。杨修抬起头，望着眼前深不可测的树海。是陷阱？他苦笑，如果真的是陷阱，那自己可就真成了个大笑话。

　　稍作沉吟，杨修俯身开始捡拾灌木枯枝。只不过一炷香的时间，他已经捡了不少，找到一块空地，将灌木枯枝堆成三小堆。杨修又抽出腰间的长剑，开始割草。现在是初夏，野草长得很是旺盛，只不过长剑割起来比较麻烦，不一会儿的工夫，他的手上已经出现了几道细细的伤口。将青草盖在枯枝上之后，杨修用衣袖将渗出的血迹揩干，摸出了火折子。未几，三道浓烟开始袅袅升起。

　　这是他和关俊约定好的信号，一旦在远离营区的地方，出现了三道浓烟，那即意味着出现了紧急情况。看到信号的那个人，要立即离开营区。

　　希望关俊能看到这三道浓烟，能明白这三道浓烟所代表的意义。如果他能逃出军营，赶到刘备那里，说不定还能来得及。

　　"杨主簿，该回营休息了。"张部不知什么时候站到了他身后。

　　杨修回身，脸色前所未有的平静。他向张部客客气气地作了个揖，道：

"张将军，你是不是觉得我就是一个自以为是的傻瓜？"

张郃笑道："杨主簿说这话什么意思？"

"明明被你们蒙在鼓里，我却还满心欢喜地跟着你们一起走。"

"杨主簿在说什么？"

"我们走的是上方谷，魏王呢，魏王走的是不是陈仓山？"

张郃脸上的笑容迅速消失，淡淡道："果然不愧为天下第一聪明人，仅仅才三天时间，就给你看破了。"

"怪我低估了魏王和程昱，以他们的个性，既然发现了可疑之人，怎么会犹豫不决，任由我四处晃荡呢？宁可杀错，不可放过，这样才对。"

张郃上前，解下了杨修腰中的长剑。杨修没有还手，他很清楚地知道，自己远远不是这位张将军的对手。

"利用我作为反间，传递出了魏军撤退的假情报，从而引开蜀军的主力，确保安全撤退。这倒真是个将计就计的好例子。但是，只是怕打草惊蛇，就把我裹挟在一支近万人的部队里北上，这么谨慎，不觉得有点过了吗？"

张郃将杨修的佩剑拔出，轻轻弹了弹剑锋，任清脆的声音慢慢沉寂。

他将长剑握在手中，道："除了你，程昱知道大营中还有一个奸细。"

杨修嘴角翘了起来，怎么，关俊那个黑胖子还没被发现？

张郃摇了摇头："不是那个驿卒。那人跟你一样，都被严密监视着。"

杨修叹了口气，他知道，张郃说的是那个一直没跟自己联系的暗桩。

张郃道："魏王和程昱怀疑，那个暗桩很可能跟你差不多，是个主簿书佐之类的文臣，而且极有可能就在这一万人中。于是他们派了我，还有夏侯惇带着你们北上，就是怕如果杀了你们，那个暗桩把消息传出去。"

"看来是我远远低估了他们，没想到他们已经查到这种地步了。"杨修苦笑道，"张将军，看来在下死得不冤。"

"带着你北上，一方面是要稳住刘备，另一方面是想引出那个暗桩。"

"哈哈，恐怕要让曹操和程昱失望了，那个暗桩从未联系过我，我还想知道他到底是谁来着。"

张郃看着杨修，突然一字一字地吟道："有忍乃有济。"

杨修身形剧震，下意识地回道："无爱……亦无忧。你？"

"不错，我，就是那个暗桩。"

看着远处山坡上升起的三道浓烟，关俊手中的竹简跌落在了尘土里。他转过身去，一言不发地走向马厩。杨修怎么了，被识破了？那魏军的撤退情报到底是真是假，如果是假的，那要眼睁睁看着这三十多万魏军从指缝间逃走，真不是个滋味。不管如何，先把这个消息传出去再说。

关俊解开一匹战马的缰绳，满面笑容地往大营辕门方向走去。他走得并不快，还带着一股懒懒散散的劲头，跟平常传送塘报时没什么两样。他不知道现在有没有人监视着自己，但是紧要关头，再小心也不为过。

不停地穿过错错落落的军帐，走了大概两炷香的工夫，已经能看到辕门了。关俊的脚步有些发虚，脸上的笑容也越来越僵硬。只要能出了辕门，就有希望把消息送出去。如果把消息送出去，说不定主公还能及时调整军力。

"关俊，你要去哪儿？"

关俊转过头，是邮驿司的一名同袍。

"哦，临时加了趟急件，我得赶快送出去来着。"关俊笑着回应，却没有停下来。

"急件？"同袍疑惑地看着他，"上午邮驿令大人刚说过，从今天开始，一切塘报信件暂停，怎么还给你派了差？"

"谁知道呢，"关俊摇头，"官老爷们一会儿一个心思，咱们当大头兵的有什么办法。"

"那可真够折腾人。"同袍的话停了下来，看着他，满脸的惊讶。

关俊缓缓地回过头，看到一队虎贲卫正快步向自己跑来。他话不多说，翻身上马，一抖缰绳，直接向辕门冲去！

"关门，拦住那个驿卒！"虎贲卫中的百人将大声喝道。辕门旁的兵卒们没有犹豫，手脚麻利地拉起了拒马。关俊没有停，他抽出长剑，反过剑身，刺向马臀。马匹吃痛，长嘶一声，犹如脱弦利箭一般冲向辕门。

门口的兵卒们慌忙蹲下身子，支起长矛，准备攒刺。关俊松开了缰绳，双手抱紧马颈，蹲在了马背上。眨眼之间，驿马撞入兵卒之中，而关俊却趁势跃起，跳过了拒马。他在地上翻滚几下，挣扎着站起身，摇摇晃晃地向南跑去。

虎贲卫已经冲到了门口，百人将看着乱成一团的辕门口皱了下眉头，取下了弓箭。右臂挽弓，左手张弦，手中的弓箭犹如一轮满月。箭锋指向越来越远的关俊背影，百人将轻轻吐出一口气，放手。

应声而倒。

虎贲卫们拉开鲜血淋漓的驿马，踢开在地上呻吟的兵卒，从容地走向远处的关俊。

关俊在尘土中挣扎着起身，咬紧牙关，将腿上的箭矢拔出。他看着走来的虎贲卫，从腰间摸出了乌黑的飞刀。

"中！"一道乌光在夕阳的映射下脱手而出，射向领队的那名百人将，却发出了"叮"的一声脆响。飞刀只在那名百人将的胸铠上留下了一道白印。

"中，中，中！"

关俊的声音越来越大，手中的乌光不断飞出，然而回应他的，却是一声又一声的脆响。"他娘的，一个也杀不掉吗？这生意，可算是赔到家了。"关俊苦笑，仰头，看着凛冽的剑锋伴着余晖一道斩下。

"你是寒蝉的……暗桩？"杨修不敢相信地看着张郃。

张郃点了点头。

"不可能，绝对不可能。"杨修摇头，"如果你真是寒蝉的暗桩，那定军山之战，就是你传出来的消息？夏侯渊死后，既然由你和徐晃领军，为何你不趁乱放水，让蜀军直达长安，反而和徐晃一起率军在汉水结阵，挡住了刘备？"

"身为暗桩，有些事能做，有些事不能做。如果每次行事，都偏向于蜀军，那我这个暗桩能潜伏多久？"张郃淡淡道，"你刚才也说了，夏侯渊死后，还有徐晃。想要让蜀军过汉水，能不能过徐晃那一关很难说。就算绕开了徐晃，放蜀军过了汉水，还不是要迎头赶上曹操的四十万大军，刘备的目的是歼灭曹操的主力，而不是一城一地的得失。"

张郃继续道："夏侯渊死后，不管是曹操这边，还是许都的进奏曹，对我和徐晃都有所怀疑。如果当时我表现得有一丝迟疑，只怕已经身首异处了。程昱虽然怀疑营中有暗桩，却没有怀疑到我头上，反而派了我来监视你。枉他老谋深算，也想不到我这个手上沾满蜀军鲜血的人，会是营中的暗桩。"

杨修苦笑："因为他并不知道，你是寒蝉的暗桩，而不是蜀军的。"

"还是杨主簿看得通透。"

杨修沉默了一会儿，道："所以说，你并不是来救的。"

张郃点头："杨主簿果然是天下第一聪明人。"

"你是来杀我的。"

张郃抱拳："请杨主簿献头。"

杨修没有说话，他看着山坡下的军营，那里正在发生着一场小小的骚乱。关俊是个弃子。自己也是。

"魏王以为利用我传递出了假情报，迷惑了刘备，自己这三十七万大军能安全撤退。他却不知道身边的五子良将之一，竟然会是寒蝉的暗桩，早已得知了他的整个计划。于是，寒蝉故意配合曹操，让曹操以为刘备已经被他骗了。张将军，曹操真正的撤军路线，刘备早已拿到手了吧。"

"幸不辱命。"

杨修闭起眼睛："反间计之后的反间计，嘁，有必要搞得这么复杂吗？

张将军，在下还有一个疑问。你为什么要告诉我这一切，你不怕我贪生怕死，临时反水，将所有的这一切都告诉曹操？"

"这是寒蝉的授意。杨主簿机敏过人，自视甚高，受刑之前，必定心有不甘，可能会突然说些故布疑阵的话，难免会让多疑的曹操心生踌躇。万一曹操因此而改变了主意，那么刘备的伏兵就一点用处也没有了。"张郃道，"至于说将所有的一切都告诉曹操……寒蝉觉得没有这种可能。他说，杨主簿虽然不会愚忠于人，却肯定会殉道于义。为了儒教传承，能潜心扮演几十年的纨绔子弟，这样的人，怎么会贪生怕死？"

杨修低下了头，喃喃道："寒蝉到底是谁？"

张郃没有回答，而是侧身做出了个请的动作："送杨主簿回营。"

"回营等死？"杨修道。

"程昱已于今日下午赶到了这里，他说既然是世交之子，再怎么也要送杨主簿一程。"

"哈哈，他应该是不死心，想要从我这里挖出你这个暗桩吧。"杨修掸去身上的灰尘，笑道，"我知道怎么做。"

军帐里灯火通明，犹如白昼。

程昱将长案之上的酒樽摆好，提起酒壶，斟满。烛光之下，琥珀色的酒水随着程昱的手漾起一圈圈的涟漪。

"世侄，这是魏王钦赐的金露酒，堪称世间珍品。"

杨修端起酒樽，一饮而尽，道："来，来，满上。"

"世侄，你喝得这么干脆，就不怕酒里有毒？"

"反正横竖是一个死，我有什么好怕的？"

程昱摇头，又把酒樽斟满："或许，我能给你指一条活路。"

"你有什么好法子，说来听听。"杨修坏笑。

"我大营之中，还有一个暗桩。"

"恭喜你，猜对了。"

"能告诉我这个暗桩是谁吗？"

杨修道："哈，我还以为你要问我寒蝉是谁，没想到你只对这个暗桩有兴趣。"

"世侄知道寒蝉是谁？"程昱的眉毛向上挑了一下。

"当然知道，你呢，想不想知道？"

"世侄，如果你能跟老夫说清楚寒蝉和暗桩的事，老夫可以用自家性命担保……"

"免了，我是不会告诉你的。"杨修嘿嘿坏笑道，"怎么样，要不要对我用刑，先上夹棍，还是烙铁？"

程昱面不改色，缓缓道："世侄，其实很早之前，我就怀疑你是奸细。但是我一直想不通，你既然身为曹植的幕僚，就算会做些出格的事，也万万不会背弃曹魏，倒向刘备。"

"曹植啊，写诗吟赋当真算得上大家，可是在政治上，他只不过是一个白痴。当初我选择跟他，只不过因为他相比曹丕而言，没有那么多心机，更容易控制。"

"你为了什么？荣华富贵，你根本不缺；权力虚名，你又不在乎。你到底是为了什么而成为蜀汉的奸细？莫非是为了汉室正统？"

杨修饮尽杯中酒，笑道："如果说我是为了儒道传承，你信吗？"

程昱正色道："愿闻其详。"

杨修自己抓过酒壶，斟满："杨某不是要保哪一个人的江山，杨某是要将经学儒道传承下去。汉代尊儒讲经，才有三百多年的辉煌，只是近代几任帝王均是昏庸不堪，致使外戚专权，宦官干政，人心丧乱。如今的天子天资聪慧，胆识过人，能让汉室再度中兴，必会继续以火为德，拨转人心。到时候，儒道必定再度大兴于天下……"

"这个理由，未免过于牵强。"程昱摇头。

杨修笑道："春秋战国之时，百家争鸣，各言其说。看似精彩纷呈，实际上却是混乱不堪。我泱泱华夏，幅员辽阔，人口众多，若学派林立，那对于不同的事物，势必会有不同的看法。我举个粗浅的例子，淮南王刘安无意间弄出了豆腐汤这种东西，而南北两方根据口味不同，分别佐以盐糖。结果，南方人到了北方，觉得咸的豆腐汤是错的；而北方人到了南方，却觉得甜的豆腐汤是错的。两方争执不下，已有近百年。"

这个话题很肤浅，引人发笑，而程昱的脸色却逐渐凝重起来，他冲杨修点了点头，示意他继续说下去。

"不同的学派，对同一种事物，必定有不同的观念，有不同的看法。那些所谓的黎民百姓，学识粗浅，他们没有自己的见解，只会跟着当权者的号令去遵循。你看春秋战国时期，十里不同律，百里不同法，甚至各个诸侯国之间文字、货币、计量都不同。而之所以出现这种情况，正是因为天下混乱，各派林立造成的。人和人之间的纷争，基于此而生。国与国之间的战争，也是基于此而生。直到秦皇嬴政，信奉法家之道，启用李斯为相，横扫六合，一统天下，才结束了这场乱局。

"只可惜，嬴政称帝之后，焚书坑儒，以严刑峻法治国。只告诉了民众不可以做什么，却没有告诉民众为什么不可以做。民可使由之，不可使知之。民智不开，使得严刑峻法毫无教化作用，相反越是弹压反抗就越激烈。秦历经两世，叛乱四起，征伐不息，国祚仅仅十五年而已。

"高祖斩白蛇而起，取秦代之。至文景二帝，推行道家学派，尊崇黄老治术，休养生息。那时天下虽逐渐富足，人丁昌盛，民众却不知礼乐，伦理涣散。豪强门阀林立，皇亲诸侯横行，有多少平民百姓被巧取豪夺，家破人亡。而奉行道家无为而治的文景二帝是怎么做的？贾谊、晁错，一个提出要抑制豪强，一个主张削弱诸侯，结果先后被流放、腰斩。那么，一味妥协忍让的结果是什么？不过是以吴王刘濞为首的七国之乱。

"直到武帝即位，重用大儒董仲舒，罢黜百家，独尊儒术，结束先秦以来'师异道，人异论，百家殊方'的局面。结果呢？武帝在位期间，民众富足，开疆拓土、击溃匈奴、东并朝鲜、南诛百越……"

"还杀了自己的亲儿子。"程昱冷冷地打断了杨修的话，"世侄，你很聪明，可惜，就是钻进了牛角尖。"

"武帝杀太子，是受了奸人蛊惑，与儒道有什么关系？"杨修还想要继续争辩下去。

程昱道："既然你觉得儒道才是统治天下的王道，那我就不与你争论这些没用的东西。只不过，为何你觉得，只有汉室重掌天下，儒道才可以被继续尊崇？"

"自黄巾之乱起，已经有三十五年了，天下间群雄并起，诸侯征伐，到现在已呈曹、孙、刘三分之势。你觉得曹操和孙权尊崇的是儒道吗？曹操骨子里是法家，跟暴君秦始皇一个德行。而江东那位，竟然让西域舶来的佛教在境内大行其道！若让曹魏或东吴代汉，则必废儒道。没了君君臣臣父父子子这些伦理道德，纵使天下一统，也只是暂时的。要不了多久，三百多年未有之乱象将会继续下去。过不了多久，因为人心躁动，天下必将再度分崩离析！"

杨修说完，举起酒壶，仰头灌下几口酒，大笑道："你是不是觉得我危言耸听，杞人忧天？是不是觉得我是个疯子，大好前程不要，金钱美色不要，甚至连安分地做个纨绔子弟都不肯，为了这些虚无缥缈的东西，不但赔上了身家性命，还赔上了一身清名？"

程昱沉默良久，道："你呢，觉得自己是个敢于逆天而行的英雄？在我眼里，你只不过是个满嘴大话的疯子。"

"孔圣人尚且被称为丧家之犬，我无所谓。世人不会了解我的，我也不需要你们了解。"杨修又灌下一大口酒，已经有了些许的醉意。

"那你究竟为了什么？"

"为正道，为天下，为苍生。"

程昱摇了摇头："如今天下三方鼎立之势已定，而这三方之中，就数魏王势大。如果不出意外，或许多年以后，这天下就是魏王的。你想要帮汉帝重夺天下，但人力岂可扭转天命，不过是螳臂当车罢了。就算天下大势突变，刘备进驻中原，他会乖乖让汉帝继续做皇帝？汉室宗亲又如何，当年胡亥跟扶苏是亲兄弟，为了皇位还自相残杀，刘备这个皇叔会心甘情愿把自己打下的天下交给自己的侄子吗？嘿嘿，就算汉帝有汉武之才，恐怕也只不过落得个子婴的下场。"

杨修摇头："你怎么还不明白？杨某根本不在乎他们两个谁做皇帝，汉帝也好，刘备也好，不管他们谁做了皇帝，都是延续的汉室血统。只要汉室重夺大权，儒道势必再度昌盛。对于什么嫡出、正统这些东西，我没什么兴趣。哪怕刘备一进许都城，就把汉帝砍了，那又如何？"

程昱苦笑："杨贤侄，你这是……"然而他终究说不出什么话来，只好闭起眼睛，摇了摇头。

军帐门帘掀动，夏侯惇走了进来，将手中的人头丢在了杨修面前，是关俊的。

杨修皱了皱眉，只是又喝了一大口酒。

"问出来了？"夏侯惇的声音很冷。

程昱摇了摇头："没有，他就算知道，也不会说的。"

"那就只好杀了。"夏侯惇道。

杨修站起身，拾起地上关俊的人头，夹在腋下，从容道："请夏侯将军前方引路。"

夏侯惇剩下的那只独眼盯着杨修看了好久，刀刻一般的脸上竟然浮现出一丝笑意："还算是条汉子。"

杨修仰天大笑，走出军帐，转过身问道："请问程大人，魏王杀我，在我父亲那里给的什么借口？"

"鸡肋。"

"鸡肋？"

程昱拿起案头的一卷竹简，正色道："魏王与刘备于汉中僵持不下，进退两难。今夜魏王见饭食中有鸡肋，若有所思。正沉吟间，夏侯惇将军入帐，禀请夜间口令。魏王随口答曰，鸡肋。夏侯将军传令众官，行军主簿杨修，见传鸡肋二字，便教随行军士，各收拾行装，准备归程。

有人报知夏侯将军，夏侯将军大惊，遂请杨修至帐中问曰：'公何收拾行装？'修曰：'以今夜号令，便知魏王不日将退兵归也，鸡肋者，食之无肉，弃之有味。今进不能胜，退恐人笑，在此无益，不如早归，来日魏王必班师矣。故先收拾行装，免得临行慌乱。'魏王闻之大怒，以乱军心之罪名，斩之。"

杨修看着天空，揉了揉鼻子，道："这故事编得好烂，我那老爹会相信吗？"

"你父亲相信不相信，倒在其次。毕竟你们杨家先祖杨喜，乃诛杀楚霸王项羽的开国功臣，而且四百年来名臣辈出，世代簪缨，魏王总要在天下人面前给你们杨家一个面子。"程昱叹了口气，"杨贤侄，可惜了。先前你在军策例会上，鸡肋一说真知灼见，振聋发聩，魏王听闻之后一连说了三个好字。只可惜正如杨贤侄所言，三十多万大军寸功未得，就此折返的话，士气军心难免大受打击。贤侄对于魏王来讲，又何尝不是一块鸡肋？虽然是个奇才，却奈何与己为敌。"

"道不同，终不相为谋。"杨修笑，"走吧，该上路了。"

他转过身，大步向辕门走去。火把烧得正旺，充作断头台的是一段木桩，已经早早摆在了那里。旁边站着一个胖胖的身影，是许褚。

笑容在脸上隐去，杨修淡淡地冲许褚点了下头："你来了。"

"魏王……魏王说你是奸细，派俺来斩下你的人头。"许褚擦去脸上的汗珠，"俺骑了六个时辰的快马，刚刚赶到这里。杨主簿，是不是哪里搞错了，是不是跟上次一样，是有人陷害你？你告诉俺，俺这就去砍了他！"

"没有错，我就是奸细。"杨修自己走到木桩前，坐下，"动手吧，死胖子。"

"怎么可能，你怎么可能是奸细，你根本不是贪钱的人！"许褚大吼。

"死胖子，我早就说过，你根本不懂我。你只不过是个傻瓜而已，我跟你一起厮混，是为了从你嘴里套取机密。"杨修淡笑。

"俺不信！"

"你动动脑子想想，你一个夯货，我为什么要放低身价整天跟你混，有那时间还不如去喝酒赌钱搂女人。"杨修道。

许褚看了看身旁一言不发的张郃，张大了嘴巴却说不出话来。

杨修将目光移到了木桩之上，那里静静停着一只蚱蜢。

"君子不立于危墙之下，你懂不懂？"杨修轻声道。他抿起嘴吹了一口气，蚱蜢受惊，振翅而飞。随着扑棱棱的声音，这个微小的生命在墨色的半空中渐行渐远，隐没不见。

他将关俊的头颅放在木桩旁边，将自己的脸颊贴在那一圈圈的年轮之上，淡淡道："死胖子，动手吧。"

许褚粗声粗气道："俺就是不信！"

杨修闭起了眼，魏王派许褚来做刽子手，多多少少有点要许褚和自己划清界限的意思。虽然魏王绝对相信许褚的忠心，但作为一个近侍，跟一个奸细厮混了这么久都没发现一点端倪，岂不算失职？

派许褚行刑，想必也是为了敲打他一下。

"死胖子，你磨磨唧唧的干吗？"杨修叹了口气，"动手吧，为你，也为我。"

张郃干咳一声，上前道："许褚，时辰已到，莫要违背了魏王军令。"

许褚看看张郃，又看看杨修，终于一咬牙，举起了手中的缥首刀。

杨修把脖子摆到了木桩上，笑道："死胖子，杀了我后，给我弄壶酒、弄只鸡，放在坟前，让我奈何桥上诗酒独行。"

"杨主簿，既然魏王要俺砍你，俺只能砍了你。"许褚大声吼道，"但是你放心，等俺弄清楚谁是你的仇家，俺砍他全家！"

热血应着凌厉的刀风喷薄而出，将一轮明月映得猩红。杨修的头颅从木桩上跌落，滚到被鲜血浸湿的贫瘠土地之上。那双眼睛依然睁着，涣散的目光越过林立的旌旗，沉没在深邃的夜空中。

第八章

许都乱局

夜色已深，临淄侯府还是一如既往的沉寂。自从上次被曹仁在厅堂杀了十几个下人之后，除了曹植传唤，侯府的下人很少再去厅堂。

今夜亦是如此。丁仪差人送来了一卷木简，仅仅过了一会儿，曹植尖利而高亢的咒骂声和东西被推倒砸碎的声音就传到了前厅。下人们畏畏缩缩地躲在门口，却没有人敢进去看一眼。

厅堂中的东西被扔得乱七八糟，曹植靠着廊柱瘫坐着，双目微闭，看起来疲倦之极。不远处丢在地上的，是刚抄送来的汉中塘报。

杨修，被杀了。

曹植完全没有想到会出现这种状况，在他看来，杨家世代簪缨，故吏门生遍布天下，魏王是不会轻易动杨修的。但是，塘报上写得却很清楚，仅仅因为"鸡肋"一词，魏王就把杨修杀了。

杀得轻而易举。

杀得毫不留情！

他重重地叹了口气。前面自己这边因为醉酒没有跟随大军出征，后面魏王就杀了自己的左膀右臂。恐怕魏王已经对自己彻底失望了。

曹植突然觉得心头涌起一阵恐慌的失落感。他扶着柱子，迟缓地站起身，看向中堂外如墨的夜色。他嘴角抽搐了几下，眼眶竟然有些湿润。他知道，以后再没有人能跟他一起吟诗作对，高谈阔论，指点天下了。

兔死狐悲，就是这种感觉吧。

曹植的眼中布满血丝，喃喃道："我本不想动你，是你逼我的。"

今天是世子曹丕设宴，贾逸也在受邀之列。而且曹丕派人通知贾逸的时候，还特别交代了一句，因为是家宴，来的那些世家公子们大多都带了女眷，他希望贾逸最好也能带着女眷前来。

在征得了蒋济大人的同意后，贾逸把田川抓了过来充当女眷。起先田川听说要去赴宴，高兴得不得了，但看到贾逸拿过来的那套乘云绣曲裾长裙后，脸立刻拉得好长。她在进奏曹，总习惯穿男装，偶尔穿次女装，也不过是件简单的直裾。

衣服摆在面前，任贾逸急出了一头汗，就是穿不上。田川的理由很简单，不会穿。眼看时辰快要到了，不得已只好去东城请了陈锦记的仕女，帮田川梳洗打扮了一番。

等到田川走出厢房，贾逸竟然一时间有些痴了。

眼见乌黑发亮的长发挽了个简单的缩髻，髻上随意地簪着一支青玉钗，显得清秀脱俗。小脸略施粉黛，柳眉修长如画，双眸闪烁若星，小巧的鼻梁，薄薄的嘴唇，嘴角稍稍向上弯起，带着一抹淡淡的笑意。

一袭裁剪得体的乘云绣曲裾长裙，领口不高，露出里面粉红色丝绸亵衣，映得胸口一片凝脂玉白，一条浅蓝色丝带斜斜地挽在腰间，更显得腰身盈盈不堪一握，婷婷袅袅，让人忍不住想要上前相扶。

贾逸笑道："看不出来，你盛装打扮一下，倒也真算得个绝世美人。"

田川没好气地道："穿个衣服足足要一刻钟，以后这种事儿别来麻烦我。"

贾逸连连点头:"好说,好说。回头我把这个月的俸禄支给你一半,就算谢谢你了。"

"这还差不多。"田川满意地点了下头,向前迈了一步,却结结实实地摔在了地上。

身后的仕女掩口笑道:"姑娘,您是第一次穿曲裾长裙吧。这种衣服的下摆很低,走路的时候要用双手扯起裙摆的。"

田川爬起来,利索地把裙摆提到小腿肚,大大咧咧道:"知道了,知道了,赶紧走吧。我还等着看世子妃呢。"

由于田川穿了长裙不能骑马,而她又不愿意坐轿子,贾逸两人只好一同步行前往。走到世子府的时候,天色已经完全暗了下来。门口的长随一路小跑过来,作了个深揖,道:"两位是贾逸大人和田川姑娘吧?请随我来。"

田川不满地嘟囔了一声,似乎是在对自己的称谓不满。贾逸心情正愉快,轻轻地碰了她胳膊一下,示意她跟着一同走进世子府。

穿过三进门,走过蜿蜒的回廊,贾逸和田川终于来到了庭院中。世子府的庭院很宽阔,足足摆了四十多张食案,大部分人都到了。坐在上首的曹丕看贾逸他们进来,开口笑道:"来,我给诸位介绍一下,这两位是进奏曹的贾逸大人和田川大人。最近二位在追查寒蝉一事上出力不少,等会儿大家可以多敬他们几杯。"

庭院中的人纷纷拱手作揖,贾逸忙不迭地连连回礼。回头看到田川傻愣愣地站在身边,贾逸脸色微烫,赶紧拉着她坐在了一张食案之后。

接着后面又进来几位客人,看样子跟这些宾客们颇为熟稔,曹丕还没有介绍,他们就互相插科打诨起来。

贾逸端起食案上的酒杯,浅浅抿了一口,掩饰下自己的失态。本以为世子府的宴会,应该庄重一些,没想到竟如此的随意融洽。他眯起眼睛,看向庭院中的客人。紧挨着曹丕左首的，是曹丕的弟弟，掌管虎豹骑的鲁阳侯曹宇。看来外界所言不假，曹宇跟曹丕确实是关系非常好。紧接着，是曹丕的四友：进奏曹东曹掾司马懿、军师祭酒陈群、朝歌令吴质、中领军朱铄……

"那位就是世子妃甄洛？"田川扯着贾逸的衣袖，低声道，"好漂亮啊。"

贾逸目光转过去，却呆了一下。曹丕身旁的，并不是世子妃甄洛，而是另一位妃子。他努力地回忆了一下，是了，好像在进奏曹的档案里见过这位妃子的画像，是郭煕？世子这是什么意思，这种家宴的场合，难道不该世子妃甄洛陪同吗？

再看向席间，来的宾客大多都带着女眷。贾逸心头一动，相比以往的隐忍不发，世子这是在隐晦地向外界表明对甄洛的态度吗？也就是说，世子已经表明了和曹植的决裂吗？想到这里，他不由得心念大动。既然这次家宴，邀请的全是曹丕信得过的人，那么自己也在受邀之列，是否意味正式进入了世子系的圈子？

贾逸正想得入神，冷不防肩膀被拍了一下，回过头看到了吴质。

他忙不迭地拱手示意，吴质却道："别弄这套，大家都是自己人，你拜我我拜你的，没什么意思。"

吴质不客气地拿起食案上的酒壶，给自己斟满："听说你从石阳回来后，就一直在查寒蝉？"

"魏王有命……"

"这眼瞅着已经查了小半年了，还没什么进展吧。"吴质咧嘴笑道，很有点幸灾乐祸的样子。

田川瞪大了眼睛，道："进奏曹的事，轮不到你操心。"

"哟，小丫头片子，嘴巴倒挺犀利。"吴质捻着下巴上几根稀疏的胡须道，"从你父亲那儿说起，你还得喊我一声叔父。"

田川疑惑道："怎么……你认识我父亲，为什么从未听他提起过？"

"你一小孩子家，他跟你说什么？得，丫头，你去我那张案子上，找我带来的那位小姑娘聊聊，我跟贾兄弟有话说。"

田川白了吴质一眼，气鼓鼓地起身离开。

贾逸忍不住道："怎么吴大人跟田畴大人有旧？"

"有旧？我还有新呢。那装腔作势的老顽固，看见他就头大。"吴质坐下来，伸直两腿，道，"贾兄弟，你寒蝉查得不怎么样，却撞破了甄洛这事儿，可也算得上傻人有傻福。"

贾逸笑着嗯了一声，并未出言反驳。吴质的谈吐是出了名的差，怎么让人生气他怎么说话。不过这人也真算了得，在曹丕和曹植的夺嫡之争里，正是他屡出奇计，帮曹丕一次又一次地扳回劣势。

"既然你能参加今天这个宴会，那证明世子已经对你青眼有加，以后有什么事用得着哥哥的，跟我说一声。"吴质笑嘻嘻地道，"当然，要是哥哥用得着你，你也甭给我推三阻四的。"

"吴大人教训得是。"贾逸答道。

"比如说司马老狗。"吴质端起酒杯，遥遥地跟司马懿碰了一下，"你什么时候想对付他，跟哥哥说一声，哥哥帮你。"

"在下不敢。在下对司马大人……"

"扯淡，你爹不是他陷害的吗，怎么，你不想报仇？"吴质斜着眼看着贾逸。

贾逸没有说话。吴质、司马懿都是曹丕的幕僚，跟陈群、朱铄并称为四友，可听吴质的话音，似乎他跟司马懿的关系并不怎么好。

"得，有戒心不是？年轻人就是前怕狼后怕虎的，我跟你说，司马老狗这个人，可阴毒着呢，哥哥我早就不待见他了。你要是想对付他呢，以后尽管找我就是了。"吴质又拍了拍贾逸的肩膀，"不过呢，不管他以后跟你说什么，你都别信。那老狗最会装，也最会蒙人。有多少人命都被他卖了，还感动得痛哭流涕，你可别着了他的道儿。"

吴质说完，起身冲司马懿那边喊道："仲达！我跟咱们这位小兄弟说好了，改天天气好，咱仨一起去东城新开的青楼逛逛，你做东！"

司马懿只是摇了摇头，似乎见惯了吴质的做派。

贾逸尴尬地看了远处的田川一眼，刚好看到田川在对他翻白眼。

这位吴大人……可真是害人不浅。

席间众人大多相识，推杯换盏很是热闹。而贾逸这边，一来他身份低微，二来众人跟他又不熟，除了那位吴质大人来过之后，再没有人过来。喝了几杯酒，看了几段舞之后，贾逸起身，想要走走。

穿过嘈杂的人群，随着隐没花丛中的小道徜徉几步，贾逸停在了一个水塘边。他靠在汉白玉石栏上，低头去看水面。可惜天色已晚，周围的灯光黯淡，看不清楚什么。

"刚才吴质跟你说了什么？"身后传来司马懿的声音。

"这个就不劳大人费心了。"贾逸没有回头，冷冷道。

"你是不是觉得你父亲死得很冤枉，觉得是我故意陷害构陷他的？"

"我父亲的为人我清楚得很，不管你想说什么，都没有用。"

"你是不是觉得自小家境贫寒，所以你父亲就很清廉？你既然到了进奏曹，为何不翻阅下以往的档案，看看你父亲的资料？"司马懿淡淡道，"你不敢。你怕进奏曹的档案中记载的实情与你想象的不同。那我来告诉你，你父亲为官期间，接连对辖内数家世族大户构陷罪名，抄家流放，充得的钱粮足足有数十万之巨。你或许以为这些都是谣言，但进奏曹里有大量的文书资料，可谓是铁证如山。至于你父亲为什么贪了那么多钱，却依旧清贫如洗，这里面有个莫大的秘密。"

贾逸没有说话，手却不由自主地摸向了腰间，长剑不在，在进入世子府时，就已经解了下来。

"他把钱都给了汉帝。"司马懿的声音不紧不慢，"魏王挟持汉帝之后，只把他当作了傀儡。而汉帝却不甘心，三番五次地搞政变。于是魏王大幅削减了对汉帝的供给，一方面是警示，另一方面也是掣肘。没有钱，养不起兵，结不了势，汉帝自然会安分许多。而你父亲，身为汉室旧臣，自然是不想坐以待毙，于是他和其他的一些尚握有实权的汉室旧臣，想出了这个灭大户聚钱粮的法子。

"当时魏王交给我查处这起案子，跟你父亲一样的汉室旧臣，我们一共抓了九个。可笑的是，如果按照汉律来讲，蓄私兵意图不轨，是满门抄斩的大罪。而当时魏王慈悲为怀，只是命我将这九人草草斩首了事。事后，不少人却骂我公报私仇，是借机替魏王清除异己。对于这些指责，我从来没有辩解，就是不想让你们这些不知情的后人们为难。

"要不是前几日世子有令，命我与你修好，我也懒得向你解释这些。我说的话，你信也罢，不信也罢，可以去问问当年经手案子的一些人，也可以去进奏曹查看档案。不过吴质这个人，为人阴狠，下手从来不留余地。这些日子，他跟陈群还有朱铄，一直在跟世子谋划着什么，你小心一些，免得被他当成棋子利用了。"

贾逸终于出言讥讽："怎么，司马大人号称世子的智囊，世子竟然也有您不知道的事情？"

"三马同槽。"司马懿的声音已经渐渐远去，"因为这个梦，魏王对我一直是且用且防，世子若不是在夺嫡之时用得着我，又怎么会……"

后面的话，已经被夜风吹散，听不太真切了。

贾逸在原地站了很久，司马懿的话是真是假，他不想去追查，也不敢去追查。他怕查到的结果，真如司马懿所说，今后要如何处之？

"原来你在这里？"身后传来田川嗔怪的声音，"一声不吭就跑到这么黑的地方，害我找了你半天。"

"找我做什么？"贾逸回身，脸上已经带上了笑容。

"闪人呗，跟那群女人聊来聊去，大多都是胭脂水粉和绫罗绸缎，还不如回去睡觉。"

"这可是世子邀请我们来的，半途退席可不太好。"贾逸转身向宴席走去。田川噘起嘴，很不乐意地跟在身后。

刚走到席位边，曹丕就看到了两人。他调笑道："两位跑到哪里一诉衷肠去了？"

身边的郭煦也笑道："殿下您还别说，这贾大人和田大人真端端的一对儿璧人，不知两位可否婚嫁？"

贾逸面色尴尬，还不知道怎么回应。田川却大大咧咧地道："没呢，我们俩都还没考虑这些事儿。"

"不知贾大人对田大人可有意？"郭煦掩口笑道。

贾逸用余光扫了眼席间，众人都静静地等着他的答复。他明白，这是指婚。对一般人来说，这是莫大的荣耀，如果他当场拒绝，恐怕世子面子上不太好看。

他用力点了下头："恳请世子妃指婚！"

席间爆发出一阵善意的哄笑，曹丕更是端起酒杯，笑吟吟地看向了这边。

田川这才反应过来，偏过头看着贾逸怒道："你怎么这么不要脸！"

贾逸低声道："陪我演戏，回去再说。"

田川脸上露出狐疑的神色，却没再说下去。

席首的郭煦看了看曹丕，柔声道："那好，我就做一回媒，回头我看个良辰吉日吧，帮你们把事情办了。"

贾逸叩首道："多谢世子妃！"

曹丕挥了挥手，大笑道："好说，好说。难得今天又成就了一段喜事，诸位举起酒杯，痛饮！"

席间有人小声问道："这位贾大人在何处高就，看着怎么如此眼生？"

"进奏曹的，一个校尉而已。"

"校尉？啧，啧，怎么有如此福气，能得世子妃指婚？"

"咳，什么福气啊，你看他身边坐的那个女人，看起来很漂亮，但却是个二杆子，什么都不懂。我看这贾校尉脸上高兴，心里那个苦可就别提了。"

这些话隐隐约约传到了贾逸二人的耳朵里，田川一撩裙子就想站起来找那些人理论，却被贾逸一把拽了回来。

"这里是世子府，不要闹事，等会儿出去你把他们揍成猪头都行。"

田川气鼓鼓地坐在长案后，道："这叫什么事儿啊，说好来陪你蹭回酒席，谁知道却迷迷糊糊把自己给嫁出去了。"

贾逸低头看着田川，但见玉人雪白玉颈，一片如水凝脂，两厢弯弯而下，汇成一道月牙，消逝在粉红色亵衣之下。其实这姑娘倒也不错，贾逸突然浮现了这个念头。虽然人有点傻，但再怎么说，也是名士之后。最关键的是，田川的性子比较单纯，没有那么多事儿。比起甄洛这种女人，可算是好上千百倍了。

冷不防田川转过头，看到贾逸直愣愣的样子，没好气地一个爆栗敲了过来："看什么看！"

窑洞中静得出奇，只有各人沉重的呼吸声响起。张泉坐在黑暗之中，听着不时从洞口传来的脚步声。这次的聚会，人数要比前几次多出来不少，看样子大多数人都来了。接到寒蝉密令之后，张泉的心情就一直很忐忑。虽然已经跟汉帝、曹植搭上了线，但一直没有起事。谋反这种事情，最怕的就是拖延，时间越长，走漏消息的可能性就越大。尤其是在留香苑那次，先是跟进奏曹的人起了冲突，接着莫名其妙地被一匹惊马冲了甄洛的马车，后来又一连遇到了几件莫名其妙的小事。

张泉有些怀疑，自己是不是已经暴露了？

但进奏曹却一直没有找上门来。

"杨修死了。"一个苍老的声音打破了死寂。窑洞里并没有出现什么骚动，这个消息众人都知道了。

"杨修……虽然是曹植的人，但他从来没进过我们这个圈子，应该没什么事吧。"

"据寒蝉的消息，杨修似乎是单线跟西蜀联系的，就连曹植都不知道他是西蜀的间谍，他的死活应该坏不了咱们的事。"

"怎么能说没有关系？"苍老的声音再度响起，"寒蝉的计划里，有一部分是要借助曹植的。现如今曹操轻而易举地用鸡肋做借口就杀了杨修，证明曹植在他那里彻彻底底地失宠了。一个失宠的侯爷处境只会越来越糟，到头来什么也指望不上，说不定还会拖累我们，如果寒蝉还不打算动手……"

"寒蝉有令。"一个陌生的声音响起，随着一点微弱的火光，众人看到了他手上的寒蝉令牌。这个人以黑巾蒙面，身材魁梧，似乎是军伍出身。

火光须臾灭去，陌生的声音再度响起："诸位回府之后，可备好刀枪，于明日午夜集结家丁家将，待城中起火为号，按锦囊所写各行其事。"

"锦囊？什么锦囊？"一个尖利的声音道。

"锦囊明日黄昏会送达诸位府上，请诸位千万小心，不要走漏了风声。"

"陛下呢，若是明日起事，陛下谁来护卫？别让曹丕狗急跳墙，冲进宫中。"

"大人不必多虑，宫中有祖弼大人安排妥当。"陌生的声音顿了顿，扬声道，"诸位大人，复我大汉王朝四百年荣光，就在明日，恳请诸君以命相搏，力挽狂澜！"

宴席散去之后，贾逸和田川又被世子留下，喝了一会儿酒，说了一会儿话。等到世子妃把两人的生辰籍贯全都问得清清楚楚了，才放两人离开。出了世子府，两人都有些许醉意。

对于世子妃这么唐突的安排，贾逸倒不怎么在意。这样的指婚，更相当于是一种荣耀。

他侧过头看着田川，心里有种说不上的感觉。这些年一直在进奏曹，根本没考虑过婚嫁这种事。自从田川到进奏曹之后，也许是处境上的同病相怜的缘故，贾逸一直有种很特别的感觉。或许是世间冷暖见得太多，对于这个单纯得近似有些傻的少女心生涟漪？

田川脸色绯红，蹙着眉头骂道："看你那一脸色眯眯的样子，真叫人恶心。"

贾逸笑道："别怕，虽然是世子妃指婚，但终究还得媒妁之言，父母之命。你虽然父母双亡，但还有族中长老在。如果你真的不乐意，就拿他们当托词，世子妃也不会为难你的。"

田川愣了一下，低头道："呃……也不是不乐意……"

贾逸轻笑道："那就是乐意咯？我这边好说，父母也早就不在了，跟叔公打个招呼就成。"

"谁说要嫁给你了！"田川恼羞成怒，作势踢向贾逸。

贾逸却并未闪躲，而是抬头看着完全黑透的天空道："人在乱世，不得不考虑得现实一点。如果你真是为了族人出来做官，这个官又做得并不开心，那何不考虑下其他的办法？"

"什么办法？"田川歪着头问。

"嫁给一个不怎么讨厌的官如何？"

田川眨眨眼睛，道："你是说蒋济大人啊？"

贾逸脚下一个趔趄，差点摔倒。

"嘻嘻！"田川笑得没心没肺，"说起来蒋大人可比某些人官位高，还比某些人沉稳多了。嗯嗯，不错不错，我要好好考虑下。"

贾逸哭笑不得："田校尉，你不是吧。我们可是世子指婚的啊，再说了蒋大人能看上你这种疯疯癫癫的……"

田川脸色一沉，抬手给了贾逸一个大爆栗："你说谁疯疯癫癫的！在幽州，我们族里人都夸我活泼可爱！"

贾逸不再反驳，摸了摸自己的脑门，道："唉，你下手可真不轻，回头我得买个皮帽去。"

田川眼珠一转，笑道："别买，别买。前段时间我刚好猎到只兔子，自己做了个皮帽，送给你好了！"

贾逸有些怀疑地看着她："你会这么好心？"

田川背着手道："不过你要等等，虽然帽子做好了，还得去染染色。"

"染色？皮帽染什么色？"

"绿色呗，嘿嘿……"

贾逸无奈地叹口气："田校尉，身为女眷，怎么能开这种……"

他突然停住了话，眯起眼睛，冷冷地看着小巷尽头。小巷的尽头，站着一个人。那人一袭上好的白色绸衣，脸上蒙着一张白色的丝帛，负手站在夜色之中，犹如一位风流倜傥的世家公子。

田川歪着头疑惑道："这个人，有点奇怪啊……"

贾逸感觉到了若有若无的杀意。他右手扶上剑柄，左手拉住田川，沉声道："在下进奏曹贾逸，请问阁下是？"

"你不需要报上你的名字，我知道你。"那人淡淡道，"而且，你也不需要知道我的名字，反正你马上就要死了。"

"阁下好大的口气。"贾逸道，抽出了腰间的长剑。

"你本来就不是我的对手，更何况你已经喝了不少酒。"那人道，信步前行。

"伏击我的理由？"

"这个你得自己去找，如果你能活过今天的话。"

田川跺脚道："哪有那么多废话，直接拿下不就完事了！"她身形一动，没等贾逸反应过来，已经冲了上去。贾逸只好随身而上。

不是对手。贾逸很明白。所谓的高手，对阵之时，流露出的泰然自若并不是装出来的，没有绝对的实力差距，是达不到这个境界的。

田川已经冲到了跟前，收腹，拧身，挥拳打去。那人只是稍稍移了下脚步，就恰到好处地躲过了拳头。田川借势旋过身，右脚飞起，直踢向那人面门。只听"啪"的一声脆响，那人竟然空手握住了田川的脚踝。

"北方有佳人，绝世而独立。"那人笑吟吟道，"如此美丽的女子，在进奏曹当差，当真是可惜了。"

言罢，他手上用力，只听得"咯咯咯"一阵脆响，生生捏断了田川的踝骨！田川吃痛，豆大的汗珠从额头上沁出，却咬紧了牙一声不吭。

"不愧是名士之后，还算有些骨气。"那人手掌上移几分，又是一声脆响，小腿骨应声而裂。田川脸色痛苦，嘴唇已经咬出了血。

"放开她。"贾逸平举长剑，冷冷道，"不管你功夫再好，若是伤了进奏曹属官，也难挡进奏曹倾天下之力的搜捕！"

"进奏曹？"那人淡笑道，"大事已成之后，进奏曹在不在还都难说。贾校尉，你想得未免也太远了点。"

"寒蝉的人，还是汉帝的？难不成还是东吴、西蜀的？"贾逸慢慢移动脚步，向前。

那人并未答话，而是轻轻一扯田川，将她推出。

田川退后几步，屈膝跪在地上，仰起头，脸上满是愤怒。

"不要动！"贾逸大声喝道。

然而已经晚了，田川身形腾空而起，像只游鱼一般扑身而去。在离那人两步之遥，眼看身形就要坠地之时，她左掌击地，手中长剑顺势上扬，向那人刺出密密麻麻的夺目亮光。

那人却不慌不忙，身形略微摆动，就已躲过了所有剑势。

"剑意不错，可惜不够快。"他轻描淡写地说道。

出剑。剑光森冷，划破夜色。

少女胸口激荡起一捧鲜血，染红了月光。

田川伏在地上，突然觉得全身的力气飞速地抽离出自己的身体。

"混账东西！"贾逸暴喝一声，跃起，举剑刺向白衣剑客。

来人微退两步，抬手，只听"呛啷"一声，竟把手中的剑鞘套在了贾逸的剑锋之上。他身形微动，剑光又起，血色再现。

贾逸只觉得小腹一凉，接着一片炙热喷涌而出，他靠在墙上，大口大口地喘着粗气。

前面几步远，田川就倒在地上，白色的素绢绣花直裾长裙已经被鲜血染成了红色。他只觉得很不甘心,这一切犹如做梦一般。刚刚还在世子府里谈婚论嫁,现在却陷在刀光剑影之中,生死未卜。他颤抖着手,拔去剑鞘,深深吸了一口气,准备迎接下一次交锋。

那人却踱步到了田川身边,低头看了一眼道:"越是美丽的人,血越是鲜艳。不知道明年这个时候,这位姑娘伏尸之处,会不会开出同样美丽的雏菊。"

"她不会死。"贾逸的声音已经变得嘶哑。

"笨蛋……快走……"田川微弱的声音在夜色中游荡。

"是人,都会死。"那人缓缓转过身,向贾逸道,"人本来就是很脆弱的,尤其是在这乱世之中。不过我认识的大多数人,总是很愚蠢,他们带有一种无法理解的自信,总觉得死亡不会轻易降临到自己身上,殊不知,真正的死亡突然而又直接。"

他提剑前行,语气淡淡:"你呢,准备好了没有?莫要让这位姑娘在奈何桥头痴痴等待。"

"畜生!"贾逸大骂,挥剑而上。

"太弱。"话音未落,剑光已至眼前。

贾逸大骇,硬生生地低头,堪堪地躲过这一剑。那人明明剑势已老,却一抖手腕,剑柄重重地砸在了贾逸的后背。贾逸喉头一甜,喷出一口鲜血,踉跄着向前冲了几步,摔倒在地。

他以剑撑地,勉强站了起来:"阁下,可曾到过陈柘家中后院?"

"到过。"那人并未起身跟上,而是负手站在原地,淡笑地看着他。

"白衣剑客?"贾逸苦笑。

"正是在下。"

贾逸撑起身子,扶着墙一步步地走向田川,将手搭在她的颈部。

很微弱的颤动,还活着。

他转身看着白衣剑客道:"你的目标是我,杀了我,放了她,如何?"

白衣剑客道:"想不到进奏曹的人也会开口求饶。你凭什么觉得我会答应你的要求？"

贾逸咳出了几口鲜血："那我有什么能与你交易的，换回这姑娘一条性命？"

白衣剑客讶然道："风闻进奏曹之士果敢杀戮，行事决绝，想不到贾校尉竟然如此怜香惜玉？"

贾逸伸手摸向腹部，血已经把衣襟浸湿了。他叹了口气，仰头看着惨淡的月色，嘴角竟浮现出了一丝笑容。

"还好，你在生死之间还能笑出来，倒也不算俗物。"白衣剑客脚步从容，踏着月色而来。

贾逸坐在田川身旁，似乎已经放弃了求生的希望。他的呼吸逐渐平缓，双眼愈加清澈。

白衣剑客提剑而行，对于眼前不再挣扎的猎物，他似乎已经失去了调侃的兴趣。

贾逸突然动了，一道剑光斜刺而出，映起黯淡的月色，犹如离弦之箭射向白衣剑客。白衣剑客停步，神色变得凝重。

如剑的白光突进到三尺之地，骤然绽放，化作漫天的剑花，向白衣剑客笼罩而下。这样的距离，就算是当世顶尖高手，也很难避开，这是贾逸在濒死之时的剑意，是倾注了性命的一剑。

他不求独生，只求同死。

"叮"的一声脆响，漫天的剑花犹如跌落在水里的火星，骤然消逝而去。

贾逸突然觉得嘴里发苦，他连白衣剑客的动作都没看清楚，但他已经清楚地看到手中的长剑断作两截。

白衣剑客眼中竟然流露出一丝赞许之意："生死之境，物我两忘。你倒是个练剑的好苗子，可惜了。"

贾逸沉默，只是转过脸去，看着远处倒在血泊中的田川。

白衣剑客却收剑入鞘，淡淡道："出来。"

贾逸疑惑地看着他，侧耳倾听，却只听到风的声音。就在他觉得白衣剑客在故弄玄虚的时候，黑暗之中，响起了一个熟悉的声音。

"想不到堂堂的遁世公子白衣剑客，却做起了这种当街搏命的勾当。"

白衣剑客笑道："莫非是进奏曹的蒋济大人？"

蒋济从黑暗中走出，道："正是在下。不知是谁有这么大的面子，能请得动你出手，对付我这两个不成器的下属？"

"蒋大人这话问得就毫无意义了。既然你来了，你觉得我会放你离开吗？"白衣剑客转身，"或许蒋大人也信奉孔老夫子那句话，朝闻道，夕死可矣？"

蒋济不语，身后却逐一亮起火把，照亮了整个小巷。

"不过区区数十人。"白衣剑客摇头，"蒋大人觉得就凭这数十个虎贲卫，就能保得了自己？"

"这里虽然只有五十名虎贲卫，但足够困住你一刻钟了。用五十条人命把你留下来之后，那三百虎贲卫和一百羽林骑也该赶到了。"蒋济道，"既然传言白衣剑客能以一当百，我也很想亲眼见识见识。"

白衣剑客沉默。蒋济知道他在犹豫。

"你走，我不留你。你不走，我就只好留下你的命了。"

"放我走？不准备为你的手下复仇？"

"对我来说，你只不过是一把剑。要复仇，自然是找拿剑的人。"

"难得大人想得通透。"白衣剑客颔首道，"我走。"

他一挥衣袖，剑锋在小巷石墙上一点，借力跃起，越墙而过。

蒋济一改从容神色，快步上前。贾逸摆了摆手，踉跄着走到田川身边，蹲了下去。

田川脸色苍白，身体在微微颤抖，鲜血从伤口里不断涌出，将周围的石板沁成大片大片的赤红，在火把的映射下分外刺眼。贾逸没有说话，他搭起田川的肩膀，把她的头轻轻放在自己的膝盖上。

"药。"贾逸头也不回地伸手。

"……她已经不行了。"

"药。"孤零零的手臂悬在血腥弥漫的夜色之中。

蒋济叹了口气，将手中的金创药瓶递给贾逸。贾逸咬开瓶塞，将药粉胡乱地洒在田川伤口，一阵夜风吹过，黄色的药粉飘散起来。虚弱的咳嗽声响了起来。田川的眼睛艰涩地睁开，毫无生气地看着贾逸。

"没死就行。"贾逸撕下一片衣襟，胡乱地往伤口上裹。

"……今晚……怎么这么暗？"

贾逸顺着田川的目光看去，是被火把映得雪亮的街道和沉默着的虎贲卫们。

"别说话。"贾逸沉声道。

"好冷，像幽州一样，好冷。"

"别说话。"贾逸将金创药按在伤口之上，眼眶发红。

"你说过要娶我的，对吧。"田川嘴角浮现一丝笑意，又因为疼痛而迅速消失。

"别说话。"贾逸的声音有些发颤。

"我真的做了一顶帽子，不骗你，很暖和，送给你吧……"田川道，"喂，我感觉好累，想睡一会儿，抱紧我……"

"别、别说话。"

"要是我睡着，醒不过来的话，可要记得……世子妃的指婚，你可不要……耍赖……要不然啊……"田川的声音越来越小，直至被浓重的夜色吞噬。

贾逸没有动，他只是紧紧地把田川抱在怀里，一言不发。

过了好久，他突然梦呓般地小声道："别说话……"

四下里静悄悄的，只有火把燃烧所发出的噼啪声偶尔响起，夜风裹挟着落叶，犹如受伤的小兽，惊慌地掠过众人，呜咽着消失在小巷的尽头。

田川的身体，已经变冷了。

进奏曹。

豆大的火苗在房中跳跃，将两人的脸色映得阴晴不定。蒋济起身，又换了一条灯芯。他看了眼呆坐着的贾逸，道："你先去休息一下。"

贾逸仿佛从沉思中忽然惊醒，面无表情地道："无妨，不累。"

"那么……世子派人来看你了，你要不要见一下。"蒋济问道。

贾逸道："请大人转告来人，贾逸没事，只是受了些皮外伤。"

"对了。田川的尸身，已经安放在了义庄，选个日子，就可以下葬了。"

贾逸眼神突然动了。

"大人。"

"你说。"

"她在许都城内没什么亲人，请大人准许我来为她扶棺。"

"这于礼不和，她的族人恐怕不会同意。"

"如果不是我，她也不会去世子府，也就不会死。"贾逸的声音很轻，却很坚决。

"好，她的族人那里，我去谈。"

"大人，下官还有个不情之请。"

"你说。"

"请大人禀告世子妃，下官和她都同意指婚。"

"……田川已经死了。"

"我要娶她。"

蒋济沉默了一会儿，才道："好，这件事我安排。"

贾逸沉声问道："大人，白衣剑客是谁？"

"不知道。"

"有咱们进奏曹查不出来的人？"

"这人根本不是杀手，神龙见首不见尾，没有人知道他的身份。目前所知的，能确定是他参与的刺杀，十几年来一共只有六次，次次都未

242

留下任何蛛丝马迹。田川和你遇到的袭击，是第七次。"

"我自问还没有查到什么要紧的事情，是谁这么急着想杀我灭口？"

"恐怕跟你查到了什么无关。"蒋济沉吟道，"明晚可能有大事发生，他们选择今夜伏击你，应该是想让进奏曹先乱了阵脚。"

"明晚？"

"今天你和田川去赴宴之时，陈祎和郭鸿都来过。据他们所探到的情报分析，寒蝉可能会在明晚动手。我已经将情形禀告了世子，他决定尽快收网。"蒋济道，"如果你还撑得住的话，就好好睡上一觉，明晚有事安排给你。"

贾逸摇头道："可是大人，目前我们手上掌握的东西并不多，只有曹植、张泉、祖弼这几个人。寒蝉是谁，我们还没有查到。"

"不能再等了，魏王已经在返回许都的路上了。若是许都城中生出一场大乱，未免会影响到世子的位子。除了曹植他们，我们不是还有一份汉室旧臣和荆州系大臣的名单吗？"蒋济放低了声音，"世子的意思是，宁可杀错，不可放过。"

天色还未亮，路上一个行人都没有。

郭鸿在那家羊肉鲜汤铺子停下，看着紧锁的大门，哭笑不得。刚接到贾逸的急令，要他即刻来这里相会，火急火燎地赶过来，却没有人。

他摇了摇头，正准备原路返回，却意外发现对面的那家酒肆的二楼燃起了亮光。他犹豫了一下，推了推酒肆的门，发现是虚掩的。打着随身携带的火折子，郭鸿摸索着上楼。走到楼梯口，他看到贾逸静静地坐在中央的食案前，正等着他。

"听说大人昨夜被伏，伤势好些了吗？"他吹熄了火折子，在贾逸对面坐下。

"没什么大碍，只不过皮肉伤而已。"灯光下，贾逸的脸色苍白，看起来并不是皮肉伤那么简单。

"不知大人深夜相召，有何要事？"

"明晚你找个地方躲起来吧。"

"什么？"郭鸿愣住了。

"明晚，很可能要变天了。"

郭鸿沉默了一会儿，知道事情非同小可，他也不再继续追问，而是道："大人有什么要求？"既然贾逸向他透露这么重要的消息，让他自保，自然是有所求。

"聪明。"贾逸点了点头，"给我几个精干的人，明天早上在这间酒肆等我号令。"

"大人不是在进奏曹有人……"

"我不知道我还能相信什么人。"贾逸苦笑。

郭鸿警觉地抬头，看到贾逸的眼中充满了落寞和痛苦。

朝阳刚刚升过山头，照亮了奔波了一夜的队伍。曹操骑在马上，被颠簸得很不舒服。杨修已死，恐怕假情报瞒不了刘备多久了。为了防止蜀军的追击，他选择了星夜兼程。这次汉中之战，进行得很不顺利。虽然跟刘备之间互有胜败，但夺回汉中的战略目标却并未实现。撤退之后，只能寄希望于留守的夏侯惇了。也不知道单凭凉州的兵力，能不能抵挡住刘备的进攻。如果可能的话，倒不如把这三十七万人留一部分在这里。可战局实在是紧张，眼看关羽在荆州蠢蠢欲动……

"主公，再走两日，就能进入长安地界了。"程昱一脸疲态，在旁说道。

曹操嗯了一声，却换了话题："杨修死前，说的那些话，你怎么看？"

"天下第一聪明人，其实也是天下第一蠢人。所谓的诸子百家，无非都是些夸夸其谈的家伙罢了。几百年来，哪家学派符合为王者的利益，为王者自然会选择尊崇哪家学派。至于民众，民众都是愚蠢的，只要能吃得饱，穿得暖，过上好日子，他们根本不会在乎什么是人间正道，更不会在乎什么皇纲正统。"

"原本我也这么想。"曹操沉吟了一下，道，"但说到以何种学派立国，我从来没有认真想过。程昱，我记得，你原先信奉的是道家？"

"是的。人法地，地法天，天法道，道法自然。"

曹操摇了摇头："道家讲究的是清静无为，于治国却并无裨益……"

他突然想到了什么，猛地转过头问道："杨修，是不是杀得早了些？"

程昱奇道："主公何出此言？"

曹操道："按照杨修的性格，是不会安安分分去死的，他一定会说些什么话来故布疑阵。"

"或许他觉得自己都要死了，做什么都没什么用了？"

"不会。杨修这个人，聪明，自负，不服输。即便是他没想到这么快被挖出来，但得知被识破将死之时，也会执意给我添点儿堵的。"曹操沉吟道，"况且，寒蝉到底是谁，许都那边一直没有消息；营中的另一个暗桩，也没有查出来。"

程昱道："主公你是怀疑……"

"杨修是不是故意送死的。"

"怎么可能，他怎么会用自己的性命……"

"儒家有句话，叫作杀身成仁。"曹操面色阴沉。

说话间，行伍前方驰来一匹快马，转眼就到了跟前。骑士滚鞍落马，道："禀魏王，前军在三十里外发现蜀军大队！"

程昱一怔，却马上反应过来，喝道："命令前军停止前进，再探！"

他扭转马头，对身旁一个校尉喝道："散出大量斥候，迅速探明周边敌情！"

曹操摇头笑道："杨修果然算是个人才，想用自己一条人命，就换我三十七万大军吗？"

程昱额头上沁出一层细汗，颤声道："主公恕罪，是臣小看了杨修和那个暗桩。"

曹操道："不必自责，谁能做到算无遗策呢？走，随我去前面看看。"

"主公，使不得。现在夏侯惇、张郃这些主将都未在军中，只凭曹洪、曹真他们，恐怕……"

"无妨，天下名将，还有我。"曹操勒马前行。

程昱只得跟上。

半个时辰左右，曹操已经策马奔到了一处高地之上，看到了蜀军。这是片开阔的谷地，蜀军早已排好了阵势，以逸待劳。曹操放眼望去，谷中的蜀军大概有二十余万，按兵种分成了大大小小的方阵，方阵之间错落有致，衔接紧密，全军阵形看似一轮月牙，两侧呈弧形向前，中间凹陷。

"这是……"程昱赶了过来，气喘吁吁地道。

"偃月阵。布阵之人，倒是个知兵的家伙。"曹操道，"我军于山道中以纵队而出，无法集中兵力冲阵，这个偃月阵倒似一个口袋，刚好包住了山道的出口。这人胃口不小，想把我们一网打尽呢！"

程昱精于谋略，但对军阵却并不了解，他犹豫道："主公，那不如我们留下前军，大队后撤如何？"

"临阵撤军乃兵家大忌。如果我们现在调转方向，必定军心大乱，士气低迷。若是蜀军趁势追击，只怕到时候兵士们个个四散逃命，直接溃散了。"

程昱不再说话。

曹操笑道："原来所谓的定军山之战，只不过是个引子。什么蜀军只有十万之众、人心未稳，都是放出来的诱饵，钓的就是我和这数十万大军。蜀军的法正、许都的寒蝉，这两个人联手演了一部好戏，真是精彩之极。"

又一匹快马从后面赶来，骑士飞身下马，扑倒在尘土中，禀道："夏侯将军传来消息，说凉州的武威颜俊、张掖和鸾、酒泉黄华、西平麹演等人同时造反，杀官据城。张郃将军等人已经分兵前去平乱，请魏王定夺是否分拨兵力，以拒刘备。"

曹操勒马往前走了两步，笑道："腹背受敌，这种情形，倒还真跟赤

246

壁那会儿有点像。好在彰儿的那二十万援军，也快要到了。放手一搏，我们不见得会输。"

夕阳已经沉了下去，黑暗开始缓慢而又不可阻挡地撕咬残余的光亮。贾逸站在城墙之上，眺望着暮光下的宫城。虽然不知道今晚要重点防范何处，但紧盯着皇宫，是不会错的。

宫中有长乐卫尉陈祎做内应，应该不会出什么大的问题。

而许都城的十处城门，有城门校尉曹礼把守，早在一个时辰之前就已经封闭了。若有人想要出城，没有世子的印信是根本不可能的。

贾逸手中有五百虎贲卫，蒋济手中有两千虎贲卫，曹宇手中有两千虎豹骑，还有许都尉的三千甲士，世子府的三千铁甲亲卫，至少一万精兵。不要说许都城内，就连许都城附近都再找不出能与之抗衡的兵力。

看起来，万无一失。

但贾逸心中却一直有种莫名的无助感。

昨晚遇到白衣剑客之后，他发现了一件很是蹊跷的事，让他无法再相信任何人。

他开始怀疑，自己在许都的这场乱局中，到底是个什么样的角色？或许，事情的真相远远不如他预想的那般简单。寒蝉到底是谁，在许都城郊伏击进奏曹的那些兵卒到底隐匿在哪里，这些问题似乎隐隐约约都指向了一个答案，只不过这个答案却未免有些匪夷所思。

田川……

一想到田川，就忍不住胸口隐隐作痛。虽然在进奏曹任职以来，见过不少同僚殉职，但田川的死却让他无法释怀。他很想念那个大大咧咧的小姑娘，想念她装模作样的幼稚模样，想起她皱起鼻子的天真模样，想起她嘟起嘴的生气模样。

贾逸长长叹了口气，还不是儿女情长的时候。

只有活下来的人，才有资格去祭奠。

眼看着最后一道余晖被黑暗吞噬，许都城中有个地方反而爆出了火光。不是烛火，更不是普通的走火。火势在城墙之上看得清清楚楚，而且蔓延速度非常快，应该是有火油这些东西助燃。

　　开始了吗？贾逸记得那处火光是张泉的宅邸。那地方，早有许都尉的人在，张泉翻不起什么大浪。紧接着，城中开始突然不断闪起火光，仅仅一盏茶的工夫，就已经燃起了二十多处。

　　贾逸摇头道："好大的手笔，都不想活了吗？"

　　"大人，我们……"手下的都尉有些跃跃欲试。

　　"再等等。"贾逸看着宫城的方向，摇头。

　　曹植站在世子府的门口，百感交集。原本他有机会，成为这里的主人，拥有这里的一切，包括如今被幽禁起来的甄洛。但是……是造化弄人，还是天妒英才？抑或是咎由自取？他苦笑着往身后的马车看了一眼，那个白衣剑客就藏在马车的底板下，只要自己引出了曹丕，就可以当场将他格杀。

　　门开了，竟然是曹丕的四友之一，朱铄。

　　"侯爷请进，殿下恭候多时了。"朱铄低头道。

　　曹植酸酸地道："我只不过是个侯爷，怎么敢劳驾世子恭候？朱将军谬言，谬言。"

　　朱铄也不答话，躬身在前面引路。世子府中很静，就算许都城内已经四处火起，府中却依然很静。曹植不由得有些紧张，计划真的能如寒蝉所预料的一样吗？自己真能取曹丕而代之吗？甄洛……也不知道甄洛怎么样了。

　　"到了，侯爷请。"朱铄将曹植送到中厅，躬身退下。

　　曹植清了下喉咙，冲背对着自己的曹丕拱手道："兄长，我来了。"

　　曹丕转身，嘴角带着一丝笑意："很好，你来了，坐。"

　　曹植道："不用了。兄长，臣弟发现城中起火，众多宵小趁火打劫，特来请示兄长如何处之。"

"不要紧。城中有许都尉,有进奏曹,还有曹宇的虎豹骑。这些小事我们不必放在心上。"曹丕走上前去,扯起曹植的手,将他引到一张长案之后,道,"坐,你我兄弟虽然同处一城,却好久没有一同吃过饭了。我这里还有一壶金露酒,不妨痛饮一番。"

金露酒……曹植猛地抬头,却并未在曹丕脸上看出一丝异样。他闷声道:"臣弟不胜酒力,恐怕……"

"甄洛好好的,我没有动她。"曹丕笑笑,击掌道,"上酒!"

门外走来十多个兵甲齐备的虎贲卫,端着酒菜依次而入。将菜肴放在长案之上,他们又沉默着依次退出。

曹丕起身,亲自将酒斟到曹植的酒樽中,轻声道:"喝吧,这次的酒里没有麻沸散。"

曹植看着长案上冒着热气的菜肴,心头燃起了一股无名火。那天的金露酒里,果然有问题。他强压住要掀翻长案的冲动,端起酒樽一饮而尽。甄洛还在曹丕手上,没把他拉下世子之位,就还不能撕破脸皮。

"我知道,你从小到大,都不服我。"曹丕浅浅抿了一口,"你觉得你才智比我好,仪表也比我好,文采也比我好,你大概一直想不通,为什么父王会将世子之位传给我。"

"臣弟从未想过这些,兄长多虑了。"曹植闷声道,仰头又是一杯苦酒。

"你记不记得,我们还有个弟弟。"

"弟弟?"

"就是那个六岁时候,就懂得以舟秤象的弟弟。"

"曹冲?"

"对。恕我直言,你才智不及他,仪表不及他。若假以时日,想必你的文采也不及他。父王数次都流露出想要立他做世子的念头,只可惜……"

"只可惜，他在十三岁那年就病死了。"曹植道，"兄长，现在不是念旧的时候，城中如今大火四起……"

"无妨，让火烧一会儿。"曹丕意味深长地摆了摆手，"我记得曹冲死时，父王曾说对他来说是不幸，对我们来说却是幸事。是啊，身为魏王之子，有几人能不对王位有几分妄想呢？"

曹植端起酒杯，掩饰道："兄长，如今既然你为世子，臣弟……"

"我知道你喜欢甄洛，甄洛也喜欢你。"曹丕笑道，"如果你我生在普通人家，我这个当兄长的，会成全了你们的好事。"

曹植急辩道："兄长，莫要听信流言，臣弟对嫂嫂并无非分之想。"

"从建安九年甄洛入府，一直到建安十七年，你们虽然时有暧昧，但并未逾越。建安十八年六月，在醉芳阁，你们是第一次私会吧？"

曹植大惊失色，酒樽掉到了地上。

曹丕淡然起身，将酒樽拾起，放在曹植手中，斟满了酒。他轻声道："美酒当前，岂能暴殄天物？"

曹植无奈，只得仰头喝下。

"建安十八年到建安二十四年，一共六年了吧，你们总共私会了三十九次，仅最近两年，就私会了十七次。有情人难成眷属，每想到这里，为兄都觉得对你不住。"

曹植只觉得满嘴都是苦涩，昂头道："兄长要责要罚，只管对着臣弟来，不要为难洛儿。"

"兄弟如手足，女子如衣服。"曹丕摇头，"你我是亲兄弟，我怎么会责罚于你？为兄只是觉得，既然你生性浪漫，沉迷于美色美酒之中，这父王打下的江山，总要有个人照料。为兄找人在甄洛送过去的金露酒中，下了麻沸散，你能理解为兄的苦衷吗？"

曹植脸色苍白，没有回答。

"你要美人，我给你；江山不是你的，不要再跟我争了。"

"你……"

"我知道，一直有丁仪这些人在旁撺掇你。这些人为了自己的富贵，闹得你我兄弟不合，真可谓罪大恶极。许都这场大火，也是他们放的吧？"曹丕摇头，"这样吧，火既然起了，总要给父王一个交代，到时候我就说是他们胁迫你做的，如何？"

曹植猛地站起身，道："不可，不可，他们虽然一直悉心辅佐我，但对这些事并不知情。"

"不是他们，那是谁？"曹丕的脸色隐藏在了灯光后面。

"是寒……臣弟、臣弟不知。"

"那好吧，不过这件事，总要找个替罪羊出来。你我虽然争斗多年，但毕竟是亲生兄弟，血浓于水，为兄总不能眼见你被父王打入大牢。"曹丕起身，道，"那就按你说的那样，我们一同出去看看。外面火烧得越来越大了，我这个监国的世子，总不能连世子府都不出。"

曹植起身，失魂落魄地跟在后面，走向大门。

原来自以为跟甄洛的事情做得隐秘，想不到曹丕竟然一早知道，隐忍了十多年。若是在争夺世子之位的时候，他把这件事抖破，那自己岂不是毫无希望，但是，曹丕为何一直隐忍不发？

他心思已乱，不觉间竟然已走到门口。朱铄在前，正要打开大门，曹植却下意识急道："不可、不可开门！"

"为何不可开门？"曹丕转身，似笑非笑地看着他。

曹植心乱如麻，犹豫道："外面，外面太乱，兄长还是不要出去巡城的好。"不管怎么说，曹丕毕竟是自己同父同母的兄长，虽然因为世子之位生出了诸多不和，但毕竟血浓于水，杀了他未免太过。况且即便杀了他，自己也不见得能当上世子，后面还有曹彰这些兄弟。

"奇怪了，不是你前来邀我出城巡查的吗？"曹丕负手，看着他道。

"嗯……臣弟，臣弟想了想，觉得兄长还是待在府中比较安全。外面反正有许都尉、进奏曹那些人……"

"优柔寡断，这不是个好习惯，不过今晚，倒还真不算多大的毛病。"

曹丕示意朱铄打开了大门，曹植的那辆马车还静静地停在门口。

曹丕突然道："你现在是不是很担心？"

曹植勉强笑道："臣弟……不明白，兄长何出此言？"

曹丕冷冷道："你难道一点也不担心，藏在你马车下的那个白衣剑客，会突然暴起，杀了我？"

宫城北门处燃起了一缕轻烟，如果不仔细看，根本看不出来。贾逸整理了一下身上沉重的明光铠，那些接缝棱角摩擦着伤口，很不舒服。

"大人，宫城北门，有信号了！"手下的都尉再次提醒道。

"我知道，再等等。"贾逸戴上了缨盔。

"还等？"都尉疑惑地看着他。

"还等。"

应该没错。贾逸眯着眼睛，看着那缕薄烟。本来跟陈祎约好，一旦宫中有人出门，就在那处宫门燃烟为号的。看如今这样子，应该是有人从北门出去了。如今许都城内，大火四起，人心惶惶，到处一片嘈杂之声。此时此刻，从宫城中出去的，会是何人？虽然不知道寒蝉的计划到底是什么，但有一点是可以肯定，不会只是在许都城内大闹一场那么简单。

那些汉室旧臣和荆州系大臣们，从自家宅院开始放火，又抛头露面地带领家丁们在城中四处纵火，把事情做绝了。如果不是想要谋划一场惊天动地的大事，每个人都有必死的觉悟，是不会不给自己留点后路的。

贾逸不由得打了个冷战，如果不是昨晚从世子府回来，被白衣剑客所伏击，大概他还会一直浑浑噩噩下去。都说经历生死之间，人会突然看透很多事情，这叫作濒死悟道。而贾逸就在昨晚，看着白衣剑客的剑锋刺中田川之时，却很奇妙地想到了另一件事。

这样的绝世高手到底是谁？

既然以白帛蒙面，自然是不想被他看到真面目。但既然白衣剑客有绝对的把握杀了贾逸和田川两人，为何还怕死人看到自己的面目？

抑或说，白衣剑客知道自己不会死，知道蒋济会来？

自己是在从世子府回进奏曹的路上被伏击的，如果说白衣剑客一直监视自己，才能在半路伏击的话，那蒋济来援，运气也太好了吧。不但时间、地点掐得很准，而且还带了五十名虎贲卫。就算如蒋济所说，是见自己迟迟未归，才前去接应，那按常理，最多派一个都伯或者都尉带几个人前往即可，为何要搞出那么大的阵仗？

还有前些时日，在许都城郊被伏，那群突然出现、又突然消失的正规军队。到底怎么回事？寒蝉哪怕再算无遗策，也不可能把几百人变出来又变消失了吧。记得田川去过被伏击的现场，说一切的痕迹都表明那群人返回了城中，虽然当时怀疑是那些汉室旧臣和荆州系大臣的家丁，但后来经过查验却排除了这个可能。于是，这几百人的那条线就此停顿。

贾逸仰头，苦笑。其实，很多时候，答案就在眼前，只不过没有意识到罢了。

"大人，蒋济大人已经带了五百人去了宫城北门追击，我们还要再等吗？"那个都尉有些急躁。

"等。"贾逸沉声道。

张泉回望了眼宫城北门，心中苦涩。他今早接到了寒蝉的锦囊，要他挑选三十名身手矫健的家丁，备好六十匹快马，前往宫城北门接应。他心中已经明白，所谓的在许都城中起火大闹一场，趁乱杀死曹丕这个计划，只怕是个幌子。寒蝉要做的是接应那个人出城，出许都城。可怜窑洞中密谋的那些汉室旧臣和荆州系大臣，都只不过是些弃子，来引开注意罢了。

张泉一行近五十人，全都是披甲仗剑，打的是许都尉巡城兵马旗号，后面跟着一辆马车。想必那个人，就在车上吧。曹植此时此刻，应该到了曹丕府中了吧？若是把曹丕骗到街上，想必那个白衣剑客已经将二人都杀了。是的，曹植也是弃子，对于寒蝉来说，根本从未考虑过扶曹植上位。曹植的作用，只不过是以世子之争来吸引曹丕的注意罢了。

马队离开宫城，走到了城中的井街之上，但见到处火光冲天，不少民众哭喊着取水灭火。张泉忍不住又叹了口气，为成大事，要死多少人才算够？因为怕进奏曹起疑，张泉虽然心中早有所怀疑，但并未提前遣散家眷。现如今，只好期盼老天能给他们条活路了。

寒蝉的指示是将马队带到城北的永宁门，说是那里自有接应。一路上走来，出奇的顺利。遇到的几群放火的人，一看到马队，即刻避让。而那些擦肩而过的许都尉兵、进奏曹的虎贲卫、曹宇的虎豹骑都未曾停下来询问，他们只顾着满城缉拿纵火之人、灭火而已。

不到半个时辰，马队已经到了永宁门。但出乎张泉意料的是，城门却紧紧关闭着，门口的五十多个兵丁如临大敌般地守望四周。看到张泉的马队，守门都尉高声喝道："来者何人？"

一定是哪里搞错了，接应的人没到吗？张泉只好提起精神道："我们是许都尉的兄弟，奉大人令，有要事出城，还望将军行个方便。"

"大人可有印信帛书？"都伯道。

"印信帛书？"张泉迷惘道。

"世子府有令，城中若有变故，出城者必携印信帛书，否则格杀勿论！"都伯拔出长剑，喝道，"再问大人一声，可有印信帛书！"

张泉发觉事情不对，只得硬着头皮道："有，有。这就给将军取来！"

他俯下身，假装要取帛书，却看到身后荡起了一阵烟尘，似是追兵到了。

张泉一抖缰绳，大喝道："众儿郎，随我冲门！"

马匹嘶鸣声骤响，三十四匹快马如离弦之箭，直向城门冲去！

骑兵冲阵，没有长枪兵的话，是守不住的。张泉很有信心，对面只有五六十个刀盾兵，一个冲锋即可拿下。只要冲到城门前，绞动锁链，拉起断龙铁板，推开城门，还有谁能拦得住？眼看已经快要到城门了，却只听见"腾、腾、腾"几声，前方灰尘荡漾，平地里悬上来几根碗口粗的麻绳！

"糟了，绊马索！"张泉脑中浮现出这个念头，身下的马匹已经一声悲鸣，前蹄折断扑倒在地。看着眼前天旋地转，似乎过了很长时间，才听到了自己摔落在地的声音，随即耳边响起了轰鸣之声。张泉在尘土中挣扎了好几次，想要起身，几把雪亮的缇首刀却已经架在了脖子上。

"时间不早不晚，刚刚赶到。张大人，请起吧。"黑暗中，张泉看到了伸过来的一只手，是进奏曹的蒋济。

"张大人是不是觉得功亏一篑？"蒋济笑道。

"天子就在后面的车驾上，你敢无礼？"张泉声色厉内荏地喝道。

"真的吗？"蒋济道，"掀开车驾，给张大人看看他抛弃妻儿，最终拉的是什么？"

虎贲卫一声应诺，撩开了车帘，里面坐着一个畏畏缩缩的小黄门。

"不是陛下？"张泉讶然道。

"汉帝并未跟着你的车驾走。"蒋济没有看他，"你跟那些人一样，只不过是个弃子。"

"我也是个弃子，是个幌子？"张泉嘶声道，"你早就知道？怎么可能，如果我也是个幌子，为何你会跟着追来？"

"如果我不跟着你追来，真正的汉帝又怎么会安心出门呢？"蒋济道，"张大人，今晚你的戏已经唱完了，就待在这里好好看着别人的戏吧。"

陈祎在宫城北门放的那缕烟，是假的，就算从北门出去了些人，也绝对不会是那个人。

陈祎这么做，是为了引开进奏曹的注意，声东击西。

不错，陈祎是寒蝉的奸细。恐怕当初贾逸找上陈祎的时候，就已经被设计了。

贾逸本来以为是自己在宫城安插了一个暗桩，但没想到陈祎却是寒蝉的暗桩。也是，虽然自己对所谓的皇纲正统不怎么待见，但作为世代都担当宫城禁卫的东郡陈家来说，岂是那么容易就能收买的？

陈柘夫人崔静的那张地图送到自己手上，蒋济带队前往城郊捉拿刺杀曹植的刺客，都是一个局。包括后面汉帝召见自己，回进奏曹发觉中计，带队援助蒋济，又被伏击，还是一个局。这个局一环套一环，设计得很是精妙，但最为困难的是，参与伏击的那些正规军士从何而来。贾逸当初想破了脑袋，也没想出来。

但想通了"陈祎是暗桩"之后，一切都迎刃而解。

那些军士，自然是宫中的禁卫。陈祎身为长乐卫尉，守卫宫中门户，自然能随意调动禁卫军。而且，贾逸已经连夜查明，许都城南永丰门的守门都尉是陈祎的老部下。那么，那晚伏击进奏曹的五百军士如何出现在了城郊，又如何消失在了城中，就有了个完美的答案。

只不过，蒋济在这里又扮演了什么角色？

一道烟火突然直射夜空，闪过黯淡的红光之后，即迅速熄灭。

贾逸早在宫城四门安排了郭鸿的人，待轻烟燃起之后，再看到有人出宫，就以各色烟火为号。

红色，宫城南门，果然又有人出来了。

宫城南门出城，自然是奔着城南的永丰门去的，只有那里他们才能出城。

贾逸起身，喊过那个都尉，分给了他二百虎贲卫，要他先行抄近路拿下永丰门，而他自己则带着剩下的三百虎贲卫顺着原路追击。贾逸跨上了马，带着十余骑先行。他的速度很快，虽然他知道汉帝出宫，为了避免人注意，应该走得不会太快，但仍有些迫不及待。他很想尽快拿下陈祎，想从陈祎嘴里问出一些东西来。

战马在许都城的街道上奔驰而过，贾逸很小心地抖动着缰绳，避开路上慌乱的人群。城中的局势大体上已经控制住了，火势正在减弱，那些带着家丁们到处放火的汉室旧臣和荆州系大臣们被抓住了不少。

好在提前有所准备，不然的话，可能还要折腾更久的时间。

颠簸使得盔甲不断摩擦着已经结痂的伤口，贾逸感觉得到，那些伤口又被重新撕裂，鲜血正混合着汗水变成了痛楚，刺激着他纷乱的思绪。他开始轻微地喘气，这是体力透支的征兆，不知道还能撑多久。

他抬手抹去额头上的汗水，强迫自己冷静下来。

陈祎是寒蝉的暗桩，曹植是寒蝉的内应，杨修是寒蝉的弃子，张泉是寒蝉的幌子。

那么那个白衣剑客呢？

蒋济蒋大人呢？

贾逸摇了摇头，努力想把心中的迷惑甩出去。

他不敢相信自己猜测的答案，因为他一点都想不通那个人为什么要这么做。

远远地，看到了陈祎的车队了。只不过五六骑、两辆车而已。陈祎在，汉帝身边最信赖的祖弼也在。没错了，两辆车，一辆里面是汉帝刘协，另一辆里自然是皇后曹节。

贾逸策马绕到车队前面，勒住缰绳，扬声道："陈大人，这么晚了，你是要去哪里？"

陈祎脸色阴郁得要滴出水来："禀告贾校尉，在下父母重病在身，前往送医。"

"送医？陈大人，看您这方向，应该是出城才对。"

"贾校尉有所不知，在下父母这病，只有出城才能治得。"

"哦？还有如此怪病？我倒想见识见识。"贾逸策马就要往两辆马车前走去。

陈祎擎过背后长枪，冷冷道："贾校尉，请你让路。"

贾逸停住，看着陈祎不语。他在等，等后面的大队人马追上来。他很清楚，自己身上有伤，已经很虚弱了，根本不是陈祎的对手。而单凭跟着来的这十几个骑兵，能不能留得住这五六个人很难说。既然是护卫汉帝皇后，陈祎带的肯定都是宫中禁卫的精英。

"陈大人，真的不愿做一个郡守？那州刺史如何？魏王那里，一切都好说。"贾逸看着手下将车队围了起来，心里稍稍安定了一些。

"呸，乱臣贼子，我等岂会因高官厚禄而违背大义！"祖弼抽出腰间长剑，指着贾逸喝道。

"失敬，原来祖大人也在。"贾逸拱手，"素闻祖大人忠义，何不劝陛下回去？若是等下刀兵相见，伤到了陛下如何是好。"

"你敢！"祖弼大声喝骂。

陈祎不再答话，策马挺枪来刺。贾逸本欲提剑格挡，却伤口一痛，右臂都抬不起来。眼看枪上红缨已到面门，贾逸只好滚鞍落马，狼狈地躲了过去。

陈祎也不追赶，而是将手中长枪舞动得犹如缤纷而坠的雪片，向拦着去路的两名虎贲卫袭去。不愧为长乐卫尉，两名虎贲卫根本不是对手，不过三四合就被陈祎挑落马下。这边贾逸刚刚起身，车队已经闯出了包围圈。

"要再跟上吗？"一名虎贲卫问道。车队明显加快了速度。

"远远地吊着就好，再追上去，还是送命而已。"贾逸活动了下身体，只感到一阵撕心裂肺的疼痛。可恶，若不是有伤……

他苦笑一声，咬紧牙关跨到马上。不知道先前抄近路赶往城门的那二百虎贲卫到了没有，现在应该派人禀告蒋济大人，还是世子殿下？他们两个人，究竟能相信谁呢？口中呼出的气越来越热，似乎隐隐的还有一股子血腥味。一颗心跳得厉害，几乎随时都要跳出胸膛一般。贾逸还在强撑，现在还不能倒下。这段路虽然漫长，但就算拼了命也要走完，总不能让田川死不瞑目。

是路，总有尽头，像过了一辈子那么漫长，永丰门终于到了。城门已经被夺下，车队停了下来，地上横七竖八地躺着几十具尸体，虎贲卫们已经控制了局面。数十张长弓挽成满月，包围了车队，尖利的箭簇上闪着冷冷的乌光。陈祎和祖弼都已经下了马，站在了马车前面，漠然地看着四周的虎贲卫。

贾逸滑下马，以剑做拐，艰难地走上前去。伤口里渗出来的血已经沁湿了亵衣，伴着汗水一同流了下来，贾逸只觉得一阵阵的眩晕，他知道自己快要到极限了。

"陈大人，既然已经陷入重围，何必再做困兽之斗？"

陈祎摇头："贾大人，我们这些人，为汉室而终，是毕生的光荣。你们是不会了解我们的，虽然你为人不错，但奈何道不同，不相为谋。若想要拦下我，能拦下的只有我的尸体。"

"何必呢？陈大人，为一个没落的王朝做殉葬品，就觉得自己很光荣吗？"

"陈祎，老夫先走一步。"祖弼将佩剑横在颈中，笑道，"来世再见！"

亮光闪过，一腔热血喷薄而出，将祖弼的胡须染得鲜红。

贾逸叹口气，摇了摇头。

一轮新月慢慢从高大阴冷的城墙后升起，陈祎手握长枪，淡淡道："贾大人，自从许都再见，与你为敌之后，在下从未有必胜的信念，只有死战的决心。"

"长乐卫尉陈祎，冲阵！"陈祎大喝一声，挺枪向虎贲卫们扑去。

"放箭！"虎贲卫都尉挥手，羽箭蜂拥而至。

数支羽箭穿透轻甲而过，陈祎喷出一口鲜血，双膝一软差点儿跪在地上。他单手扶地，艰难地挪步前行。血从伤口渗出，沿着轻甲滴落在地上，画出几道血淋淋的长线。

"放箭！"

羽箭再次呼啸而至，刺入胸膛。陈祎摇摇晃晃站起了身，眼前的景色已经模糊，他向前跟跄着冲了几步，终于重重地倒在地上。

贾逸在虎贲卫的搀扶下，挨到了马车跟前，嘶声道："陛下，请随下官回宫。"

然而马车中并无回音。

贾逸皱了皱眉头，只得提高声音喝道："陛下，下官乃进奏曹鹰扬校尉贾逸，请陛下随下官回宫！"

仍没有回音。

贾逸心中突然涌起不好的预感。他扶着车辕，用力向前弹出身体，用剑挑开车帘。

空的。

马车是空的。

贾逸的腹部仿佛挨了狠狠一击，他跌落马车，倒在车轮边。虎贲卫跳上了另一辆马车，依旧是空的。

贾逸茫然四顾，看到了不远处躺着的陈祎的尸体。原来一直没注意，这家伙穿了身崭新的轻甲。贾逸的眼睛眯了起来，他看到轻甲上刻着一个小字，那个字他曾经在另一件东西上见过。

"原来是他啊。"贾逸嘴角浮上了一丝苦笑，"是他带走了汉帝吗？只不过，寒蝉到底是谁呢？"

他用尽全身力气，大声喝道："都尉，将人手全部散开，分赴许都十一个城门，就说世子有令，任何人胆敢出城，即刻当场拿下，如有反抗者，格杀勿论！你亲自带人分别赶往世子府和进奏曹，找到世子和蒋济，就说贾逸办事不利，汉帝已经失踪，请他们加派人手，满城搜捕魏讽！"

都尉大声应诺之后，带着兵士们快速离去。

贾逸靠在车轮边，大口大口地喘着气，只觉得生命正在缓慢流失。他抬手拭去嘴角咳出的鲜血，笑骂道："两天之内，连着两次到了鬼门关，看来我真的没福分活下去。"

他的身体逐渐变冷，意识却越来越清醒。往事一幕幕在脑中不断地闪现、消失。"走马灯吗，看来真的快要死了啊……"他喃喃道，眼睛却越来越清澈。

260

犹如黑暗中打亮了一盏火折，困扰了大半年之久的谜团在火光的照射下逐渐烟消云散。所有的一切，他似乎都明白了。

随即，如山的黑暗重重压来。

"兄长，你、你说什么白衣剑客？"曹植竟然张口结舌起来。

"怎么，吓到了吗？"曹丕向马车招了招手，马车自行离去，却不见白衣剑客的身影。

"不知道兄长在说什么。"曹植出了一身冷汗。

"朱铄，关门。"曹丕又转过身，笑道，"你说得也对。城中有许都尉和进奏曹，我去凑什么热闹，还是府中安全些。走，我们回去喝酒。"

曹植无奈，只得跟着曹丕又返回中厅。刚一落座，他的脸色即刻变得煞白。在他的对面，白衣剑客负手而立。

"你……你……怎么进来的？"曹植问道。

"我给你介绍一下。"曹丕笑道，"这位白衣剑客，是我学习剑术的师父，大剑师王越。"

"王越？"曹植狐疑地看了王越一眼，是那个在洛阳城中开馆授徒的一代剑术宗师？怎么和在自己府中出入的那个白衣剑客如此相似？

"临淄侯，别来无恙？"王越躬身施礼。

声音！声音也一模一样！曹植身子往后仰起，大惊道："他是寒蝉的人！他要杀你！"

王越大笑起来，曹丕微微地摇了摇头："他是我的师父，怎么可能会杀我？"

曹植喊道："他到我府中去过，他有寒蝉的令牌！就是他要我来你府中，把你引到街上，当场格杀的！"

曹丕叹了口气道："你文采确实很好，这点我不如你。但你只是小聪明，心也不够狠，夺嫡争位，这点你不如我。"

"什么……意思？"

"你若是刚才在门前没有犹豫，执意劝我巡街，那白衣剑客绝对会出手，但死的却不是我，而是你。"

曹植目瞪口呆地起身，看了看王越，又看了看曹丕。

"此时此刻，汉帝大概已经出宫了吧。"曹丕向王越道，"王越师父，还得麻烦你去城南一趟。"

王越点头，转身离开。

曹植回过神来，呐呐地问："你……要杀汉帝？"

曹丕将酒斟满，淡淡笑道："我来给你讲一个故事好了，今晚，我们有大把的时间。"

城东，安定门。

魏讽骑着匹枣红马走在前面，后面还有两个长随模样的人骑着两匹瘦马跟着。三人走到城门前，魏讽跳下马，满脸堆笑地跑到城门都尉跟前，道："几位大人都在忙吗？兄弟要出城一趟，还请行个方便。"

城门都尉赶忙还礼："魏大人多礼了，你这是要出城干什么？"

魏讽道："不瞒大人，兄弟刚从世子府出来。这不城中起火，乱糟糟的一团吗？世子让我前往城外的军营，送个口信。"

"让大人你去军营传口信？这……"城门都尉有些怀疑，虽说魏讽已经倒向了世子，被汉室旧臣和荆州系大臣们所唾弃，但这种要事，不应该由世子府或者进奏曹的人来做吗？

"哦，世子那里确实抽不开人手了。这口信其实也没什么要紧，就是让军营的夏侯尚将军注意一下许都城附近的动静，谨防有贼人趁乱冲城。"魏讽一边说着，一边从怀里掏出一片白帛，"啊，对了，这是世子的印信帛书，他说今夜出城，必须要用这个才成。"

城门都尉接过帛书，又从怀中拿出另一片帛书，将两者重叠起来，印迹完全吻合，是货真价实的世子印信。

"咱们这印信验证还真够严的。"魏讽笑道，随手塞了一把大钱给那都尉，"有劳大人了，没事儿去喝杯小酒好了。"

"大人客气了。"城门都尉道，冲手下的兵士们挥了挥手，"印信勘验无误，开门！"

沉重的绞盘发出艰涩的吱吱声，门前重达千斤的断龙铁板被绞了上去。魏讽待兵士们推开厚重的大门，带着两名长随走出了城门。

三人默不作声地走了很久，直到身后的城门完全隐没在黑暗之中，魏讽一改脸上的怠懒神色，跳下马冲后面的两个长随跪倒："陛下，刚才形势所迫，恕臣无礼。"

刘协平静道："无妨，无妨。魏爱卿，我们还有多远？"

"再走十多里地，有户农庄，那里备好了马车。只要上了马车，我们不走官道，大概四五天左右就能到邺城，邺城有我们的人……"魏讽道。

"我们能赶到邺城吗？"刘协似乎一副忧心忡忡的样子，不，更像是那种没什么热情的样子。

魏讽在心里叹了口气，几十年的傀儡日子已经把这位英主磨砺成了什么样子了。

"陛下，恕臣直言，这种事谁也不能作保证。但既然满朝旧臣以身家性命为陛下博得了这么一个机会，陛下也应当竭尽全力才对。"魏讽劝道。

刘协闻言，似乎稍稍提了些精神："不错，若是能中兴大汉，陈祎、祖弼、张泉……这些人就是中兴名臣，他们的功德，朕会永远铭记在心。至于魏爱卿，朕会帮你洗净污名的。为了今晚这件事，你着实受了天大的委屈。"

魏讽正要答话，皇后曹节却回头凝望着许都的方向，喃喃道："陛下，大汉朝，还有中兴的可能吗？"

魏讽脸色如水，只是瞟了眼曹节，并未说话。在一开始的计划中，他只需要带着汉帝出城，曹节并不在内。但到了出宫的时候，刘协却执意要带上曹节，理由是怕魏王迁怒于她。一路上，魏讽很是紧张，生怕曹节出声让三人露了马脚。还好，曹节一路上都是默默无语。

刘协爱怜地看着曹节："这么多年，皇后受委屈了。"

"其实，待在宫中也没有什么不好的。这么多年，勾心斗角、尔虞我诈的日子陛下还没过够吗？哪一次波澜不是杀得血流漂橹，陛下不觉得累吗？"

"娘娘，"魏讽开口道，"陛下乃刘氏血脉，皇纲正统，是真正的天子，岂能被那些因势得权的窃国之贼所胁迫？这天下，原本就是刘家的，不是谁耍些上不了台面的手段就可以夺去的。"

黑暗中，响起了一个浑厚的声音："魏讽，你说我们曹家乃篡国之贼，但你们的汉高祖呢？当初，他只不过是沛县一嗜酒匹夫，无籍小辈！刘邦这等无赖，尚且可劫夺秦朝天下，我父王扫清海内，兄长累有大功，刘协即位三十多年，若不是我父兄，早就死无葬身之地了，单凭这一点，我父兄有何不可称帝！"

魏讽脸色凝重，抽出长剑，道："谁？"

黑暗中燃起火把，足足有百十余骑，当前的一名骑将冷冷答道："我乃鲁阳侯曹宇，尔等还不束手就擒！"

魏讽拔剑向曹节冲去，大怒道："贱人受死！"

曹节木然地看着剑锋，却并未躲避。眼看三尺青锋已到眼前，斜刺里却突然多出了另一把剑。只听得一声脆响，魏讽的长剑应声而断。接着剑光一闪，魏讽的额头上多了一道血痕。出手的那个白衣人还剑入鞘，以十分优雅的动作将曹节扶下马匹，道："殿下受惊了，世子特命我前来护卫您。"

刘协苦笑："节儿……你当真不愿跟我走？"

曹节摇头道："陛下，不是我。"

刘协下马，看着倒在荒草丛中的魏讽，吃力地将他搀起。魏讽的头无力地耷拉着，血沫从嘴角涌出，将刘协的衣衫染上一大片红色。

"陛下，臣无能……"微弱的声音被夜风吹散，消失得无影无踪。

刘协默然地坐在草地上，看着邺城的方向，怀里的魏讽已经渐渐没了呼吸。

"请陛下回宫。"曹宇走上前，道。

"你能告诉我，这到底是怎么回事吗？为什么寒蝉的计划，你们竟然知道得一清二楚，是寒蝉倒向了你们吗？"

曹宇示意左右扶起刘协，道："请陛下更衣。"

"不用。"

"衣服上有血，就这样入城，始终是不太好看。"

刘协轻声道："这是我大汉朝最后一位忠臣的热血，我穿着这件衣服，倒也无妨。"

"陛下，我们回宫吧。"曹节走到刘协身边，搀住了他，"我们就简简单单地活下去好了，这些杀戮和鲜血，阴谋和背叛，都让它们随着大汉朝一起逝去吧。"

"不，他还没有回答我的问题。寒蝉是谁，他为什么会倒向你们？是他着手谋划这场乱局，要不是他从中联系，根本不会有这场夜逃，根本不会死这么多人！他给了大家一个机会，却又把大家都推进了死地！祖弼、陈祎、魏讽……还有那些死不瞑目的旧臣们，曹宇，你总要给我一个交代！"

"陛下，这场夜逃，从一开始就是一个局。"曹宇面无表情地看着刘协，"寒蝉，是我兄长曹丕。"

夜色已深，长案之上的酒菜都已经凉透了。

曹植如坐针毡，他不明白今夜到底发生了什么事，他不懂曹丕为何会如此平静。他只好看着厅中跳动灯光，默默地数着自己的心跳。他只知道，曹丕知道自己想杀他，知道自己参与到了寒蝉的阴谋之中，知道自己背弃了整个曹家。曹丕会把整件事禀告给魏王吗？魏王会如何处置自己？

厅堂外响起了急促的脚步声，吴质快步走了进来。他附在曹丕耳边，低声言语了几句，然后又快步离开。

曹丕似乎松了一口气，夹了筷已经凉透了的菜送入口中。

"兄长……不是说要讲个故事吗？"曹植小心翼翼地问道。

曹丕笑了笑，道："对，是有个故事。既然你已经有些迫不及待，那我就只好慢慢说来。反正，这个故事刚刚已经有了结局。

"自去年太医令吉本谋反被诛之后，汉室旧臣、荆州系的大臣和另外一些心怀不满的人都一下子安分了好多。"曹丕坐到了长案之后，示意朱铄将曹植面前的酒樽添满，"但我知道，安分只是表面的。这许都城内，就犹如一碗鸡汤。表面上不见一丝热气，搅开那层油皮，下面可是烫嘴得很。我这个世子之位得来不易，也不安稳。我始终在想，要怎么样才能把成王之路上的那些绊脚石全部搬开。还好，有些人就是不懂得审时度势，既然他们要做大汉朝最后一批忠臣，为何我不能成全了他们？父王忙于征战，无暇顾及这些事，我这个做世子的，自然要为父王分忧才对。"

曹植愣愣地看着眼前的曹丕，似乎是第一次见到他，这是那个懦弱愚蠢的曹丕吗？这是那个不忍狩猎母鹿的曹丕吗？这是那个因为城门都尉阻拦就乖乖返回的曹丕吗？

曹丕端起酒樽，抿了一口："进奏曹运作了十几年，这许都城内，有什么能瞒得过我？可偏偏有人不信邪。魏讽、陈祎、祖弼、张泉、王安、王登、宋季……这些人经常高谈阔论，想要让刘协再次君临天下，而且他们还在许都城郊，找了一个窑洞，搞了个秘会。哈，窑洞？以为躲进了窑洞就隐秘了？只要是许都方圆百里的地方，上穷碧落下黄泉，谁能逃得过进奏曹的监察！他们不是觉得寒蝉没死吗，他们不是想要联络上寒蝉吗？我就给他们一个寒蝉！"

"你……你是寒蝉？"曹植的声音因惊讶而变得沙哑。

"我不是寒蝉，真正的寒蝉并不存在。"曹丕道，"如果硬要说有寒蝉的话，你身边的朱铄是一个，吴质是一个，陈群也是一个。"

"到底怎么回事，你是说，一直从未露面却又联系起了汉帝和我的寒蝉，其实是……"

"是假的。不管吉本是不是寒蝉，不管寒蝉是不是死了，去年谋反之后，寒蝉就没有了消息。按照之前寒蝉的行事风格，他从未露面，只是以令牌为信物。吉本死了，身上有块寒蝉的令牌。我看了那块令牌，仿制似乎并不怎么困难。于是，我们小心地试探，取得了这些汉臣的信任。但从头到尾，我们之中没有任何人以任何形式露过面，我们只是把指令放在不同的地方交给不同的人传达。

"你知道，对于那些自以为是的阴谋者们，把事情弄得越神秘，他们就越深信不疑。于是，我们制定了一个详尽的计划。不过这个计划进展得并不怎么顺利，应该说，跟这么多心思缜密的人一起上演这出戏，计划不会进展得有多顺利。几乎每个人都没有按照我们设定的方向前进，突发状况层出不穷，让我们疲于应付。比如你所上演的被暗杀的苦肉计，比如魏讽的自污其名，比如城郊对进奏曹的伏击。虽然由吴质他们三个扮演起了无所不能的寒蝉，但他们毕竟不是真正的无所不能。我们终于意识到，我们并不需要一个详尽的计划，我们需要的是做一个旁观者，我们将戏台布置好，坐一旁冷冷地看你们表演即可。我们只需要在关键的时候推你们一把，将你们推向我们所希望的方向。

"你在动，汉帝在动，杨修在动，张泉在动，魏讽在动，陈祎在动，祖弼在动，更要命的是进奏曹也在动，司马懿也想插手到其中。有几次，我几乎想要放弃这个计划，这个计划太过于庞大，只凭我们这几个人应付，简直是战战兢兢，如履薄冰，稍有不慎就会满盘皆输。好在我撑了下来，好在今晚你们所有人的举动，都在我们的预料之中。

"今晚的第一个祭品，是那些汉室旧臣和荆州系大臣。许都城内戒备森严，如果没有足够的人手，是掀不起什么风浪的。魏讽、陈祎和祖弼他们很清楚这一点。他们觉得，既然做大事，就难免要牺牲。于是他们利用秘会，传达了错误的消息，他们让那些汉室旧臣和荆州系大臣们以为，只要今晚许都城内燃起大火，忠于汉帝的部队就会在某处城门都尉的接应下，杀进许都，夺回天下。可惜的是，许都城内，我曹家人牢牢掌握的精兵足有万人，许都周边的部队将领，哪个不对我曹家忠心耿耿。汉帝知道这一点，魏讽他们自然也知道。他们明白，所谓的占领许都，只不过是痴人说梦罢了。既然占不了许都，那要怎么做，只好逃离许都。要想逃离许都，自然许都要先乱起来。于是，那些接到寒蝉锦囊，今夜带领家丁四处放火的汉室旧臣和荆州系大臣，就成了汉帝重回天下的第一个祭品。六十多个家族吧，足足有三千多人，用尸骨为汉帝出逃铺成了第一块垫脚石。

"第二个祭品，是你。你真的以为魏讽他们只满足于杀了我，将你扶上世子之位吗？你太天真了。他们就是希望我们兄弟相争。呵呵，他们不是要天下第一的刺客吗？于是我们就推荐了王越。是的，早在以前，王越就在我指使下，以白衣剑客之名，做过几次案子了。有这么大的名声，那些人自然是喜出望外。于是，他们与所谓的寒蝉商议，由你将我骗出府中，由白衣剑客将你我二人当街格杀。这样一来，许都城内群龙无首，只会陷入恐慌之中，组织不起像样的追击。

"第三个祭品，是张泉。张泉一直没有进入过以魏讽为核心的圈子，而张泉的身份，更是被他们有意无意地透露给了进奏曹，成为了摆在明面上的幌子。可怜张泉还想以此为契机，辅佐汉帝重新君临天下，成为中兴功臣。魏讽他们没有小看进奏曹的蒋济和贾逸，这两个人追查的速度很快，在极其有限的条件下，他们两个虽然一直没有接近核心的真相，却已经掌握了外围的情况。而那个贾逸更是出乎所有人的意料，竟然一路查到了留香苑，发现了你跟甄洛幽会，还发现了张泉。魏讽很是担心，他知道进奏曹已经得出了汉帝、你、张泉上了一条船的结论。那么再结合进奏曹无孔不入的调查，推断出你们的预谋，只是早晚的事。于是，他们将张泉当成了鱼饵，用一辆假马车吸引进奏曹的注意。这样做还是有成效的，最起码骗过了进奏曹的蒋济。但是，魏讽还是觉得不怎么放心。他认为进奏曹中司马懿并未参与查案，不足为虑；蒋济的敏锐程度和能力，都比不上他的那个下属。于是，那个表现处处出人意料的贾逸，成了他的心头大患。尤其在知道我邀请贾逸出席家宴的那一刻，他决定先下手为强。但在这里，他犯了一个极其致命的错误：他向寒蝉请求，派出白衣剑客当街格杀贾逸。他却不知道，白衣剑客是我的人。得知了这个要求，我当时很惊讶。如果杀了贾逸，重挫进奏曹，那再三要求参与此案的司马懿，肯定会再度提议，那时我将没有再度拒绝的理由。若是司马懿这条老狐狸参与到案子里，以他敏感的嗅觉，查出寒蝉是谁，我究竟在这里做了什么，只是早晚的事。但如果不杀贾逸，难免会引起魏讽的怀疑。如何是好？我们短暂商量了一下，决定既然是家宴，就要贾逸带名女眷前来。于是，田畴的唯一一个女儿，田川死了。本来，我准备了一队人，在田川死后出现，给王越一个不杀贾逸的借口。事有凑巧，蒋济带了虎贲卫，前来接应贾逸。于是这场戏演得越发完美，没有一个人起疑。得知白衣剑客未能得手，魏讽他们有些慌乱，他们怕进奏曹通过这次伏击，推演出什么，于是他们作出了一个看似非常热血的决定。

"陈祎和祖弼，扮演第四个祭品。魏讽带着汉帝由城东出城；陈祎和祖弼，带着两辆空马车，由城南出城。城南永丰门的城门都尉是陈祎的旧部，由他接应陈祎出城；而魏讽手中，有我府上的印信。那块印信，如果我所料不错，是他们通过你从我府中偷去的。如果进奏曹没有识破他们，那么陈祎、祖弼、魏讽和汉帝就在城外汇合，一同向邺城奔逃。但是呢，那个进奏曹的贾逸，却再次出乎了所有人的意料。从城中火起之时，他就一直很沉得住气，并且利用游侠郭鸿的人潜伏在宫城四门，看到陈祎和祖弼出门之后，以烟花为号，紧紧咬住了他们。

"于是，四个祭品，全都被推上了祭台。魏讽带着汉帝和皇后，顺利地出了城东，当时他到底什么心情，是大事终成的愉悦，还是兔死狐悲的悲戚？他不知道的是，曹宇一直在跟着他们，还没等他想清楚到底怎么回事，就让他忍辱负重谋划了半年之久的奇谋付诸流水。刚刚吴质告诉我，汉帝和皇后已在返回许都的路上了。"

曹丕的话停了下来，端起了酒杯，放在唇边，却并未饮下。他突然觉得有些空虚，有些寂寞，有种说不出来的感觉。他停顿了一下，轻轻敲了下长案，朱铄从外面走了进来。

曹丕道："那个贾逸，是昏倒在了城东，对吧？"

"是，他意识到中计之后，将所带的虎贲卫调配开了，分别奔赴城门和世子、蒋济那里报信。"

"临危不乱，假以时日，必成大器。"曹丕淡淡地笑了，"你告诉陈群，带几个人去城东看看贾逸死了没有，若没有死，就送他一程。"

朱铄低低应诺，转身出门。

曹植打了个冷战，看着曹丕，这不是他认识了几十年的兄长。无情，阴险，狠毒，做事没有一点怜悯，不留一点余地。他端起面前的酒樽，一饮而尽，喃喃道："园中有树，其上有蝉，蝉高居悲鸣饮露，不知螳螂在其后也。螳螂委身曲附，欲取蝉而不顾知黄雀在其傍也。曹丕，我不如你，跟你争夺世子之位，或许一开始我就错了。"

"贾逸不能杀，他虽然是个人才，但也是个性情中人。我看得出来，他对那个田川颇有好感，若是日后让他得知田川死于我手，不知道会作出什么反应来。"曹丕饮下那杯冷酒，"任何一点微小的危险，只要发现，就要尽早铲除。"

"那你什么时候杀我？"曹植道，"你对我说了这么多，是平时压抑太久的缘故吧。你谋划了这么庞大的一个局，将你成王之路上的绊脚石统统铲除，这么辛苦才取得的结果，你一定迫不及待地想告诉你的对手，慢慢欣赏他脸上的错愕表情吧。"

"你我果真是兄弟，我现在想什么，全被你说中了。"曹丕笑了，像一头饱食过后的独狼。

"腰斩？弃市？凌迟？"曹植道，"怎么着都行，随你高兴吧。不过既然同为兄弟，我有一个请求。"

"讲。"

"放过甄洛。"

"不愧是情种。"曹丕摇头，"你放心，只要父王还活着，我不会杀甄洛，更不会杀你。"

"为什么？"

"父王一日不死，我就一日还是世子。而且所谓的世子废立，还不是父王的一句话？杀了你，落个残忍嗜杀的骂名，跟我仁厚的风评出入太大了。况且，世子的人选，曹彰原本是第三，没有了你，他往前挪了一步，难保会没有非分之想。所以，你的命还得留着。"

曹植苦笑："你想得可真周到，不累吗？"

"怕累怎么能做得了世子，怎么能做得了魏王？"曹丕突然放声笑道，"怎么做得了皇帝！"

曹植木然道："那么，我等你君临天下的那一天。"

"放心，应该不会让你等太久的。"曹丕道，"夜已经深了，你回去歇息吧。今晚我们兄弟联手，挫败了魏讽之流的谋反，父王知道后肯定会很欣慰的。"

"父王……"曹植摇头道，"我刚才一直在想，你说的那个假装寒蝉的试探，那个博得了汉帝和魏讽信任的试探是什么。"

"你想到了什么？"

"据说今年正月，定军山之败，折了夏侯渊，是因为寒蝉透露出了我军军情，并且提供了错误的情报所致。"

"你想说什么？"

"汉中那边的军中，是不是也有你的人？定军山之败，恐怕就是让汉帝和魏讽他们对寒蝉深信不疑的试探吧。那后来徐晃的重伤，是否也是拜你们的寒蝉所赐，你们是不是还在谋划着什么？"

"这些话我说过吗？"

"没有。"

"我既然没有说过，你就敢乱猜吗？"曹丕冷冷地看着曹植，"你既然是个聪明人，就应该知道，天下第一聪明人杨修的下场。"

"臣弟知错。"曹植道，转身走向厅外。

"等一下。"曹丕的声音在背后响起。

曹植站住了，却并未回身。

"虽然我不想杀你，但个中原因实在是难以向外人道。你也知道，你放荡不羁的个性，实在是得罪了不少人，有不少人欲杀之而后快。他们总觉得，你我争夺世子之位，我必然也想要尽快除掉你。若有一天，我身边的人力劝我杀掉你的话，我要找个什么样的借口呢？"曹丕道，"前几日，我突然想到一首诗。"

"望兄长赐教。"

"煮豆燃豆萁，豆在釜中泣。本是同根生，相煎何太急？"曹丕大笑道，"你回去背熟吧，到时候必定大有用处。"

第九章
意外之人

贾逸醒了。

四周很黑，是那种令人绝望的黑暗，什么也感觉不到。

他稍稍活动了下肩膀，发觉厚重的明光铠已经被脱下了，自己正躺在一张宽大的褥席之上。身上有股浓烈的药草味，伤口已经完全被包扎住了。不是在进奏曹，这种包扎伤口的方式，跟进奏曹的军医并不相同。而且进奏曹中，也没有这样的地方。

贾逸双手在床榻上摸索了一阵，除了材质颇好的被褥外，并没有其他什么东西。他撑着胳膊，坐了起来，轻轻咳嗽一声。

"贾校尉醒了？"是个女人的声音。

"这里还在许都？"贾逸问道。

没有听到女人回答的声音，只听到细碎的脚步声逐渐远离。贾逸在黑暗中坐了一会儿，却发现眼睛还是无法适应，仍然看不清周围的东西。

"我该不会是瞎了吧。"他喃喃道。

坚定从容的脚步声由远及近，熟悉的声音在黑暗中响起："你没有瞎，是这里没有光。"

"没有光？"

"对，这是在地下，自然没有光。"

"我昏迷了多久？"

"不长，两天三夜而已。"

"这里……离许都应该不远。"贾逸道。

"哦？何以见得？"

"你是进奏曹主官之一，这里若是离许都太远，对你来说总归不太方便。"

黑暗中火折亮起，点燃了一盏油灯，跳动的火苗照亮了那个人的脸。

蒋济。

"我是听声音，才知道是你。我起先一直在怀疑，寒蝉到底是世子还是你，现在看来，真相终于大白了。"贾逸坐在床褥上，整个人都放松了下来。

"你觉得谁是寒蝉？"

"世子就是寒蝉。但我想不到你有什么理由救我，看样子你并不是世子的人，而且世子应该是要杀我才对。"

"说说。"蒋济坐在了贾逸对面，脸上带着淡淡的微笑。

"其实，到了许都接手这个案子之后，我总有种不协调感。"贾逸舔了舔发干的嘴唇，"但是发生的事情太多，没有来得及想清楚。直到那天从世子府赴宴出来，我才意识到那种不协调感是什么。是曹丕对寒蝉的态度。寒蝉乃是许都城内，最可怕的奸细，也是直接导致定军山之败的罪魁祸首。曹丕对于寒蝉，应该是要倾其所能，彻底追查才对。毕竟寒蝉还在许都内谋划着一件大事，只有早一点查到了寒蝉，阻止他的阴谋，才能不铸成大错，对魏王有所交代。

"但是他呢？仅仅指派了进奏曹的一个曹署来查寒蝉。我听说司马

274

懿曾经多次要求参与到案子中，但都被世子拒绝了。在世子府中，司马懿曾对我说，世子对他是且用且防，这让我产生了一点疑虑。世子之所以不让司马懿插手寒蝉的案子，是因为他怕司马懿查到寒蝉。反过来看，蒋大人和我，虽然做了一些事，安插了一些人，发现了张泉、祖弼、曹植和那些汉室旧臣们，但并没有取得实质性的进展。反而被寒蝉摆了一道，折损了不少虎贲卫。如果在平时，世子就算不撤换我们，也至少会严加训斥，但他仅仅补充了一些人手就作罢。这不合常理。他似乎是对于我们缓慢的查案进度很满意，并不希望我们能查到寒蝉。

"在我发现曹植和甄洛的奸情之时，我进了世子府，将情形禀告给了曹丕。出乎我意料的是，曹丕并没有显得有多惊讶，似乎早有预料。但是就算如此，他还是邀我参加家宴，暗示我进入了他的派系。这似乎有些太草率了。对叔嫂奸情能隐忍数年而不发的人，岂会这么容易相信人，让他进入自己的嫡系？可惜我当时太过兴奋，并没有想到这点。

"接着我和田川从世子府中出来，就受到了白衣剑客的伏击。我的身手其实并不弱，但我在白衣剑客面前，根本不是对手。我当时就很迷茫，这样的绝世高手，谁能用得动他？从他蒙面的情形上来看，他是怕被别人认出来，绝对不是什么隐居的世外高手。当今的剑术绝顶高手，一张手掌就能数得过来，王越就是其中之一。而王越，是曹丕的剑术老师，他要准确地掌握我当晚的行踪，是再容易不过了。

"有了这个切入点，我就把整个案情从头到尾梳理了一下。我发现，从今年以来，寒蝉做的每件事，虽然都是针对曹魏，但都有一个共同点。对曹魏整体而言，寒蝉是颗毒瘤，但对于曹丕来说，却并没有多么可怕。正月定军山之败，不但死了跟曹丕关系一向不是很好的夏侯渊，还将魏王引向了汉中，整个许都都成了曹丕的天下。接着，寒蝉在许都内，将汉帝、曹植、汉室旧臣、荆州系和一些对曹丕不满的人聚集到了一块儿，谋划着一场阴谋。这场阴谋若是成功，对曹丕来说无疑是灭顶之灾，但若是这场阴谋失败了呢，岂不是把曹丕所有的敌人一网打尽？汉中那边，死掉了曹植最得力的幕僚杨修，如果魏王再次大败，那么整个曹魏都将士气大跌，人心不稳。在这种危机关头，魏王会考虑更换世子吗？于是，我得出了一个结论，寒蝉要么是曹丕的人，要么就是曹丕本人。"

"嗯，虽然细节上还有些出入，但大体上还是不错的。"蒋济点头，"在你昏迷之前，分派了人手赶去各个城门，还让人去通知我和世子，要我们搜捕魏讽。你是怎么看破了陈祎的金蝉脱壳之计，又是怎么知道魏讽才是带着汉帝出逃的人？"

"说来惭愧，大人还记得在城郊伏击我们的那些军士们吗？当时我们遍寻不着他们是哪路人马，好像他们平白无故地出现，又平白无故地消失了一样。昨天我突然想到，因为我把陈祎当成了自己人，所以一直忽略了一个地方。宫城中，还有八百禁卫军。而陈祎是长乐卫尉，掌管这八百禁卫军。而且，永丰门的守门都尉是陈祎的老部下。所以，五百军士，虽然听起来人数众多，但只要更换军服旗号，他们可以毫无声息地出城，又可以毫无声息地进城。

"而察觉魏讽，要从陈祎身上的那副轻甲说起。曹植遇刺，我们在现场发现的箭矢，质地精良，在箭杆末端刻有一个篆体的魏字。经我们查询，证实是魏讽府中的。而陈祎身上的那副轻甲，同样也刻着一个篆体的魏字。

"曹丕对宫中用度非常苛刻，汉帝那边过得很是凄凉，不但衣食开支上甚为窘迫，禁卫军也像一群叫花子一般。他们哪里会有钱去打造盔甲兵器？不过，汉室旧臣和荆州系大臣们总还有些家产，但是他们却不敢明目张胆地送入宫中，更不敢将打造好的盔甲兵器运进宫中。他们需要一个场地来做这些。大人还记得我们查到的那个私铸场吗？应该就是他们打造盔甲兵器的地方。

"但是，这个地方是谁在运作呢？我觉得是魏讽。魏讽是这两年突然转了性子的，起初的时候，他还是个名动天下的才子，但不知因为什么原因，突然成了卖友求荣的小人。为什么他会突然转了性？大人说他是怕死，我当初也是这么觉得。但是当我发现陈祎的那副盔甲上也有一个魏字的时候，我突然明白了。魏讽那么做，为了将自己放在汉帝的对立面，减轻自己的嫌疑，从而更好地运作私铸场。

"仔细想想，既然魏讽成为了汉室旧臣和荆州系大臣们口中的卑鄙小人，那他就最为安全。既然在曹植遇刺一事上，被寒蝉栽赃陷害过一次，那么进奏曹自然对他放松警惕。人都有个习惯，被排除了嫌疑的人，很难再次进入视野。于是，许都大乱的那天晚上，魏讽就成为了带汉帝出逃的最佳人选。"

贾逸停了下来，长长地出了口气。

"说完了吗？"蒋济问道。

"还没有，我还有两个疑问。第一个，整件案子的转机，是从我去留香苑勘查张泉行踪开始的，大人在要我去留香苑之前，是否已经知道曹植和甄洛在那里幽会？第二个，我和田川被王越伏击之时，大人带来五十名虎贲卫前来接应我们，是否太巧了些？"

"你是我这十几年来，在进奏曹见过的最聪明的人，虽然经验历练尚浅，但你毕竟还很年轻。"蒋济看着贾逸，目光中满是赞许。

"大人，你在许都这摊浑水中，到底扮演了什么角色？"

蒋济沉吟道："你昏迷了几天，有些事你应该知道。汉中那边，魏王在撤退之时，遭遇到了蜀军主力。魏王虽然在鄢陵侯曹彰的援军协助下已经突出重围，但损失惨痛。他只得在长安坐镇，整饬军备，以拒刘备。许都这边，世子曹丕挫败了魏讽等人的谋反案，铲除汉室旧臣、荆州系大臣等一百六十七人，共计诛杀四千一百二十四人。曹丕对外公布，魏讽就是潜伏了多年的寒蝉，这次能够挫败寒蝉的谋反阴谋，当然要归功于一批有功之士。他搞了个盛大的仪式，对他们进行了嘉奖，并将你和田川厚葬。"

"厚葬？"

"对，曹丕在城东的马车旁发现了你的尸体，虽然头颅不见了，但是尸体的身材与你很是相似。况且有身上的官服和进奏曹的腰牌为证，曹丕断定你已经死了，至于头颅，很可能是被那些汉室旧臣们割去泄愤了。"

"所以说，我已经死了？"

"对。"

"是大人救了我？为什么？"

蒋济淡淡地笑了起来，他轻声道："贾逸，你看我，像寒蝉吗？"

贾逸静静地看着黑暗中的蒋济，点了点头，又摇了摇头。

"对，我是寒蝉，但我也不是寒蝉。"蒋济道。

贾逸觉得呼吸有些沉重，他强迫自己镇定下来，道："请大人指教。"

"我记得，你跟我提起过。在整理进奏曹里档案的时候，发现早在战国时期，就有对寒蝉的记载。不过那是几百年前的事了，是鬼谷门里孙膑和庞涓的恩怨纠葛。你当时告诉我，你觉得那只是重名而已。其实，那个寒蝉，就是现在的寒蝉。"

"怎么可能，一个人怎么可以活几百年！"

"准确来说，寒蝉并不是人，而是一个组织。"蒋济隐没到黑暗之中，淡淡道，"这事要从九百年前说起。周平王东迁，定都雒邑，虽然表面上延续了周朝的社稷，却已经失去权势。那时天下四分五裂，各诸侯之间相互攻伐，杀戮不休。所谓贵族世家，覆灭只在朝夕之间。在各诸侯国中，有一群势力较弱的贵族，为了自保串联了起来。他们行事颇为低调，起先只是共享各家资源和情报，只为躲过灭族之灾。随着时间的推移，这群贵族因为互助的关系，虽然偶有家族破败消亡，但大多数的实力都慢慢得到了加强。有些家族，甚至强大到可以掌控一国的朝政方针。这就是'寒蝉'的雏形。"

贾逸摇头道："这太荒谬了。既然寒蝉是由一些家族所组成的，为何已经过了几百年，却从未泄露出这个秘密？谁能保证每个家族的每个人都能守口如瓶？"

"既然是低调而隐秘的组织，知道自己家族是寒蝉一分子的人，恐怕是极少的。"蒋济道，"我为寒蝉做事已经二十多年了，还不知道寒蝉到底由哪些家族组成，见过的寒蝉的人，仅仅一位。"

"还是不对。如果你的话是真的，那曹丕精心谋划的局，从头到尾都在寒蝉的掌控之下？寒蝉为什么要这么做？只是为了扶曹丕上位？"

"我只能说，现如今天下三分，才最符合寒蝉的利益。"

贾逸道："天下三分？曹魏眼下已经受到了重挫，若刘备和孙权继续联合，荆州关羽发难……"

"不会，现在寒蝉所做的一切，都对曹魏不利，是因为曹魏在三方之中势力最强。局面一旦有所转变，寒蝉就会再度出手，削弱变强的那个。直到寒蝉认为天下不再需要三足鼎立之前，我相信没有谁能一统天下。孙权不能，刘备不能，曹操也不能。"

"群雄逐鹿，问鼎天下，本来波诡云谲的生死之争，在你口中，却变成一场小孩子般的游戏。"

"不是小孩子的游戏，是权力的游戏，是利益的游戏。"蒋济淡然道，"争夺天下的成败，虽然看起来无法预料，但其实是由两个因素决定的。一个是钱粮，一个是人才。钱粮，天下共十，寒蝉分其一半。而人才，寒蝉则有自己的方法。"

"什么办法？"

"他们会关注那些优秀的人才，通过种种方法吸纳进来，成为自己利益的影子。"蒋济道。

"影子……"贾逸突然失笑道，"大人，你将我救回来，又告诉了我这么多匪夷所思的秘密，该不会是要我做什么影子吧。"

"吕不韦、张良、陈平，这些人都做得，你做不得？"蒋济淡淡道，"反正，你已经是个死人。"

"若是我拒绝呢？"

蒋济道："你是个聪明人。寒蝉的秘密既然保守了九百年，怎么会轻易让一个外人知道？你以为，郭嘉和周瑜真的都是病死的？"

贾逸沉默了很久，问道："为何会选寒蝉作为组织的名字？"

"七年地下，十日地上。想要活得越久，总要忍受越长的黑暗和寂寞才行。"

又是如死一般的寂静。

蒋济淡淡道："司马懿还活着。"

贾逸仍旧沉默。

蒋济从怀中掏出一个包裹，放在长案之上："好好想想，你现在已经是个死人，我们有大把的时间。"

他起身从容离去，室内又归于沉寂。

良久之后，贾逸伸手解开了包裹。是个样式很普通的皮帽，他眼眶湿润起来，双手颤抖着将皮帽贴到了脸颊上。

"我真的做了一顶帽子，不骗你，很暖和，送给你吧……

"……我好累，想睡一会儿，抱紧我……

"要是我睡着，醒不过来的话，可要……记得……世子妃的指婚……

"你可不要耍赖……要不然啊……"

田川……

一只不知道哪里来的飞蛾被唯一的亮光吸引，愚蠢地飞向灯芯，却被热气灼伤翅膀，跌落在灯盏里。灯油迅速侵染了它，将翅膀上的火星引燃，哔哔剥剥地烧了起来。

夜色已经深了。

司马懿带着些许的酒意，回到了自己的卧房。他刚从世子府的庆功宴上回来。魏讽谋反一案已经收尾了，该杀的杀了，不该杀的也杀了。经此一案，曹丕对他的戒备之心似乎减弱了一些。

在庆功宴上，吴质拍着司马懿的肩膀，调侃说他跟西蜀的诸葛孔明倒是很像，虽然同样名动天下，却从未敢用奇用险。曹丕看司马懿有些尴尬，说人各有天赋，在处理政务上司马懿确实是个人才，但在权谋奇计上，还要略逊一筹。曹丕这话说得很对，毕竟在魏讽谋反这个案子上，司马懿几乎什么也没觉察到，甚至一直向世子请命，要追查那个并不存在的寒蝉。这件事，在世子系中已经传为了笑谈。

司马懿笑笑，不以为忤。有些时候，被人嘲笑，总比被人提防好一些。

他关上卧房的门窗，从里面反锁起来，吹熄了油灯。在黑暗中静静坐了一会儿，他走到书架旁，轻轻扭动上面的一块木雕。书架毫无声息地向旁边滑开，出现了一个能容人侧身进入的空隙。

司马懿走了进去，手中火折亮起，是一个小小的密室。

他走到室内唯一一张长案前面坐下，引燃油灯，拿过了旁边的一个木匣。

掀开木匣的盖子。

里面放着十二块圆形的铜质令牌。

司马懿拿起一块，在手中随意地把玩。

那是块做工精细的令牌，在一根落尽树叶的枯枝上面，一只蝉静静地停在那里。

"谁说，没有寒蝉？"

黑暗狭小的室内，阴冷的声音久久未能平息。

（本书完，敬请期待《三国谍影：雾锁荆州》）

《三国谍影：雾锁荆州》即将出版，精彩预告：

在"寒蝉"的安排下，贾逸脱险而生，进入东吴"解烦营"，被安排出使荆州。此时，关羽在荆州大败曹仁，斩庞德，擒于禁，威震天下，然而荆州城内却并不像表面上那样旌旗招展，甚至四处星火闪动，鬼影幢幢。

蜀汉"军议司"在清查奸细，而曹魏"进奏曹"和东吴"解烦营"早已暗中勾结，帮助曹魏大将曹仁和东吴都督吕蒙夹击关羽。躲在荆州城内的关羽，竟似乎对外面的一切都了如指掌，正依靠军议司源源不断传来的情报，设计退军，引诱吕蒙孤军深入。

各种险象环生之中，贾逸和一位身世迷离的女刺客，一道陷入了三国谍战的大漩涡，刺客、斥候、暗桩、生间、死间正遍布四周。生死悬于一线，成败之局忽明忽灭，他们能否破局而生，敬请关注《三国谍影：雾锁荆州》。

扫描紫焰二维码，并回复"荆州"，即刻抢先阅读《三国谍影：雾锁荆州》前一万字！